Walter Serner

# Die Betörung der Excentrique Fanoche

**WALTER SERNER**

# Die Betörung der Excentrique Fanoche

Erotische Kriminalgeschichten

**Seite 3. Erschienen im Eulenspiegel Verlag Berlin ...**

Herausgegeben und mit einem Nachwort versehen von
Joachim Schreck

Illustriert von Egbert Herfurth

# Ein bedeutender Schlepper

Dungyerszki, der ein sehr bewegliches Gehirn besaß, bemerkte eines Abends, als er wieder definierte, daß ein Zuhälter einem Reichsgrafen durchaus vorzuziehen sei, da jener als Mitgiftjäger in Raten vor dem in Ehren, nämlich dem Reichsgrafen, nicht nur voraus habe, sondern überdies das Risiko, nämlich den Mut.

Dungyerszki liebte es seit mehreren Wochen, zu definieren, weil es ihn sehr unternehmungslustig machte und sich selber interessanter.

An diesem Abend beschloß er denn endlich, nicht mehr zu hungern, vielmehr mit sich hervorzutreten und seine interessante Person zu fruktifizieren. Er begab sich dieserhalb in die Kauffinger Straße und trat neben eine sehr farbig gekleidete und mit zweifelhaften Bijous fast verhängte junge Dame mit der höflichen Frage: »Was verstehen Sie unter ›Laster‹, meine Gnädige?«

»Wie, mein Herr?«

»Ich möchte mir die Frage gestatten, was Sie unter ›Laster‹ verstehen.«

»Gengerns weg. Frozzelns an andere als mi.«

»Weit gefehlt, meine Gnädige. Und damit Sie davon überzeugt sein können, hier meine Antwort: Laster ist eine Beschäftigung, welche es der Tugend ermöglicht, vorhanden zu sein.«

»Sö san einer. Gehns, sagns dös no amal.«

»Gerne.« Dungyerszki repetierte langsamer und tonvoller.

»Jessas, san Sö einer. Aber wo er recht hat, hat er recht.« Die junge Dame lächelte animiert.

»Nun wird es Ihnen aber sicherlich nicht schwerfallen, mein Gnädige, mir zu sagen, was Sie unter ›Tugend‹ verstehen.«

»Na, sagns es nur glei, daß Sies los wern.«

»Sie sind Psychologin. Nun denn ...«

»Was bin i? Sö, gebns acht, was sagn.«

»Konträr, es war ein Lob. Nun denn: Tugend ist die Abwesenheit jeder Möglichkeit, sich dem Laster zu widmen.«

»Härns, Sö gfalln mer. Was hams denn für an Beruf?«

»Den, keinen zu haben. Denn ein Beruf ist der gelungene Nachweis des Mangels jeder besseren schlechten Eigenschaft.«

Die junge Dame lachte lieblich auf, sah schnell auf ihre Armbanduhr und holte sich hierauf, kurz entschlossen, Dungyerszkis Unterarm: »Kommens, 's is erscht sechse. Trinkens a Halbe mit mir.«

Dungyerszki tat es, ließ sich »Zki« nennen, versprach erfreut, am nächsten Vormittag in der Kudlacher Straße 16 vorzusprechen und etwas für seine Garderobe zu tun. Hierauf wünschte er zwecks Veranstaltung einer Mahlzeit zwei Mark, erhielt sie mit einer geradezu großartig generösen Geste und verließ Fräulein Milli gehobenen Gemütes.

Dieser immerhin nennenswerte Erfolg seines ersten Hervortretens veranlaßte Dungyerszki, nachdem er opulent diniert, ein Café frequentiert und mehrere Waz-Zigaretten konsumiert hatte, gegen elf Uhr nachts zu einer

Wiederholung. Ein seriös gekleideter Herr mit einem Hautsack unterm Kinn, geröteten dicken Augenlidern, einer behaarten Warze auf der linken Wange und einem fettstrotzenden Körper dünkte ihm die dazu geeignetste Person.

Dungyerszki näherte sich unauffällig und sagte plötzlich vor der Theatinerkirche, der trotz dem geschlossenen Portal Weihrauchduft entströmte: »Mein Herr, könnten Sie mir sagen, was der ›Himmel‹ ist?«

Dungyerszki erblickte ein Gesicht, das verblüffende Ähnlichkeiten mit dem eines kranken Stationsvorstehers aufwies.

»Der Straßenlärm hat Sie wohl verhindert, mein Herr, mich zu verstehen«, fuhr Dungyerszki unbeirrt fort. Ich bat Sie, mir zu sagen, was der ›Himmel‹ ist.«

Der Herr, ein gebürtiges Münchner Kind, begriff jetzt, daß es sich um einen Gschpaßigen handle, und begann entsetzlich zu grinsen: »Der Himmel? Dös kann i Ihner scho sagn. Der Himmel, dös is die Odeonsbar.«

»Das mag wohl sein. Ich fragte jedoch direkt.«

»Also direkt hams gfragt.«

»Vielleicht sind Sie meiner Auffassung: für mich ist der Himmel eine Einrichtung, die verhindern soll, daß der Mensch aus ihm fällt.«

»No ja ...« Der beleibte Herr fühlte sich in seiner Bequemlichkeit gestört. »Da, kaufens Ihner a Halbe.«

»Ich danke. Möchte jedoch hinzufügen, daß ich Definist bin.«

»Was hams gsagt?«

»Daß ich Definist bin.«

»Was is an dös?«

»Definist ist, wer sämtliche Hauptworte so lange mit seinem Gehirn kitzelt, bis sie vor Lachen in einen Satz machen.«

Der beleibte Herr lachte sozusagen: von ungefähr kam es ihm lustig vor und sogar irgendwie verständlich. »Dö Hauptwort kitzeln? Machens dös do amal.«

»Aber gerne. Bitte nennen Sie mir ein Hauptwort.«

»Alsdann a Hauptwort ... Alsdann sagn mer ›Liebe‹ hoho.«

Dungyerszki besann sich keinen Augenblick: »Liebe ist ein Schwindel, dessen süße Empfindungen manchmal entschuldigen, daß man auf ihn hineingefallen ist.«

»Dös hams gut gsagt.« Der beleibte Herr lachte glucksend. »Alsdann gehn mers weiter ... eine ›Kakotten‹ hohoho.«

Dungyerszki lächelte darüber, welch elementare Vokabeln ihm serviert wurden: »Kokotte ist ein weibliches Wesen, das sich von einer anständigen Frau dadurch unterscheidet, daß es nur von Fall zu Fall ausgehalten wird, und der gemeinsamen Vorliebe für maskuline Abwechslung und auffallende Kleidung ungehinderter frönen kann.«

»Wahr is. Wahr is. Sagns, wo hams denn dös alls her.«

Dungyerszki lächelte mitleidig: »Wollen Sie bitte ungeniert weiterfragen, mein Herr.«

»Ham Sös aber happig. No ja, sagn mer no ›Theresienwiesen‹.«

»Eine zu windige Gelegenheit.«

»Hohohoho!« Der beleibte Herr schwang seine ringbesetzten Wurstfinger Dungyerszki auf die Schulter: »Jetzt aber no ›Nachtlöben‹.«

»Der meist mißlungene Versuch, wenn's finster wird, aus einer Bar ein Vergnügungslokal zu machen.«

»Na, härns, auf die Baren da laß i nix kommen. Und gwies nöt auf die Odeonsbar.«

»Ich mache mich anheischig, Ihnen zu beweisen, daß Sie sich in Wirklichkeit bisher in der Odeonsbar fadisiert haben.«

»I und mi fadisiert?« Der beleibte Herr blieb empört stehen. »I mi? Wie wollns mer denn nacher dös beweisen, ho?«

»Ich schlage den Tatsachenbeweis vor: Sie gehen mit mir in die Odeonsbar.«

»No und nacher ...«

»Und das, was Sie da an meiner Seite erleben werden, wird alles Dagewesene derart in den Schatten stellen, daß Sie, wenn Sie diesen Abend mit den früheren vergleichen werden, sich eingestehen müssen, sich zum erstenmal nicht fadisiert zu haben.«

»Dös wolln mer segn, Sie Aufschneider.«

»Sie stimmen also zu?«

»Kommens, Sie Döfinist Sie.« –

Sie saßen noch nicht, als eine Dungyerszki bekannte Stimme aus einer Ecke der Bar schrie: »Jessas, der Zki!«

Die bereits angetrunkene Milli stellte alsbald drei Damen und zwei Herren Dungyerszki als den frechsten und gescheitesten Fremdling von München vor und fiel hierauf, gleichzeitig mit den drei restlichen Damen, dem beleibten Herrn freudeschluchzend um den Hals.

Als dieser morgens gegen vier Uhr in eine Droschke gerollt wurde, lallte er Dungyerszki weinend zu: »Zki, du bischt das fidelste Luder, was mir in München derzeit ham.«

Milli, die am Arme Dungyerszkis um ihre Lotrechte sich bemühte, bekräftigte diese Auffassung durch einen leidenschaftlichen Schlag auf seinen Bauch. Und als Dungyerszki eine zweite Droschke heranwinkte, stammelte sie begeistert: »Jetzt sag mir bloß, Zki, wo du im Handumdrehn den Oberhuber auftriebn hast. Dös is ja der reichste Fleischer ausm Sendlingerviertl.«

Dungyerszki zuckte wegwerfend die Achseln. Dann sagte er unnachahmlich: »Kudlacher Straße 16.«

»Ja, *der* Kopp!« seufzte Milli träumerisch ...

Am nächsten Nachmittag kaufte sich Dungyerszki bei Tietz einen hellgrauen Anzug, dessen Hosen an den Seiten dunkle Lampas aufwiesen, einen braunen, kühn gewölbten Kiki und einen schwarzen Spazierstock mit Elfenbeinknopf.

Dergestalt verbessert erschien er um fünf Uhr an der Seite Millis in der zu dieser Stunde nur von Animierpersonal besetzten Odeonbar, deren Direktor auf Millis und sämtlicher Anwesenden dringendste Empfehlung hin ihn mit einem Anfangsfixum von hundert Mark monatlich und zehn Prozent vom erzielten Weinkonsum als Schlepper engagierte. In dieser Eigenschaft war er von Milli, die in ihm bereits den hervorragendsten Geist des Kontinents sah und ihren endgültigen Typ, privatest längst auf halbpart verpflichtet worden.

Nach wenigen Wochen versorgte Dungyerszki auch andere Damen gegen ein monatliches Fixum privatest und galt bald nicht nur als die größte Definitions-Attraktion des beliebten Lokals, sondern unter den Namen »Der lange Zki« als der bedeutendste Schlepper von München.

# Kuhles ganz seltene Stunde

Als er ihre strammen Beine erblickte, legte er beteuernd die Hand aufs Herz.

Sie sah es und näherte sich ihm ungezwungen.

Er zog sie mit erquickender Selbstverständlichkeit auf den Stuhl neben sich, bestellte ihr einen Apéritif und nach einer halben Stunde lag sie in seinem in der Nähe befindlichen Bett, das sie nach einer weiteren halben Stunde so unzweideutig ungern verließ, daß Sasso ihr nicht einen Centime gab, dafür jedoch ein Rendez-vous.

Nach zwei Tagen höchst direkter, wortkarger und ebendeshalb sehr glücklicher Beziehungen schlug ihr Sasso, der die Zeit für gekommen hielt, ein vernünftiges Leben zu beginnen, plötzlich vor, sich einen neuen Hut zu kaufen und ein neues Handtäschchen.

Marja lächelte bloß: ähnlich fing das immer an.

Sasso sagte erfreut: »Nicht übel. Du bist die geborene Erbin.«

Marja lächelte um einige Grade breiter. Dann meinte sie schlicht: »Also nun endlich raus damit!«

Sasso küßte ihr begeistert das linke Öhrchen …

Kurz darauf erzählte Sasso einem sehr vermögenden Antiquitätenhändler namens Kuhle, dessen romantischen Trieb nach seltenen Erlebnissen er bereits öfter bedient hatte, daß ihm ein höchst sonderbarer Fall untergekommen sei. Er habe nämlich ein junges Mädchen aus einfacher, aber guter Familie kennengelernt, ihres gleichwohl sehr herausfordernden Verhaltens wegen aber schon beim ersten Beisammensein das Übliche vorgeschlagen, worauf sie kaltblütig fünfzig Francs im voraus verlangt habe. Nur des ungewöhnlichen Falles halber wäre er noch einige Male mit ihr zusammengekommen, ohne jedoch mehr zu erreichen als die unanzweifelbare Feststellung, daß es sich wirklich um ein Mädchen aus guter Familie handle, das heftige Bildungsbedürfnisse habe, einige Vorerlebnisse und wahrscheinlich eine kleine Familienunterschlagung auf dem Gewissen, die solcher, nicht mehr ganz ungewöhnlicher Art gedeckt werden sollte.

Kuhle bekundete ungesäumt die von Sasso erwartete Neugierde und wünschte, dieser seltsamen Marja so bald wie tunlich präsentiert zu werden.

Um die bei Kuhle jedoch bereits seit einiger Zeit sich zeigenden Mißtrauenssymptome zum Verschwinden zu bringen, ließ Sasso mit bemerkenswerter Geduld und Verwendung von selbst aufgegebenen Stadtdepeschen, denen zufolge Marja ihres scharf aufpassenden Vaters wegen im letzten Moment am Ausgehen verhindert worden sei, nicht weniger als zwei bereits vereinbarte Rendezvous kühn scheitern.

Als die Vorstellung dann endlich erfolgte, war Kuhles Vertrauen in Sassos Freundschaft und Gefälligkeit unerschütterlich geworden und deshalb der Boden für Marjas, von Sasso eingeblasenen Manövern hergestellt.

Nachdem Sasso sich entfernt hatte, promenierte Kuhle mit Marja durch die Straßen, fragte ohne Unterlaß und wunderte sich zwischendurch, da er immerhin gewöhnt war, bei Weibern auf Lügen zu stoßen, daß alles, was Marja ihm antwortete, haarklein mit den Mitteilungen Sassos sich deckte. Anstatt jedoch von neuem Mißtrauen zu schöpfen, sah er darin einen vollgültigen Beweis für die außerordentlich seltene Wahrheitsliebe Marjas. Die Familienunterschlagung stimmte also. Kuhle war tief gerührt und beim Abschied mit hundert Francs zudiensten, die er Marja, welche höchst eigenmächtig von fünfundsechzig Francs gesprochen hatte, keusch in die Hand drückte. Sasso erhielt noch am selben Abend von Marja ein genaues Referat dieses Spazierganges, fünfzig Francs und den Dank in Naturalien.

Tags darauf traf Marja, bereits im Besitz eines neuen Hutes und eines neuen Handtäschchens, verabredetermaßen mit Kuhle zusammen. Der führte sie in das ihm von einem befreundeten, aber gegenwärtig verreisten Photographen anvertraute Atelier, sprach und sprach, gebärdete sich, obwohl verheiratet und dank Sasso nicht ganz ohne Erfahrung, schüchtern und unsicher und zeigte ihr schließlich ein Buch über Michelangelo mit zahlreichen Bilderbeigaben.

Marja hielt es für nötig, einzugreifen. Während Kuhle vorlas und Erklärungen instruktivster Natur einfließen ließ, umhalste sie ihn plötzlich. Nun, an diesem Tage lasen sie nicht weiter.

Sasso vermochte, als ihm dieses berichtet ward, nicht einmal zu lachen. Es überraschte ihn nicht sonderlich.

Marja aber fürchtete, unter diesen Umständen könnten neuerliche Geldbedürfnisse nicht mehr zu plazieren sein.

Sasso, sofort Herr der Situation, beruhigte sie: »Jetzt erst recht.«

Marja staunte ein wenig …

Als sie aber am nächsten Tag an Sassos Kaffeehaustisch zurückkehrte, hatte sie von Kuhle unter dem ihr aufgegebenen Vorwand, sich Bücher kaufen zu wollen, weitere hundert Francs erlangt.

Später holte sie sich auftragsgemäß Beträge zwischen fünfzig und hundert Francs für die Inskription als außerordentliche Hörerin der Philosophie an der Universität, für Nebenauslagen im Seminar, für allerhand Taxen, für das Abonnement an einer Privatbücherleihanstalt, für Stenographie-Unterricht, für englische Konversation, für Separatkurse, für das Abonnement wichtiger Fachzeitschriften etc. etc. etc.

Kurz, es war ein wirklich seltener Fall für Kuhle. Er fühlte sich bereits sehr und haßte mit dem ganzen Haß eines mit sich zufriedenen Menschen den geizigen, hartherzigen und beschränkten Vater Marjas.

Und sein Vertrauen war grenzenlos. Er glaubte an die wahnsinnige Liebe, die Marja ihm unter Zuziehung der bewährten Ratschläge Sassos vorheuchelte, glaubte an ihre Abneigung gegen diesen, der ihr zu zynisch, zu materiell, zu ungebildet wäre, glaubte an Sassos vergebliches Bemühen, Marjas Gunst zu erlangen (welches Motiv von Sasso verwendet worden war, um Kuhles mächtige Eitelkeit zu kitzeln), glaubte und glaubte, ja wurde dermaßen Idealist und Höhenmensch, daß er, um die Leiden Sassos, dem er ja schließlich seine Marja verdankte, zu enden, diese spontan zu bewegen versuchte, ein einziges Mal doch nur mit Sasso zu schlafen. Sie sollte es ihm zuliebe tun. Das sei Weibespflicht. Menschenpflicht.

Sasso traute seinen Ohren nicht.

Marja schüttelte besorgt das Köpfchen: »Das nimmt ja eine beängstigende Wendung. Und dann habe ich es, offen gestanden, wirklich bereits satt, mich von dir täglich zwei Stunden unterrichten zu lassen, um diesem alten Esel Bildung vorzumachen. Das ist ja schon fast so, als wenn ich wirklich studieren würde. Eine Schande! Ganz abgesehen von der Zeit, die ich fürs Geschäft verwenden könnte.«

»Jawohl, Marja, das hat unerwartete Dimensionen angenommen. Da muß Schluß gemacht werden.« Sasso hatte es gewaltig über, mit Nachhilfestunden sich Prozente zu holen.

Er setzte sich hin und schrieb an Kuhle einen anonymen Brief gegen sich selber. Schaudervollster Art. Daß er, Sasso, Erpressungen an Marja ausübe. Mit heftigen Spitzen gegen Kuhles Frau. Sie betröge ihn mit ihm, Sasso, und mit einem Postadjunkten namens Racine. Mit heftigen Spitzen gegen Marja, welche die Geliebte eines Geschichtsprofessors der Universität sei und die seine, Sassos. Und anderes Liebliche mehr. Der Brief war vierzehn Seiten lang. Es gab nichts im Umkreis der Interessen Kuhles, das Sasso nicht schamlos und raffiniert verdächtigte.

Das Ergebnis jedoch war niederschmetternd. Wenige Minuten, nachdem Kuhle diesen Brief erhalten hatte, erschien er zu ganz ungewöhnlicher Stunde, nämlich um neun Uhr morgens, an der Tür Sassos, um sich zu entrüsten, ihn seines felsenfesten Vertrauens zu versichern und zu bitten, ihm zu helfen, den Schreiber dieses Briefes zu entlarven.

Sasso hatte im Pyjama geöffnet und ließ stehend und

Seite 13. Nachdem Sasso sich entfernt hatte ...

bei offener Tür den entsetzlichen Wortschwall des in seinen edelsten Gefühlen wilderregten Höhenmenschen schweigend über sich niederprasseln.

Schließlich wunderte sich Kuhle nun doch über diese an Teilnahmslosigkeit grenzende Ruhe Sassos. Und mit einem Mal schwieg er. Und ganz plötzlich wurde er mißtrauisch, ohne selbst recht zu wissen, weshalb.

In diesem entscheidenden Moment hielt es Marja, die nun einfach endgültig genug hatte und ganz erbärmlich unter dem Federbett schwitzte, an der Zeit, sich hervorzubegeben.

Doch siehe da: nichts von dem, das sie erwartet hatte, geschah. Kuhle trat lächelnd auf sie zu, umarmte sie väterlich und flüsterte ihr gerührt zu: »Ich wußte es ja, daß du die Kraft dazu haben würdest. Ich wußte es ja ... Und Sie, Sasso, bitte ich um Verzeihung, daß ich Ihnen mißtraut habe. Jawohl, soeben habe ich Ihnen mißtraut ...« Er zerriß bei diesen Worten, leidenschaftlich bewegt, den anonymen Brief, den er in der zuckenden Hand hielt. »O, welch ganz seltene Stunde! Welch erhebende Stunde!« Und er küßte ununterbrochen Marjas Hand und begann zu weinen.

Sasso sank verzweifelt auf einen Stuhl.

Marja ließ sich angeekelt in die Kissen zurückfallen.

Endlich bekam Kuhle Taktgefühl, grüßte menschenfreundlichst und ging, hocherhobenen Hauptes...

Sasso und Marja aber verließen mit dem Abendschnellzug Lyon, nicht ohne zuvor einen Scheck Kuhles, den Marja für alle Fälle gestohlen hatte, auf eine hohe Summe zu fälschen, um Kuhle jede Möglichkeit zu nehmen, weiterhin Höhenmenschentum zu begehen.

# Mizzis Verführung

war keine Kleinigkeit. Seit sieben Monaten und neunundzwanzig Tagen bemühte sich der Student Krutzinger mit Hinzuziehung sämtlicher, Verführungen betreffenden Hör- und Lesefrüchte und mit bewundernswerter Ausdauer, aber erfolglos.

Endlich, als er gerade den Truc Casanovas, eine Freundin zuzuziehen, um in deren Anwesenheit das Opfer eitel und deshalb gefügig zu machen, mit einem Kostenaufwand von fünfzig Kronen und gänzlicher Ergebnislosigkeit ausgeführt hatte, verfiel er auf den so naheliegenden Gedanken, sich selbständig zu machen.

Daß jeder Mensch eine besondere Schwäche besitzt, wußte Krutzinger; und seit wenigen Stunden, daß die besondere Schwäche Mizzis eine gewisse romantische Vorliebe für Geistesgegenwart war.

Krutzinger schätzte diese Eigenschaft nicht: Geistesgegenwart begründe nur den paraten gesunden Menschenverstand, pflegte er zu sagen, obgleich sie zweifellos jedem besseren Berufsmenschen sehr schätzenswert sein dürfte; aber wen eine Situation wortlos mache, der sei wahrscheinlich ein feinerer Kopf, als wer sie blitzend zu beherrschen meine.

Krutzinger lernte nun zwar nicht um, aber er hielt diese Fähigkeit nicht länger in stolzer Verachtung bei sich zurück, sondern zeigte sie auf eine Weise, die ihm nicht nur bald den Ruf eines außerordentlich geistreichen und interessanten Menschen eintrug, sondern auch die restlose Gunst Mizzis.

Das kam so : Während eines Spazierganges mit Mizzi durch die Wiedener Hauptstraße hatte Krutzinger absichtslos erzählt, wie er vor einem Jahr seinen Onkel Poldi Schleier vor einem furchtbaren Debâcle gerettet hatte. Als er mit Onkel Poldi, der unter dem Namen Klinger mit einem Fräulein aus Berlin-Rixdorf in einem kleinen Hotel logierte, eines Nachmittags im Vestibül saß, war ein Kellner an den Tisch getreten und hatte mit lauter Stimme gemeldet: »Herr Schleier wird am Telephon verlangt.« Sekundenlang hatten sie einander verzweifelt angestarrt, bis schließlich Krutzinger, dessen Name im Hotel unbekannt war, wortlos aufsprang und ans Telephon lief, wo er einer Dame, die sich nachher als Onkel Poldis Schwägerin herausstellte, mitteilte, daß ein Herr Schleier nicht im Hotel wohne.

Über die Veränderung, die diese Geschichte auf dem sonst ziemlich unbewegten Gesicht Mizzis hervorbrachte, war Krutzinger sehr erstaunt gewesen. Ihre vollen roten Lippen hatten sich sonderbar schwermütig verzogen, die Augen waren gleichsam aufgeglüht und hatten ihn schwärmerisch betrachtet.

Diese unerwartete Wirkung beschäftigte Krutzinger lange und intensiv, bis er in der auf dieses Ereignis folgenden Nacht plötzlich langsam das Bett verließ, sich auf einen Stuhl setzte und beschloß, von nun an bei jeder Gelegenheit Geistesgegenwart zu entwickeln.

Da sich während der nächsten Woche keine Gelegenheiten einstellten, zögerte er nicht länger, solche herbeizuführen. Er verschmähte diesmal die Hinzuziehung von Büchern und Freunden, versteckte sich in der Ecke seines Stamm-Cafés hinter eine Zeitung und grübelte stundenlang.

Schon sein erster Coup war meisterlich.

Er führte Mizzi an einem trüben Herbstabend, der eine sehr schwarze Nacht versprach, in die Währinger Volksoper, überdies zu einer Aufführung des »Freischütz«, und auf dem Heimweg durch die schmale menschenleere dunkle Pflanzergasse. Hier begann er, der ohnehin sehr wortkarg war, völlig zu schweigen, jedoch lauter aufzutreten, als wollte er den düsteren Eindruck des Weges verscheuchen. Ein flüchtiger Blick in Mizzis Gesicht ließ ihn denn auch eine bereits vorgeschrittene Unruhe agnozieren.

Plötzlich tauchte vor ihnen aus einer Seitengasse ein Mann auf, der langsam vor ihnen herging.

Krutzinger wies Mizzi schweigend, mit einer Kopfbewegung, auf den unheimlichen Spaziergänger hin.

Mizzi erschauerte.

Der Mann ging immer langsamer: kein Zweifel, er wollte die beiden herankommen lassen.

Krutzinger zeigte sich vorsichtig aufs äußerste bestürzt, verlangsamte den Schritt und ergriff Mizzis Arm, der sofort erzitterte.

Mit einem Mal aber warf er sein Haupt rückwärts, flüsterte: »Na warte, Bürscherl! Kommen Sie, Mizzi!« und ging rascher.

Er wußte es so einzurichten, daß er kurz vor einer Laterne dem unheimlichen Menschen nahe kam.

In dem Augenblick, als sein riesenlanger Schatten bis zu den Knien über jenen Mann hinausfiel, nahm Krutzinger die Hand vom Rücken und senkte sie, indem er sie zur Faust ballte und nur Zeige- und Mittelfinger steif wegstreckte.

Der Mann zuckte zusammen, zögerte ein paar Sekunden, rannte dann aber in den Schatten der Häuser und verschwand. Er hatte Krutzingers Zeige- und Mittelfinger für einen Revolverlauf gehalten.

Mizzi preßte Krutzingers Arm fest an sich. Sie atmete hörbar.

Als sie endlich auf die Währinger Straße kamen, sagte sie leise: »Auf was für Ideen Sie kommen, Rudi!« und sah ihm tief in die Augen.

Krutzinger schloß selig, aber auch mit unsäglicher Befriedigung die Lider: der unheimliche Mensch hatte ihn zwanzig Kronen gekostet und drei Stunden, während welcher er, ununterbrochen redend, ein hartnäckiges Mißtrauen hatte vernichten müssen.

Zwei Tage später ging Krutzinger mit Mizzi zu Dehmel. Als man eben aufbrechen wollte, stellte Krutzinger ärgerlich fest, daß er kein Geld bei sich habe. Mizzi öffnete lächelnd ihr Handtäschchen. Das Portemonnaie fand sich jedoch nicht vor. Krutzinger hatte es kurz vorher herausgenommen. Was tun? Nach kurzem verkniffenen Überlegen zwang er Mizzi, stehend den Kellner zu erwarten. Nachdem dieser drei Kronen achtzig Heller verlangt hatte, trat ihm Krutzinger gewaltig auf den Fuß. Der Mann schrie fast. Krutzinger entschuldigte sich herzlich und bemühte sich noch herzlicher um den Wankenden, dem er, als er von Schmerz und Schreck einigermaßen sich erholt hatte, auf die Schulter klopfte und herablassend sagte: »Ich gab Ihnen fünf Kronen. Behalten Sie den Rest als Schmerzensgeld. Auf Wiederschaun!«

Auf der Straße betrachtete ihn Mizzi bereits mit unverhohlener Bewunderung. Er war für sie nicht viel weniger als ein erstklassiger Abenteurer.

Inzwischen aber hatte sich Krutzinger tatsächlich verändert. Er war nicht nur mutig geworden, sondern auch frech, und zwar derart, daß auch dazu Mut gehörte.

So rief er einmal einem Bekannten, der Mizzi schüchtern begrüßte, laut zu: »Mensch, nimm dich wieder mit nach Hause und laß dich nie mehr allein herumlaufen!«; einem bekannten Maler, der, Mizzi zeichnend, im Café am Tisch gegenübersaß: »Das Brautkleid seiner Mutter um den Hals zu tragen, finde ich lieblos«; dem ›Ober‹: »Eigentlich sehen Sie aus wie die Nachgeburt von Ihrem Bruder!«; und einem alten, sehr beliebten, aber gänzlich glatzköpfigen Schauspieler über drei Tische hinweg: »Kerl, setz doch den Hut auf! Wie kann man nur seinen Unterleib so nackt herumlaufen lassen!«

Ohne Krutzingers vorhergegangene Heldentaten hätte Mizzi wahrscheinlich schon nach der ersten dieser Frechheiten sich entrüstet gezeigt; jetzt sah sie in diesen Äußerungen den Ausdruck einer starken, hemmungslosen, kurz in jeder Hinsicht überlegenen Persönlichkeit.

Krutzinger, seiner Sache nunmehr völlig sicher, hätte sich ohne weiteres zum Sturm anschicken können. Von allen Seiten aber als gefürchtet mit besonderem Respekt behandelt und mit Elogen bedacht, wollte er die holde Vorbereitungszeit so lange wie möglich ausgenießen.

Eines Abends aber, als er bei Mizzi erschien, hatte er, die Folgen nicht bedenkend, ein blondes Frauenhaar angelegt. Es fiel diskret von der Schulter in die Rocktasche und war dem Stubenmädchen seiner Eltern ausgerissen worden.

Kaum hatte Mizzi dieses Haar erblickt, als sie es mit einem Ausruf der höchsten Überraschung ablöste, gegen den Luster hielt und teils schlecht versteckt-boshaft, teils noch schlechter arrangiert-schelmisch um den Finger wickelte: »Ei, ei, Herr Rudi hat blonde Damenbekanntschaften.«

Worauf Krutzinger ein wenig betreten tat, dann aber folgendes präpariertes Märchen erzählte: er sei in der vergangenen Nacht Zeuge der Mißhandlung eines jungen Mädchens durch einen betrunkenen Studenten gewesen, hätte sich des Mädchens angenommen und, da es ohne Wohnung gewesen sei und sich weigerte, in ein Hotel zu gehen, zu sich geführt. Das wäre alles gewesen.

»Aber das Haar auf der Schulter? He?« rief Mizzi gereizt.

»Ach, sie weinte sehr. Ich konnte sie doch nicht fortstoßen!«

»Sie haben sie geküßt, Rudi.« Mizzi leckte, schnell atmend, ihre vollen Lippen.

Krutzinger wandte und drehte sich sehr geschickt. »Nein. Sie – mich.«

»Und dann? Was geschah dann?«

»Nichts weiter. Ich *wollte* nicht.« Krutzinger gelang es, Mizzi mit wildverbissener Leidenschaft ins Gesicht zu blicken.

Mizzi senkte dunkel errötend das Köpfchen. Ihr Busen flog. Ihre Hände rissen an ihrer Schürze.

Und plötzlich warf sie sich aufschluchzend Krutzinger an den Hals.

Da die Eltern im Theater waren, ging Mizzis Verführung vor sich.

# Graf Ramuz Okenpunkolls Glück

Duchosal, ein völlig hemmungsloser Herr, schlug eines Nachmittags, einer neuen Unternehmung dringend bedürftig, im Café Viennois ganz willkürlich den ›de Grandjean‹ auf, das Pariser Millionärs-Verzeichnis. Hierauf wies er mit dem Zeigefinger geschlossenen Auges auf eine Zeile, öffnete sodann die Augen und las: »Okenpunkoll, Ramuz, Comte, 6 Boulevard des Invalides, 11 millions.«

Nachdem er sich unter dem Namen eines Herrn de Lourigan der Anwesenheit des Grafen telephonisch versichert hatte, fuhr er im Taxi vor, gab einem Diener in dunkelvioletter Livree seine Karte, auf der nur das Wort ›Duchosal‹ zu lesen war, und wurde, was ihn sogar ein wenig überraschte, vorgelassen, ohne daß er seinen wohl präparierten Vorwand hätte präsentieren müssen.

Bei seinem Eintritt erhob sich Graf Okenpunkoll kurz und gemessen von seinem Schreibtisch, wies mit der Hand nervös auf ein Fauteuil und setzte sich schnell: »Sie wünschen, mein Herr?«

»Eine längere theoretische Unterhaltung.«

»Theoretisch? Ich bin pressiert. Worum handelt es sich kurz?«

»Um eine Erkenntnis, die Gold wert ist.«

»Die ich Ihnen vermutlich abkaufen soll.«

»Um eine Million Francs.«

Graf Okenpunkoll stutzte fast unmerklich, überlegte ein paar Sekunden und sagte hierauf sachlich: »Einverstanden.« Worauf er ein Scheckbuch, das der weidlich perplexierte Duchosal an der Farbe als vom Crédit Lyonnais ausgestellt erkannte, aus der Tasche zog und vier Schecks ausfüllte. Währenddessen fragte er: »Wieviel ist Ihrer Meinung nach Ihre Erkenntnis tatsächlich wert?«

»Un-schätz-bar!« Duchosal hatte sich bereits wieder gefaßt.

»Voilà. Hier haben Sie viermal 250 000 Francs. Und nun beginnen Sie bitte!«

Duchosal las die Schecks gewissenhaft, steckte sie behutsam ein und bat um Tee und Zigaretten.

Der Graf klingelte.

Duchosal rückte sein Fauteuil in den Schatten ... Als er rauchte, begann er nachlässig: »Sie haben sicherlich schon einmal darüber nachgedacht, Herr Graf, wozu Sie eigentlich auf der Welt sind.«

»Nein. Dazu fehlt mir das erforderliche Maß von Borniertheit.«

»Vorzüglich. Sie wissen es also nicht.«

»Wie sollte ich!«

Duchosal rauchte schweigend.

»Ich bin ganz Ohr«, sagte der Graf höflich.

Duchosal begann abermals: »Sie kennen sich demnach nicht aus.«

»Wie bitte?«

»Ich meine: Sie besitzen nicht die schmächtigste Überzeugung?«

»Nein. Überzeugungen sind gelungene Überredungen.«

»Nicht die spärlichste Gesinnung?«

»Gesinnungen sind durch Vorteile verhärtete Überzeugungen.«

»Und nicht einen Hauch von Glauben?«

»Ich bin weder ein Geschäftsmann noch ein Staatenlenker.«

»Pardon ...«

Duchosal rauchte schweigend.

»Ich muß Ihnen leider wiederholen, daß ich sehr pressiert bin. Wollen Sie sich bitte kurz fassen!« Der Graf spielte nervös mit einem beinernen Briefaufschlitzer.

»Nun gut«, begann Duchosal wiederum. »Da somit das Netz von Normen, nach denen Sie Ihre Existenz nach außen und vielleicht auch nach innen hin führen, durchaus willkürlich ist, sind Sie mit vollem Bewußtsein — ein Hochstapler, ein Desperado.«

»Zugegeben.«

»Das ist jedoch bloß meine Prämisse.«

»Bitte Ihren Schluß! Und bitte schnell!«

»Mein Schluß ist ... Und das ist es, was ich meine Erkenntnis heiße ... Nun ... der Mensch hat die Fähigkeit, welche er bisher freilich noch nicht in sich entdeckt hatte ... die Fähigkeit ... zu ...« Duchosal erhob sich plötzlich feierlich. Auch Graf Okenpunkoll stand auf, doch ein wenig erregt.

»Gestatten Sie, Herr Graf«, sagte Duchosal nun in gänzlich verändertem Ton, »daß ich, bevor ich Ihnen meine Erkenntnis ausliefere, dem Crédit Lyonnais telephoniere?«

Der Graf erblaßte. »Sie wollen sich vergewissern, ob mein Guthaben ...«

»So ist es.«

Der Graf setzte sich müde. »Ich bin seit gestern ohne jeden Sou ... Mein ganzes Vermögen ist verloren.«

Duchosal zuckte ein wenig zusammen. Dann aber sagte er überraschend ruhig: »Sie wollten mich also prellen. Ich wundere mich nur, daß mein Mißtrauen nicht früher einsetzte. Nun, ich habe nichts verloren als eine halbe Stunde und kann nicht umhin, Ihnen mein Kompliment zu machen. Sie haben wie ein perfekter Desperado gehandelt, wie der regulärste Hochstapler.«

»Sie etwa nicht?« Der Graf begann zu lächeln. »Sie könnten mir, der ich Ihnen vielleicht schon morgen im Café Clarinette begegnen kann, wenigstens mitteilen, worin Ihr beabsichtigter Truc eigentlich bestand.«

Duchosal wandte sich ein wenig ab, um sein allzu lebhaft werdendes Mienenspiel zu verbergen: er dachte bereits an etwas ganz Neues.

»Herr Graf«, Duchosal setzte sich wieder, »ich bin angesichts der gänzlich veränderten Sachlage gerne dazu bereit; ja sogar, Ihnen in Ihrer schwierigen Situation behilflich zu sein ... Nun, ich hatte den Plan, Sie zu narkotisieren, Ihr Scheckbuch zu nehmen und in Ihrem Namen dem Crédit Lyonnais telephonisch mitzuteilen, daß die Schecks, die in einer halben Stunde vorgewiesen würden, anstandslos zu honorieren seien. Der Umstand, daß Sie mir die verlangte Summe so ohne weiteres einhändigten, brachte mich ein wenig aus dem Konzept. Daher der Tee. Während ich mit Ihnen sprach, dachte ich unausgesetzt darüber nach, was für eine wertvolle Erkenntnis ich Ihnen servieren könnte, um in dem rechtmäßigen Besitz des Geldes zu bleiben. Eine Albernheit selbstverständlich. Vor allem in Anbetracht Ihrer — Intelligenz, Herr Graf. Ich machte daher den schüchternen Versuch, Sie durch die Unverfrorenheit meiner Fragen so zu verblüffen, daß Sie mir ... Eine weitere, aber begreifliche Albernheit ... die Million schenken würden. Aus Spleen etwa. Der Verdacht, Sie könnten zahlungsunfähig sein, kam mir sonderbarerweise erst im letzten Augenblick. In jenem Augenblick, wo ich mich hätte découvrieren und Ihnen hätte sagen müssen, daß ich keine Erkenntnis, die Gold wert ist, besitze. Voilà.«

»Ich danke Ihnen.« Graf Okenpunkoll lächelte matt. »Sie sagten, Sie wollten mir behilflich sein. Das ist unnötig. Ich wechsle den Kontinent.«

»Um zu farmen?«

»Ja. Etwas Ähnliches.«

»Pfui!«

Der Graf erhob sich.

»Haben Sie Passiva, Herr Graf?«

»Achthunderttausend.«

»Kriminell?«

»Nicht direkt ...«

»Also indirekt ... Ich schlage Ihnen vor, mich ins Vertrauen zu ziehen. Ich könnte Ihnen vielleicht einen wertvollen Fingerzeig geben, einen ausgezeichneten Plan liefern oder ...«

Nach zwei Stunden verließ Duchosal sehr zufrieden das Hotel des Grafen Ramuz Okenpunkoll und begab sich am Abend, bereits in des Grafen Angelegenheiten, nach London.

# Lola rangiert

In einem Hotel, halb Wolkenkratzer halb Kutscherkneipe, schnellte Jeß gegen vier Uhr morgens aus holdestem Schlaf empor: es pochte gewaltig an seine Tür.

Nachtdepesche.

Jeß las wackelnd: ›Moses gebürstet morgen Stallung zehn Hausvogtei Mannie‹, zerknüllte den Wisch, schmiß ihn salbungsvoll an die Wand und hüpfte brummend ins Bett zurück: »Ausgerechnet schon um zehn. Blödsinn ...«

Er war aber doch pünktlich.

Eine Viertelstunde später trat eine sehr grünliche Visage auf ihn zu, Mannie. »Mensch, wie siehste aus? ... Na, is jut!«

Jeß trug frische Wäsche, gebügelte Hosen, war sauber rasiert, parfümiert und hatte sein ganzes Ensemble durch leise arrangierte Nachlässigkeiten geradezu hofballreif komponiert.

»Nun?« knödelte Jeß deutlichen Hoffens.

»Hier haste!« Mannie steckte ihm etwas in die Tasche. »Und nu aba, als wenn de Jas in die Hosen hättst, vaschteste?« Und schon dehnte er sich um die Ecke, die Hände tief in den Hosentaschen.

Unterm nächsten Haustor griff Jeß hastig in die Tasche: »Zwanzig Emm! Nich mehr? Alter Schnorrer!« und entfernte sich mit geknickter Oberlippe.

In der Friedrichstraße wäre er beinahe Ursache einer schweren Verkehrsstörung geworden. Lola war ihm begegnet und derart von seinem Äußern hingerissen, daß sie eine Ode auf ihn kiekste.

Jeß entzog sich mit Lola den Huldigungen der Menge durch Benützung des Café Keck.

Hier gab Lola ihm zu trinken, tröstete Fritz, den Kellner, der sonst und überhaupt allerhand für sie übrig hatte, und nahm den um ein Erkleckliches heiterer gewordenen Jeß in das Nollendorf-Kasino mit: »Da is seit jestern abends noch immer nich heute.«

Lola landete ihn an einem weinbegossenen und in jeder Hinsicht schwer besetzten Tisch, allwo alsbald auf Empfehlung Lolas hin eine ältere Dame sich innig mit ihm beschäftigte und ihn nach einer Stunde in ihre Wohnung mitnahm ...

Daselbst klingelte Lola nach einiger Zeit an.

Worauf die ältere Dame ein Auto kommen ließ und Jeß flehentlich bat, ein kleines halbes Stündchen zu warten.

Inzwischen erschien Lola, mußte aber ihren lieblichen Plan aufgeben, da Jeß transportunfähig war und überhaupt in einem Zustand ...

Lola war bereits wütend unter der Tür, als Jeß ihr matt zurief, sie möchte doch sofort an Mannie Hobster Café Kaminke, Moltkestraße 18, eine Stadtdepesche aufgeben. Hobster solle nicht auf ihn warten, er sei verhindert ...

Lola verlangte Geld, empfing zwanzig Mark und tramte, mißtrauisch und nicht faul, ins Café Kaminke.

Augenblicks war sie von Mannies Kopfhaltung begeistert und berichtete ihm alles.

Mannie holte sich unterdessen finster eine Zigarette

vom linken Ohr, zuckte seine äußerst schadhafte Mütze kühner darauf und pfiff nachdenklich über den Tisch hinweg.

Lola schwieg ehrerbietig und hing träumerisch an seinen Zügen.

»Is jut!« ließ Mannie sich endlich vernehmen. »Du jehst mit, vaschteste! Mutter zahlen!«

Den Zwanzigmarkschein, den Mutter Kaminke von Lola erhielt, nahm Mannie plötzlich mit einem schnellen Griff an sich und hielt ihn gegen das Fenster: »Det hab ick jewußt. Det is meiner! *Mir* jibste raus!«

Auf der Straße lehnte sich Mannie sehr südlich an das Haus und senkte den Kopf unwahrscheinlich tief: »Jetzt kutschierste Volldampf zu Moses, Hallesches Tor 6, Moses Butterig Antiquitäten und ...« Er nahm sich Lolas Handgelenk und beflüsterte sie mit dem Weiteren ...

Während Lola Moses Butterig durch dick applizierte Zärtlichkeiten veranlaßte, die Ladentür abzuschließen und mit ihr in den Nebenraum sich zurückzuziehen, velozipedierte Mannie vor die Wohnung der älteren Dame.

Im Gesindeeingang versorgte er sein Fahrrad und wünschte, als ihm die Köchin öffnete, die Elemente im Abort zu kontrollieren.

Nachdem er dieses, sich anderweitig erfolgreich betätigend, markiert hatte, schlich er unbemerkt in die vorderen Räume, füllte den mitgebrachten Sack mit dem Wertvollsten und versteckte ihn im Vorraum.

Hierauf begab er sich in das grabesstille Schlafzimmer, weckte Jeß und zwang ihn durch die entsetzt ge-

Seite 41. Zuvor warf sich Fiora noch einmal ...

machte Mitteilung, Moses sei auf den Schwindel gekommen und habe die Polizei verständigt, sich sofort anzukleiden und zu verschwinden.

Kaum war Jeß die Treppe hinunter, als die Dame des Hauses keuchend anlangte. Hinter einer Portière verborgen, fing Mannie sie kunstgerecht ab, knebelte sie, legte sie, nach kurzem Kampf, ins Bett, an das er sie festband, und telephonierte Moses Butterig im Namen der Polizei, die vermißten Wertgegenstände hätten sich in der Wohnung von Frau Anna Heißwamme, Landshuter Straße 33, vorgefunden und müßten sofort abgeholt werden.

Bald darauf hielt Mannie vor dem Laden Moses Butterigs, aus dem ihm ein zarter Frauenarm ein prall gefülltes Tischtuch reichte. Er schulterte es schwungvoll und raste davon, taumelnd unter der doppelten Last ...

Abends klopfte Jeß, sehr veränderten Aussehens, an Mannies Klappe.

Augenblicklich verstummten gewisse, Jeß sehr bekannte Geräusche.

»Vaflucht!« machte Mannie.

»Mann, det jibt 'n Unjlück!« hauchte Lola, die Bettdecke über den Kopf ziehend.

»Laß jut sin. Der wird noch danke sajen!«

Mannie öffnete halbnackt.

Jeß besah sich schweigend das Interieur. Dann ließ er sich langsam auf einen klappernden Stuhl nieder.

»Du kannst von Jlück sajen«, begann Mannie frech, »det sie dir noch nich jeklemmt haben.«

Jeß fuhr auf.

»Halt die Fresse, Kaffer! Wat biste nich zu Moses?

Aba ik habe die Tüte schon jeölt. Moses kann nich mehr muh machen, sonst haut ihn seine Olle krumm, von wejen die Lola, vaschteste?«

Jeß schwieg verächtlich und zuckte wild die Brauen.

Lola nestelte in ihren arg mitgenommenen Haaren.

»Ik habe jar nicht jewußt, dette so jut führen kannst, Lola.« Jeß holte sich eine Zigarre aus dem Hut. »Wie 'ne Lokomotive rangschierste.«

»Kaffer! Ohne die Lola wärste längst jeklemmt.«

»Ohne die Lola, is Obst! Bei Moses ham se jekratzt und bei die Heißwamme ham se ooch jekratzt.«

»Wer: ham se, he?« Mannie ließ einen schweren Blick los.

»Wer?« höhnte Jeß unbekümmert weiter. »Is jut! Ihr zwee beede. Wat die Lola mit mir nich machen konnte, weil ik zu bedusselt war und so, det hat se mit dir jemacht, und wenn ik nich so bedusselt jewesen wäre, hätt ik mir ooch von dir nich so jlatt aus die Bude setzen lassen. Aba unten bloß man an die Luft, roch mir det allens schon obafaul, und ik bin umjekehrt und habe dir jesehn, wie de ans Fenster jetanzt bist mit die olle Heißwamme und wie de mits Rad abjewackelt bist, und denn habe ik ooch schon jehört, dette bei Moses vorjefahren bist, jawoll, det habe ik! Und nu jib mich mal wat zu trinken, Freundchen!«

»Laß jut sin!« Lola quirlte ihre Hand aus dem Bett hinüber auf die Jeßens. »Wärste jleich zu Moses, wär allens jut jewesen und hätste mit die olle Anna nich so jesoffen und so, wär ooch allens jut jewesen.«

Jeß schmiß ihr die eigene Hand aufs Gesicht.

Mannie, der seine ohnedies spärliche Kleidung inzwischen komplettiert hatte, verschwand und kam nicht wieder.

Nach zehn Minuten eines prasselnden Gesprächs bespien sich Jeß und Lola, nach weiteren zehn Minuten küßten sie einander, und als Mannie, der unterdessen seinen endgültigen Abgang geordnet hatte, vorsichtig sich an die Tür schlich, um sich seiner Sache zu vergewissern, hörte er gewisse, ihm sehr bekannte Geräusche …

›Gleich wird er danke sajen! Und morjen jibts de Hochzeitsreise ins Loch, vaschteste!‹ Mannie entfernte sich lautlos.

# Der Doktor Sahob

Die kleine Fiora ächzte wieder einmal, während sie sich das Gesichtchen à la Pierrette zurechtschmierte: »Sahob, du bist doch Jurist!«

»Pech!« Der lange Doktor Sahob ließ, peinlich berührt, seine Knie nach vorn rutschen. »Aber ich mache es durch den Vorteil wett, daß kein Mensch es mir glaubt.«

»Ja natürlich, weil du deine Biographie immer schamloser umlügst.«

»Und weil ich mich bemühe, sie praktisch dementsprechend zu verbessern.«

»Warum soll *ich* denn aber den Leuten erzählen, daß meine Wiege eine Eierkiste war und daß ich ...«

»Ein gutes Renommee zu besitzen, ist lasterhaft.«

»Sahob!« Fiora richtete das Kinn spitz nach oben, um die Lippen genau vor das Spiegelchen zu bekommen. »Sahob, du bist doch nicht gerade ein Rindvieh. Wenn ich auch zur Not begreifen kann, daß du es liebst, für ...«

»... den ›letzten Knaben‹ gehalten zu werden ...«

»Ja doch! Aber warum denn *mich* ...«

»... zum ›letzten Mädchen‹ umbauen, nicht wahr, ma petite?« Und Doktor Sahob entdeckte seinen niederträchtigsten Blick, vor dem Fiora nur noch zu sagen fand: »Ach, Sahob, wenn es wenigstens etwas eintrüge! Deine Unterhose ist seit sechs Wochen nicht gewaschen ...«

»Und wenn man uns umkehren würde, käme nur Wurst und Kaffee zum Vorschein.«

Fiora hüpfte sehr verliebt auf Doktor Sahobs Knie und schmiegte ihren frisch gemalten Pudelkopf hündisch lieblich in seine Schulter hinunter. »Und wenn du doch nur wolltest! Du könntest Deputierter sein!«

»Ein Irrtum. Das könnte ich nicht.« Doktor Sahobs Stimme füllte sich plötzlich mit Klang.

»Du kannst es.« Fiora musterte ihn sonderbar lauernd.

»Ich kann es nicht!«

»Und ja!«

»Nein!«

Fioras magerer Hintern krachte miteins sehr schmerzhaft auf die Diele. »Hund verfluchter!«

»Dreckpatzen!«

»Wa-a-a-s?« Fiora rannte schreiend Kopf und Fäuste gegen Doktor Sahobs Lendengegend.

Der packte sie um die Hüften, hob sie, so daß ihr Kopf nach unten schüttelte, hoch empor und schmiß sie im Bogen auf das Bett, das, dieses Stoßes ungewohnt, geräuschvoll einbrach.

Fiora lachte sich naß, während Doktor Sahob auf der kunstgerecht über dem Schenkel angespannten Hose sich etwas gerade walkte, das wenig Aussicht mehr besaß, eine Zigarette zu werden.

Als er triumphierend rauchte, zog er, ein Besonderes kündendes Zeichen, die Schultern krumm ein. »Fiora, komm her!«

Fiora krauchte sich zwischen seine ausgestreckten Beine. »Liebst du mich, Sahob?«

»Kusch! Du gehst jetzt in die Mascotte-Bar!«

Fiora nickte stürmisch und frische Bächlein auf den Wangen. »Soll ich dann zu dir kommen oder ...«

»Quatsch! Du setzt dich zu Coqillot ...«

»Ach, es wird ja doch wie gewöhnlich nichts daraus ...«

»Kusch, sag ich! Du setzt dich zu Coqillot, dem mit dem Bauch vorne und ...«

Nach einer halben Stunde, die sehr gewitterhaft verströmte, war Fiora wütend, aber beglückt auf dem Weg ...

In der Mascotte-Bar erzählte sie Coqillot auftragsgemäß, daß Doktor Sahob, ihr Freund, der gar kein Doktor sei, sondern ganz einfach ein Schwerverbrecher, sie dadurch, daß er sie zum Stehlen mitgenommen habe, fest an der Kette halte; daß er sie zur Hure abgerichtet und alles Gute in ihr zertreten und sie heute hierher geschickt habe, um einen teuflischen Plan gegen ihn, Coqillot, ausführen zu helfen; daß sie aber endlich genug habe und das Gewissen ihr schlüge; und daß sie ihn, Coqillot, retten würde, wenn er sie retten wolle ...

Coqillots Bart erzitterte grotesk. Seine flinken Äuglein rannten aufgestört um den Tisch. Die heiße Asche seiner überlebensgroßen Havanna fiel in sein über der Brust offenstehendes Vorhemd, ohne daß er es fühlte.

Fiora hielt ängstlich den Kopf gesenkt, jeden Augenblick bereit, davonzulaufen — in die Seine, einen schrecklichen Fluch auf Sahob zwischen den schönen Zähnen.

Coqillots rote Pranke quetschte alsbald Fioras Händchen. »Meine liebe Kleine, sagen Sie mir die volle, die lautere Wahrheit und ich werde alles tun, was ich unter solchen Umständen für Sie tun kann.«

Fiora, die nun schon Mühe hatte, die erforderliche Zerknirschung durch ein aufkeimendes Lachen schiffbruchlos hindurch zu projizieren, begann unsicher: Doktor Sahob habe ihr befohlen, sich in Coqillots Wohnung mitnehmen zu lassen, wo er inzwischen die Köchin entfernen und den Telephondraht durchschneiden würde; Coqillot im Bett zu narkotisieren (hierbei zeigte sie flüchtig ein Stück in Seidenpapier gewickelte Formanwatte), ihm Schlüssel und Geld abzunehmen etc. …

Coqillot zahlte wie ein Irrsinniger und zerrte, überaus ergötzlich zu betrachten, Fiora die Treppe hinunter in sein Auto.

Darin überredete sie den Halbohnmächtigen mühsam und immer noch auftragsgemäß, daß es ein Fehler wäre, die Polizei jetzt schon zu verständigen; vielmehr beiweitem schlauer, trotzdem in seine Wohnung zu fahren, da sie wisse, daß Doktor Sahob in dem Kämmerchen neben der Küche auf ihr Zeichen warte; man brauche also nur die Küche abzusperren und könne am nächsten Morgen die Polizei holen lassen; denn so allein habe sie selbst noch Zeit, ihre Sachen zu packen und sich zu retten; er solle ihr tausend Francs geben, damit sie ihre Schulden bezahlen und mit dem ersten Frühzug nach Aachen zu ihrer Tante reisen könne, um ein neues besseres Leben zu beginnen …

Coqillot stöhnte vor Rührung, warf Fiora sein Portefeuille in den Schoß und setzte sie auf ihr dringendes Verlangen hin, nicht ohne zuvor weidlich den Mutigen posiert zu haben, vor der nächsten Métro-Haltestelle ab, damit sie keine Zeit verliere, und küßte ihr schmatzend, aber danküberströmt Stirn und Hände …

Vor Doktor Sahob, der mangels Zigaretten wutentbrannt mit einem Scheit Holz den Ofen prügelte, knallte Fiora jauchzend in die Knie. »Da! Da! Sahob, hurra!«

»Voilà!« Doktor Sahob prüfte sachlich und langsam die Tasche, ohne Fioras entzücktes Schluchzen zu beachten, und hatte bald siebenhundertsiebzig Francs und vierzig Pounds in der Hand. »Ging es so, wie ich wollte?«

»Genau so!« Fioras Jubel weinte Bächlein.

»Sonderbar.« Doktor Sahob lächelte verkrampft zur Seite. Er hatte eine Visitkarte aus dem Portefeuille gezogen und gelesen.

»Wie? … Warum? …« Fiora befürchtete, Entsetzen um die Lippen, Sahob, der sie so oft schon erwischt hatte, könnte den Entgang von zweihundert Francs irgendwie entdeckt haben.

»*André* Coqillot hat doch aber keinen Bauch.«

Fiora erwachte zu neuem Leben. »Ja, der andere war nicht da.«

»Aber André Coqillot ist doch ungefähr der einzige Mensch, der zufällig noch eine gute Meinung von mir hat. Hat er das alles wirklich sofort geglaubt?«

Fiora lächelte überlegen. »Ich kenne ihn doch schon seit zwei Tagen.«

»Ah!« Doktor Sahob küßte Fiora zärtlich auf die kupfernen Haare. »Dann wußte er also bereits, daß ich …«

»… daß du sechzehn Monate Zuchthaus repräsentierst.«

»Und daß du …«

»... daß ich von meinem Vater verführt, von einem Athleten weggeschleppt wurde und von dir halbtot geprügelt werde.«

»C'est ça!«

»Sahob, du siehst, ich bin tüchtig! Aber wir machen solche höhere Sachen jetzt öfter, ja?«

»Gewiß, ma petite.«

»Paß auf, du wirst noch Deputierter.«

»Nein!« Doktor Sahobs Stimme schwoll fürchterlich, jedoch erheiternd an.

»Und ja!« Lachend stampfte sich Fiora einen Absatz schief.

»Nein, sag ich!« Sahob wirbelte Fiora knackend in eine Ecke.

»Hund verfluchter!«

»Dreckpatzen!« Doktor Sahob brüllte ungeheuerlich. »Und jetzt fahren wir nach Barcelona! Marsch!«

Zuvor warf sich Fiora noch einmal in Doktor Sahobs Arme, die sie geübt über das Bett bogen, das nun völlig zusammenbrach.

# Die Betörung der Excentrique Fanoche

fand durch Alois statt, welcher hinten Srb hieß, aber sehr weitsichtigerweise seinen Vornamen für hoffnungserweckender hielt als jedes noch so kühn gebaute Pseudonym. Überdies war Alois, dessen Nase in zart slawischer Breite gen Himmel wies, zweifellos tschechischer Abstammung.

Nicht solches war es jedoch, was die von sämtlichen Finessen, Trucs und Hautfarben durchaus gelangweilte Excentrique Fanoche auf Alois aufmerksam machte, sondern ein an sich nicht sehr ungewöhnlicher Vorfall.

Am Abend der Premiere in der Alhambra hatte nämlich Alois in jenem höchsten Augenblick der Darbietungen der Fanoche, als sie eben mit herzbeklemmender Komik süß ins Publikum refrainte: »O mon chéri, donne-moi un petit signe!« — in diesem wahrlich herausfordernden Moment hatte Alois, lediglich aber infolge eines kurz zuvor verzehrten Paprika-Gjulasches, ganz fürchterlich gerülpst.

Eine kurze Konsternation des ganzen Saales erfolgte und sofort darauf ein betäubendes Gebrüll.

Alois erhob sich vergnügt und sogar fast graziös von seinem im Tauschverkehr gegen einen alten Spazierstock erworbenen Parkettsitz und verneigte sich gelassen gegen das ihm huldigende Publikum; die Fanoche, entzückt und dankbar, vor Alois.

Diese Verbeugung wollte ihm während der folgenden Nummern nicht aus den Sinnen, die ohnedies gewissermaßen geweckt worden waren. Sie hing ihm gleichsam vor Nase und Mund. Er grübelte, seufzte leise und pfiff ganz dünn in den Momenten hoffnungsvoller Reflexionen.

Neugierig und schüchtern zugleich wartete er nach Schluß der Vorstellung in jenem Bühneneingang, von dem er annahm, daß die Fanoche ihn passieren mußte.

Als sie dies endlich tat, mußte er, sei es aus Verlegenheit, sei es assoziativ, sei es gjulaschesk, abermals rülpsen.

Die Fanoche, die ihn naturgemäß daran wiedererkannte, näherte sich ihm darob lächelnd und schenkelsicher. »Du arbeitest gut, mein Freund. Du könntest das jeden Abend machen. Ich würde dir immer ein Billett geben. Willst du?« Dabei blies sie ihm kokett auf die Nase.

Alois, dessen slawisch behende Natur sofort erkannte, daß in dieser Offerte nicht nur die Möglichkeit ruhte, das Schneidergewerbe aufzugeben, sondern vielleicht sogar die Fanoche selber, nickte so sonderbar unbeholfen, daß es mehr herablassend, ja fast frech sich ausnahm.

Die Fanoche wunderte sich leicht: »Du heißt?«

»Alois.«

Die Fanoche lächelte seltsam und biß ein wenig an ihrer schweren wildgeschweiften Unterlippe. Dieser Name roch für sie absonderlich, neu, lasterhaft, verschlagen. »Und deine Adresse?«

Alois genierte sich, die Rue Lépic zu nennen.

»Hinterlegen Sie das Billett im Café, bei Robert.«

»Gut.« Sie stieß ihm jovial die Kniescheibe an den Bauch. »Au revoir, mon cher.«

So endete der Anfang. Das Ende begann nach drei Tagen. Schon.

Denn der tägliche Variétébesuch, der steigende Rülpserfolg, das joviale Blasen und Kniestoßen der Fanoche und schließlich die geradezu immense Hochachtung, die der Kellner Robert ihm gegenüber bekundete, brachten Alois, der außerordentlich begabt, nur noch unerfahren war, mit einem Schlag auf die Höhe seiner schlummernden Fähigkeiten.

Den Schlag erhielt er im Bühneneingang nach der Vorstellung von Réal, einem Fanoche-Interessenten lockerster Art, auf den Hinterkopf.

Doch Alois' Selbstgefühl, das diesen Schlag noch vor drei Tagen sicherlich stumm eingesteckt hätte, war inzwischen mächtig gestiegen. Und so geschah das gänzlich Unerwartete, daß Réal, der allseits schwer Gefürchtete, eine entsetzliche, so recht tschechische Watschen bekam.

Während der gräßlichen Prügelei, die sofort begann und die Réals wegen niemand zu bremsen wagte, erschien die Fanoche und sah angenehm erregt zu; bald aber neugierig lüstern; und schließlich, als Alois' Hiebe immer wilder niederprasselten, feuchten Auges und zitterfingrig.

Réals Kraft erlahmte.

Alois, der Fanoche längst begeistert gesichtet hatte, beschloß, seinen Sieg mit einem seiner Gönnerin würdigen Coup zu krönen. Er packte Réal plötzlich im Klimmzug, riß ihn hoch und schleuderte ihn mit einer

Kraft, deren ihn nur die heiß gewordenen Augen der Fanoche fähig werden ließen, auf einen in der Nähe stehenden Kulissenberg, der denn auch prompt zerbrach und Réal, den schwer Gefürchteten, knatternd und knarrend in sich begrub.

Alois hatte einen Riesenerfolg. Man klatschte, jauchzte, sang und schrie. Zwischendurch wurde der Name Alois mit Ehrfurcht genannt; von Fanoche mit rührender Zärtlichkeit, die jedoch Alois, als sie ihn zu streicheln versuchte, brüsk zurückwies.

Hier offenbarte sich seine außerordentliche Begabung.

Die Fanoche, auf solches am letzten gefaßt, fuhr sich mit dem Handrücken über die Augen, als wollte sie eine unmögliche Halluzination verscheuchen, und geriet, ohnehin durch das vorhergegangene Schauspiel tief erregt, endlich völlig außer sich. Sie begütigte, stammelte, bat, beschwor ...

Alois blieb hart, stieß sie eigensinnig immer wieder von sich und beschäftigte sich ausschließlich mit der Instandsetzung seines einigermaßen ramponierten Anzuges.

Die Fanoche, die sich nun nicht mehr zu helfen wußte und vor den herumstehenden Gaffern und Kollegen blamiert sah, wurde wütend und begann Alois in unglaublicher, nur ihrer Garonner Zunge geläufiger Weise zu beschimpfen.

Alois stutzte einen Augenblick. Dann aber zuckte es spitz in seinem breiten Gesicht auf. Er fühlte seinen unsäglichen Triumph und — schlug.

Die Rauferei, die nun folgte, unterschied sich freilich

wesentlich von der vorhergegangenen. Alois beschränkte sich tunlichst auf eine kraftvolle Verteidigung. Immer, wenn Fanoche ein Hieb geglückt war, schrie sie vor Schmerz auf. Als sie, zerzaust, zerrissen und zerkratzt, wimmernd zu Boden sank, stürzte ein Hohngelächter ohnegleichen über sie hin.

Das brachte Alois zu sich und auf einen für einen Neuling wirklich bemerkenswerten Ausweg.

Er packte Fanoche um den Leib, trug sie auf die Straße, warf sie in ein Taxi und fuhr mit ihr in die Rue Lépic.

Unterwegs blieb die Fanoche, ein Gemisch von Wut und Neugier, Haß und Begierde, trotzig und regungslos mit geschlossenen Augen liegen.

Sie öffnete sie erst, als sie sich auf ein Bett gelegt fühlte, und wunderte sich durchaus nicht, sich in einer Mansarde übelsten Pariser Genres zu befinden.

Alois wusch sich über einem Blechtopf, der auf einer Kiste stand, zog sich langsam vor einem Scherben Spiegel einen Scheitel und blickte zwischendurch scheu und interessiert auf Fanoche, die bereits sachte ihren Schlager vor sich hin pfiff.

Als sie zu dem Refrain kam: »O mon chéri, donne-moi un petit signe!«, rülpste Alois kräftig und lachte sein breitestes slawisches Lachen. Und auch die Fanoche lachte …

Am nächsten Morgen frühstückten sie, achtungsvoll und orientiert bedient, im Café de la Place Blanche, und als die Zigaretten in den Mundwinkeln baumelten, wurde nochmals besprochen, was nachts beschlossen worden war: daß Alois das Schneidergewerbe aufgeben müsse, nicht ohne sich zuvor eine kleine Garderobe, zu der Fanoche die Stoffe beizusteuern sich verpflichtete, verfertigt zu haben, und daß er seine Rülpsrolle, von nun an gegen Taschengeld, weiterzuspielen habe, bis sich eine passende Gelegenheit biete, ihn als Komiker oder wenigstens als Komparse zu managen ...

Während dieser Repetition blickte die Fanoche, die von sämtlichen Finessen, Trucs und Hautfarben gelangweilte, leidenschaftlich in das arg zerschrammte Gesicht ihres Alois, dessen in zart slawischer Breite gen Himmel weisende Nase querüber einen breiten blutigen Riß trug.

Als die beiden bald darauf die Rue Fontaine hinabschlenderten, begegneten sie, da das Doppelmatch in der Alhambra in allen Montmartre-Lokalen das Nachtgespräch gewesen war, zahlreichen auffällig registrierenden Blicken. Die weiblichen Branche-Angehörigen freuten sich grinsend über den Hereinfall der Fanoche, die männlichen zeigten ihren Hohn durch lächerliche Höflichkeit und ein stattlicher unbeteiligter Rest spottete ganz ungeniert.

Alois aber war ein gemachter Mann.

Noch am selben Abend ließ ihm Canette Rasolla von den »Quat' z arts« durch Robert ein Billett zustecken, in dem sie ihm ein Rendezvous offerierte und noch einiges ...

Und vierundzwanzig Stunden später fand die zweite Rauferei zwischen Alois und der Fanoche statt, die schlankweg gänzlich von ihm betört war.

# Sein Truc

war wirklich erstklassig. Er hatte weder den Vorteil, der oft ein Nachteil ist, einfach zu sein, noch den Nachteil, Komplikationen herbeizuführen. Er reüssierte stets und immer glatt und hatte der Betroffene einigermaßen von seiner Verblüffung sich erholt, so erwartete ihn die neue, nicht herausbringen zu können, wie es geschehen war. Fest stand allem Anschein nach bloß, daß ein Tic die Hauptrolle in den Manövern spielte, welche Mister Gam riesige Summen eintrugen und den Schwergeschädigten das komplette Nachsehen.

Als Fénor es hatte, hatte er es buchstäblich. Er stand nämlich an der Ecke der Rue Frochot, wo das Nachtrestaurant Le Rat Mort sich befindet, und sah Mister Gam nach, der langsam die Place Pigalle überquerte und, in Zwischenräumen von etwa fünf bis zwanzig Sekunden, mit dem Kopf zuckte. Das war sein Tic.

Mister Gam war längst im Nebel verschwunden, als Fénor immer noch unbeweglich dastand. Plötzlich blickte er auf und zuckte mit dem Kopf, als könnte ihm die Nachahmung jener Bewegung irgendwie Aufschluß über die Methode geben, mit deren Hilfe Mister Gam ihm zehntausend Francs abgenommen hatte. Auch ihm war es, als ob jener Tic das Wichtigste gewesen wäre. Er vermochte aber weder ihn sich zu erklären, noch den Rest. Schließlich ließ er den ganzen Hergang noch einmal an sich vorüber.

Er war von Mister Gam, dem er beim Verlassen des

Seite 55. Er hatte sich während dieser Worte ...

Gaumont-Palace begegnet war, zum Souper eingeladen worden und hatte angenommen, obwohl er von den Verlusten gehört hatte, die unter verschiedenen Umständen einige seiner Bekannten in Gesellschaft Mister Gams auf unerklärliche Weise erlitten hatten. Daß jene Umstände sich durchaus von der Gelegenheit unterschieden, die Mister Gam veranlaßt hatte, ihn zum Souper einzuladen, hatte sein anfängliches Mißtrauen verscheucht: Mister Gam konnte nicht wissen, daß er zehntausend Francs, welche ihm infolge einer zufälligen Begegnung im Gaumont-Palace übergeben worden waren, in seiner Brusttasche trug; und er konnte nicht wissen, daß er, Fénor, sich daselbst befinde, denn er hatte erst im letzten Augenblick, lediglich von einer Laune bestimmt, sich dazu entschlossen, ins Cinéma zu gehen. Beim Souper war Mister Gam, wie immer, überaus amüsant gewesen, hatte treffende Beobachtungen und witzige Bemerkungen über die anwesende Lebewelt gemacht und einige seiner Reiseabenteuer erzählt, die alle sich dadurch auszeichneten, daß banale Handlungen und groteske Zufälle einen unwahrscheinlichen und deshalb umso interessanteren Vorfall herbeigeführt hatten. Diese mit geschickter Disposition und feiner Diktion erzählten Geschichten hatten auf Fénor durchaus den Eindruck gemacht, wahr zu sein, umsomehr als Mister Gam in ihnen entweder nur eine nebensächliche Rolle spielte oder sogar eine passive. Und es war gerade während einer solchen Erzählung gewesen, als Fénor, seine Krawatte richtend, ahnungslos mit der Hand über seine linke Brustseite streifte: die harte Wölbung, welche das Portefeuille verursachte, war verschwunden. Ein schneller

Griff in die Tasche hatte bestätigt, woran er eigentlich nicht mehr gezweifelt hatte. Mister Gam schien keine Notiz von dieser Feststellung genommen zu haben und sprach in seiner suggestiven Art weiter, ohne daß seine weiche vibrierende Stimme auch nur das geringste Déséquilibre verraten hätte. Nur sein Kopfzucken, das zuvor außerordentlich häufig stattgefunden hatte, wurde nun auffällig seltener.

Fénor fröstelte. Er war überzeugt, daß dieser Tic die Lösung enthielt. Vielleicht diente er als Verständigungsmittel, vielleicht gab er Morsezeichen? Fénor grinste müde, schloß mit einer resoluten Geste den Mantelkragen und winkte einem Taxi. Als es über den Boulevard de Courcelles rollte, jubelte er innerlich auf, daß er sich beherrscht und nichts von seiner tobenden Wut sich hatte anmerken lassen; und lächelte darüber, welch fürchterliche Szenen die ihm vorhergegangenen Opfer ergebnislos aufgeführt hatten. Plötzlich wurde sein kluges Gesicht starr. Und mit einem halb unterdrückten Aufschrei schlug er sich auf die Knie: er hatte gefunden, was allein ihm eine Chance bot, Mister Gams Truc zu entdecken.

»Ich muß mich noch einmal von ihm hineinlegen lassen«, sagte er mehrmals laut vor sich hin. »Und ich muß dabei aufpassen, als befände ich mich in Todesgefahr.« –

Die nächsten Tage verbrachte Fénor fast ausschließlich mit vergeblichen Versuchen, Mister Gam auf unverdächtige Weise in den Weg zu kommen. Hierauf versuchte er es mit sorgsam gefälschten Rohrpostkarten, die Mister Gam zu Rendezvous bestellten, mit fingierten

Telefongesprächen, die ihn auf vielerlei Art in eine bestimmte Straße bringen sollten, und endlich mit einer Depesche aus Melun. Nichts verfing. Fénor gab es resigniert auf, diesen Überfuchs anzulocken, und mußte sich entschließen, die so sehr herbeigesehnte Begegnung einem Zufall zu überlassen.

Dieser war ihm bereits am Abend nach diesem Entschluß hold. Fénor befand sich, eben als er aus der Rue Castiglione auf die Place Vendôme einbog, ganz plötzlich neben Mister Gam, welcher, die Hände in den Manteltaschen, unbeweglich dicht an der Mauer stand.

Fénor wich, allerdings ohne jede Überlegung, schnell zurück und bog um die nur ein paar Schritte entfernte Ecke. Hier blieb er stehen und dachte nach. Nach wenigen Sekunden war es für ihn außer Zweifel, daß Mister Gam jemandem auflauerte. Sein Plan war sofort gefaßt.

Fénor schlenderte an die Ecke heran und lugte vorsichtig hervor: Mister Gam stand nach wie vor unbeweglich da und hatte aller Wahrscheinlichkeit nach den Eingang des Hotel Ritz im Auge. Fénor lehnte sich an die Mauer, zündete sich eine Zigarette an und tat nur von Zeit zu Zeit einen Blick um die Ecke.

Endlich, nach etwa zehn Minuten Wartens, löste Mister Gams Rücken sich langsam von der Hauswand.

Fénor folgte Mister Gam in einem Abstand von ungefähr vierzig Schritten, sah, wie er in der Nähe des Hotel Ritz einem älteren, schon etwas beleibten Herrn geschickt in den Weg trat, sofort mit ihm in ein sehr lebhaftes Gespräch geriet und kurz darauf an dessen Seite das Restaurant Edouard VII. betrat. Fénor ließ eine Viertelstunde verstreichen. Dann betrat er gleichfalls das elegante Restaurant. Es gelang ihm, nicht ohne einige Schwierigkeiten, ungesehen zu bleiben und an dem hinter Mister Gams Rücken befindlichen Tisch Platz zu nehmen. Gleichzeitig mit dem Diner bestellte er den Figaro, um eine Deckung parat zu haben, falls Mister Gam eine Wendung nach rückwärts machen sollte.

Der Mister Gam gegenüber sitzende Herr war Fénor unbekannt, aber ein in jeder Hinsicht ganz ausgezeichnet gewähltes Opfer. Er trug eine fingernagelgroße Perle in der Krawatte, zwei Brillantringe, die auf mindestens fünfzigtausend Francs zu schätzen waren, und hörte, was Fénor ein hämisches Lächeln entlockte, seinem unausgesetzt sprechenden Tischgenossen mit devoter Begeisterung zu.

Fénor bedauerte sehr, daß er Mister Gams Gesicht nicht sehen konnte, beschied sich jedoch rasch, als er bemerkte, daß die Zahl der Kopfzuckungen von Minute zu Minute zunahm. Einige forschende Blicke genügten, um festzustellen, daß weder einer der Gäste an den Nebentischen noch einer der Kellner auf das Kopfzucken achtete. Man hatte es zwar allenthalben mit Verwunderung wahrgenommen, sich aber sofort damit abgefunden und es weiterhin ignoriert.

Es verstrich fast eine halbe Stunde, ohne daß der bis zum Schweißausbruch aufmerksam beobachtende Fénor irgend etwas hätte bemerken können, das seine wilde Neugier auch nur im geringsten befriedigt hätte.

Mit einem Mal aber schien es ihm, als wäre in den Ausdruck der Augen des gespannt zuhörenden älteren Herrn etwas Blödes, Glotzendes geraten, das vorher nicht dagewesen war. Fénor sah noch schärfer hin und glaubte, eine unnatürliche Unbeweglichkeit in der ganzen Haltung jenes Herrn bemerken zu können. Eine leise in ihm sich erhebende Vermutung wurde ihm fast zur Gewißheit, als er sich ein wenig zur Seite neigte und sah, daß Mister Gams linke Hand fest auf der seines Gegenüber lag. Und fast gleichzeitig geschah es.

Mister Gam ergriff mit der Rechten seine Serviette und fuhr mit ihr seinem Opfer übers Gesicht, als wollte er ihm in liebenswürdiger Weise ein Stäubchen entfernen. Seine Linke aber senkte sich blitzschnell in die fremde Brusttasche, eskamotierte das ergatterte Portefeuille in die Serviette und legte diese dann neben sich auf den Tisch.

Fénor hatte eigentlich bereits genug gesehen. Es interessierte ihn aber doch noch, zu wissen, wie Mister Gam das Portefeuille verschwinden lassen würde. Es dauerte denn auch nicht lange, da glitt die Serviette unauffällig zu Boden, genau zwischen die Füße Mister Gams, die sich alsbald unter sie schoben und, von ihr bedeckt, allerlei Bewegungen ausführten, um schließlich mit einem Ruck still zu stehen. Nach einigen Minuten beugte sich Mister Gam nachlässig zur Seite, um die Serviette aufzuheben. Dabei lanzierte er schnell das Portefeuille in den linken inneren Hosenrand, in dem kunstgerecht eine kleine Tasche angebracht war …

Fénor, der das Restaurant daraufhin sofort verlassen hatte, wartete im Schatten der Vendôme-Säule, überzeugt, Mister Gam bald erscheinen zu sehen.

Nach einer Viertelstunde fuhren zwei Polizeibeamte im Taxi vor. Und nach einer weiteren Viertelstunde stürzte

Mister Gams Opfer in heftigster Aufregung aus dem Restaurant, sprang in das noch wartende Taxi und fuhr in der Richtung der Rue de la Paix davon. ›Zweifellos zum nächsten Privatdetektiv.‹ Fénor lächelte selbstzufrieden.

Bald darauf erschien Mister Gam unter dem Portal des Restaurants, umgeben von einer Schar schwatzender gestikulierender Kellner und den eifrig auf ihn einsprechenden Beamten, die er mit immer abweisenderen Handbewegungen sich vom Leibe hielt, und ging, als man ihn endlich in Ruhe ließ, langsamen Schrittes auf die Rue Castiglione zu.

Fénor folgte ihm bis unter die Arkaden des Hotel Continental. Der um diese Nachtstunde nur spärliche Verkehr, auf den Fénor im Nu seinen Plan aufgebaut hatte, war nicht einmal vorhanden. Das zerstreute seine letzten Bedenken.

Er rannte auf den Fußspitzen ganz nahe an Mister Gam heran, stellte ihm von hinten ein Bein, riß dem Hingestürzten das gestohlene Portefeuille aus der Hosenbeintasche und steckte es ein.

Mister Gam war rasch wieder auf den Beinen und so verdutzt über die Anwesenheit Fénors, daß er gar nicht daran dachte, seinen über und über staubig gewordenen Mantel zu säubern. »Sie hier?« hauchte er, verwirrt versuchend, sich zu sammeln.

»Allerdings.« Fénor wartete, brennende Schadenfreude in den Augen.

Mister Gam strich sich mit beiden Händen die Wangen entlang, abwechselnd Fénor und die Straße musternd. Seine kleinen grauen Augen flackerten eigentümlich. Miteins hielten seine Hände inne. Sein Kopf senkte sich langsam, fast unmerklich.

Fénor, dem keine der Bewegungen Mister Gams entgangen war, sah, wie er den rechten Fuß am linken Knöchel rieb. ›Um festzustellen, ob der kostbare Raub noch an seinem Platz ist.‹ Fénor grinste höhnisch.

»Also *Sie*!« zischte im selben Augenblick Mister Gam. »Geben Sie mir wenigstens die achttausend Francs heraus, die zuviel darin sind.«

»Sie geben also zu, mir zehntausend Francs gestohlen zu haben, Herr Hypnotiseur?«

»Patati patata.« Mister Gam nahm sich, plötzlich wieder völlig ruhig geworden, eine Zigarette. »Sie haben sich Ihr Geld nicht ungeschickt zurückgeholt. Sie mögen es behalten. Aber was nicht Ergebnis Ihrer Arbeit ist, kommt Ihnen nicht zu.«

Fénor rückte lachend an seinem Hut. »Nicht Ergebnis meiner Arbeit? Ist ein gut in den Weg gestellter Fuß ein schlechterer Truc als ein vorzüglich verwendeter Tic? Es wäre übrigens sehr liebenswürdig von Ihnen, mir den eigentlichen Zweck Ihres köstlichen Tics zu verraten. Alle restlichen Details Ihres Arbeitens sind mir jetzt endlich klar.«

»Mit Vergnügen.« Mister Gam lächelte verbindlich. »Er dient lediglich der Verschleierung der Hypnose. Er fesselt die Aufmerksamkeit meines Mannes in hohem Grade, macht es ihm aber andererseits unmöglich, zu bemerken, daß ich ihm unausgesetzt in die Augen sehe.« Er hatte sich während dieser Worte Fénor genähert, ergriff plötzlich mit beiden Händen dessen Kopf, preßte sie auf die Schläfen und stierte ihm in die Augen ...

Als Fénor zu sich kam, lehnte er, halb eingesunken, an einem Arkadenpfeiler. Ein Polizist stand neben ihm, klopfte ihm auf die Schulter und riet ihm freundlich, doch endlich heimzugehen. Fénor nickte mechanisch und ging.

Nach einigen Schritten erinnerte er sich. Die Zähne aufeinanderknarrend, griff er in die Tasche: das Portefeuille, das er erjagt hatte, war verschwunden; aber auch sein eigenes, in dem sich allerdings bloß zweihundert Francs befunden hatten.

Er hätte sich nicht wochenlang fast krank geärgert, wenn er gewußt hätte, daß das gestohlene Portefeuille nur neunhundert Francs enthalten hatte.

# Ein ungewöhnlicher Handel

Tralcof griff, kaum daß er erwacht war, hastig nach dem Telefonapparat, der auf dem Nachttischchen stand, und lächelte verschmitzt, während er auf die Stimme der Beamtin wartete. »Central 46 88 ... Ja ... Die Signorina Forbena, bitte ... Ja ... Luisa? Guten Morgen. Ausgeschlafen?... Aber das muß doch wieder einmal aufhören. Ich glaube, daß es für die Erhitzung erkalteter Beziehungen genügt, wenn man sie drei Wochen lang ... Wie? Sechs Wochen? Si. Also wenn man sie sechs Wochen lang auf den Rost eines flammenden Bruchs legt. Poetisch, nicht? ... Ja, du hast recht. Ich war stets ein sachlicher Träumer. Du glaubst mir doch hoffentlich kein Wort. Jetzt, da mich die Sehnsucht treibt ... Ja, bitte, treibt. Also jetzt kann ich es dir ja eingestehen, daß ich mit dir nur gebrochen habe, weil es so nicht mehr weiterging und weil ... Was ich eigentlich will? O, du Tiefsinnige! Erstens mich mit dir aussöhnen, um die Friedlichkeit meiner seit drei, scusate, seit sechs Wochen schwer troublierten Nächte wiederherzustellen ... Ach, ich pfeife darauf, ob du es glaubst oder nicht. Wichtig ist mir nur, daß du wiederherstellst ... Nicht? ... Wirklich nicht? Warte bitte, bevor du mir endgültig abläutest, mein Zweitens ab ... Ja, heißgeliebtes Mädchen ... Du lachst nicht einmal? Dann allerdings ist die Gefahr des Abgeläutetwerdens beträchtlich gestiegen ... Ja, ja, ja, also kurz und gut und zweitens: *wie* konntest du eine derart fürchterliche Dummheit machen, dich mit diesem

Frauenzimmer in der Via Chiaia zu zeigen und noch dazu am hellen Mittag? ... Ob ich sie kenne? Ganz Neapel kennt diese Person. Wie konntest du nur! ... O, ich vermute, daß es ein Rückzug ist, wenn man nach solch einer feuchten Mitteilung plötzlich keine Zeit mehr hat ... Was? Um sieben Uhr? Zur Wiederherstellung? ... Nein? ... Also um sieben Uhr. Arrivederci!«

Tralcof ließ sich schmunzelnd in die Kissen zurückgleiten: er war nun sicher, daß er jene schöne Frau, die er am Tag vorher am Arm Luisas, das erste Mal in seinem Leben, gesehen hatte, in wenigen Tagen kennen würde.

Abends aß er mit Luisa im Esposito auf der Piazza S. Ferdinando.

Luisa hatte sofort, als er bei ihr eingetreten war, Frau Vercelli in leidenschaftlicher Weise zu verteidigen begonnen: sie sei die Witwe eines römischen Colonels, der in Tripolis gefallen wäre, bewohne drei Zimmer im Hotel Britannique auf dem Corso Vittorio Emanuele und verkehre überhaupt nur mit zwei Menschen, mit Lina Dini und Carlo Gelli, durch den sie zufällig ihre Bekanntschaft gemacht habe. Luisa war während dieser Verteidigungsrede geradezu aufgeregt gewesen.

So hatte Tralcof, ohne selbst auch nur ein einziges Wort gesagt zu haben, mühelos erfahren, was er zu wissen wünschte; daraufhin die Möglichkeit eingeräumt, daß er sich geirrt haben könnte, daß vielleicht eine verblüffende Ähnlichkeit vorläge, und, schnell ablenkend, Luisa eine gut disponierte Liebeserklärung gemacht, die zwar zu keinem deutlichen Ergebnis führte, aber immerhin zur Annahme der Einladung zum Diner.

Beim Dessert, dem vorzüglich gebändigte Sprachattakken und mehr oder weniger heftige Wiederannäherungsversuche auf dem Souterrain vorhergegangen waren, ließ Tralcof eine kleine Pause eintreten, um mit der erforderlichen Harmlosigkeit sagen zu können: »Nein, ich glaube doch nicht, daß ich mich geirrt habe. Die Ähnlichkeit war *zu* groß.«

»Du *mußt* dich geirrt haben.« Luisa wurde augenblicklich wieder aufgeregt, so daß Tralcof verwundert aufmerksam wurde. »Es ist gänzlich ausgeschlossen, daß Pina nicht ist, was sie scheint.«

Tralcof lächelte dünn. »Pina sagst du bereits? Also schon so intim? Nun, ich erinnere dich an das, was ich dir früher öfter zu bedenken gab: daß man immer nur etwas zu sein scheint und daß es deshalb lediglich darauf ankommt, herauszubekommen, ob man den frühzeitig und endgültig angenommenen Schein vor sich hat oder einen nur vorübergehend angenommenen.«

Luisa machte eine eigensinnige Handbewegung und fistelte nervös: »Laß bitte deine Erziehungsversuche! Darauf falle ich nicht mehr herein. Außerdem hat mir Pina tatsächlich bewiesen, daß sie es ehrlich mit mir meint.«

Tralcof schwieg schlauerweise und beschränkte sich darauf, als er Luisas forschenden Blick auf sich gerichtet fühlte, wie für sich hin zweifelnd den Kopf zu bewegen.

»Du kannst dich ja selbst davon überzeugen, wenn du willst.« Luisa spielte ärgerlich mit ihrer Serviette. »Ich gehe morgen mit ihr und Gelli ins Theater. Komm in die Loge! Ich stelle dich vor.«

Tralcof zuckte, sehr mit seinem Vorgehen zufrieden,

leicht die Achseln und nahm seine Bestrickungstätigkeit wieder auf, die ihn denn auch nach Mitternacht in Luisas Bett brachte ...

Als er am nächsten Abend in Frau Vercellis Loge erschien, war Luisa deshalb so heiter, daß der günstige Eindruck, den er auf jene machte, noch durch die naheliegende Vermutung, er könnte diese Heiterkeit hervorgerufen haben, erhöht wurde.

Tralcof erkannte sogleich, wie vorteilhaft seine Situation sich gestaltete, und zögerte nicht, ihr kräftig nachzuhelfen: er ignorierte Frau Vercelli fast, verwickelte aber Luisa und Gelli in eine schlechthin betörend amüsante Konversation und verließ, als es ihm gelungen war, der finster abseits Sitzenden ein Lächeln zu entlocken, überraschend unvermittelt die Loge.

Am folgenden Morgen war es daher Luisa, die anklingelte, um ihn mit jenen gewissen halben Tönen heißen Stolzes zu bitten, sie abends abzuholen und ins Hotel Britannique zu begleiten.

Daselbst verursachte Tralcof mit boshafter Genugtuung ein eisiges Diner, indem er sich darauf beschränkte, mit dem Kopf zu nicken oder ihn leise zu schütteln. So daß der sonst sehr zähe Gelli es nach einigen verzweifelten Versuchen aufgab, Tralcof zum Reden zu bringen.

Umso größer war darum dessen Erfolg, als er, während man noch Kaffee trank, ans Klavier ging und die reizvollsten deutschen und französischen Kabarettschlager spielte, zwischendurch sang und scherzte und schließlich die gewagtesten Späße machte, welche Frau Vercelli immer wieder vor die Wahl stellten, ihn hinauszuwerfen oder zu bewundern. Da sie selbstverständlich dieses vorzog, war es nicht weiter verwunderlich, daß sie Luisa neugierig fragte: »Ist er immer so?«

»Nein, so war er noch nie.« Luisa ahnte nicht einmal, was alles sie mit dieser Feststellung vernichtete.

Denn Frau Vercelli zweifelte nun nicht länger, wem Tralcofs Götterstimmung gelte, und erkannte, daß dessen vorhergegangene Launen bewußte, auf sie gerichtete Manöver waren.

Als Luisa und Tralcof spät nachts sich verabschiedeten, bat Frau Vercelli um Bücher. Tralcof, bereits innerlich sich als Sieger huldigend, versprach welche; Luisa, sie zu bringen.

Doch Tralcof kam ihr zuvor. Schon am andern Morgen. Und zwar um acht, überzeugt, Frau Vercelli noch im Bett anzutreffen und gleichwohl vorgelassen zu werden.

Kaum hatte das Zimmermädchen, das ihm mitgeteilt hatte, er möge ein wenig warten, den Salon verlassen, als Tralcof kurzerhand Frau Vercellis Schlafzimmer betrat.

»Giorno. Ich wußte, daß Sie nicht warten würden.« Frau Vercelli blieb, ihm nur den Kopf zuwendend, im Bett liegen.

Tralcof ließ die Bücher fallen. »Sie ... Sie ... Sie ...« keuchte er, nicht ohne effektvolle Klimax, und warf sich, nicht weniger bedacht, auf Frau Vercelli, die ihn ohne den geringsten Widerstand empfing und nach einer Stunde immer noch festhielt.

Erst als eine ganz besonders durchgearbeitete Erschöpfung stattgefunden hatte, begann sie zu sprechen. »Bist du wirklich Luisas Apoll?«

»So daneben vorbei gewesen.« Tralcofs mächtig geschwungene Brauen zuckten wie gekränkt. »Vor vielen Monaten einmal habe ich, gewiß, aber … ich fing nur deinetwegen wieder an.«

»Sie muß schon reichlich bejahrt sein, das Wesen.«

»Dreiunddreißig.«

»Si. Seit sechs Jahren.« Frau Vercelli ließ Tralcof nicht aus den Augen. »Bei diesem Leben geht es eben rasch.«

»Kokotte ist sie eigentlich nicht.«

»Doch.«

»Du willst mich aushorchen.« Tralcof zupfte mißtrauisch an ihren Achselhaaren.

»Vielleicht. Liebst du sie?«

»Wie macht man denn das?«

»Bene. Hat sie mich beschimpft?«

»Nein. Vielmehr dich heftig als anständige Frau verteidigt, als ich dich eine schwere Kavallerie-Hure nannte.«

»Was?« Frau Vercelli, deren prächtiger Oberkörper vipernähnlich aufgeschnellt war, ließ sich alsbald grinsend zurücksinken. »Übrigens weshalb, wenn man fragen darf?«

»Zur Orientierung. Sage mir, auf wen eine Frau schimpft, und ich werde dir sagen, welche von beiden vorzuziehen ist.«

»Nett. Aber sie hat mich doch nicht beschimpft.«

»Eine Frau, die eine andere verteidigt, muß schwer hineingefallen sein.«

»Bravo. Aber beobachtet sprichst du noch besser. Hör mal, willst du mit mir arbeiten?« Frau Vercelli räusperte aufmunternd.

Tralcof setzte sich auf, es mit Erfolg vermeidend, erstaunt zu sein. »Was soll das heißen?«

»Das soll heißen, daß du mir in jeder Hinsicht willkommen wärst. Und wenn du mein Liebhaber bleiben wolltest, umso herzlicher.«

Frau Vercelli weidete sich, fast mit leisem Hohn, an Tralcofs gespielter Gleichgültigkeit. »Die Veränderung wäre nicht zu deinem Nachteil. Wieviel gibt dir Luisa, carissimo?«

»Sind Sie ... Bist du dessen sicher?«

»Er verspricht sich! Also doch noch ein wenig beleidigt.«

»Ich wundere mich über deine gotische Psychologie. Unnötig. Luisa gab mir gestern tausend.« Tralcof, der bloß fünfhundert erhalten hatte, ärgerte sich, nicht einen höheren Betrag genannt zu haben.

»Stimmt. Das Geld ist von mir.« Frau Vercelli küßte ihren Handrücken.

Tralcof ließ augenblicklich seine Augen träumen.

Frau Vercelli sah es, sachte schmatzend. »Ich verschaffe nämlich Kokotten, die sich der Überreife nähern, Geld. Tunlichst viel und nur gegen einen richtigen Schuldschein. Welche überreife Kokotte braucht kein Geld? Jede. Welche zahlt zurück? Keine. Das dauert also längstens zwei bis drei Jahre. Die Michés bleiben schließlich fast ganz aus und mit ihnen die Soldis. In diesem feierlichen Augenblick erscheint einer meiner Turner mit dem Schuldschein, der an ihn zediert ist, und ...« Sie hielt beiläufig inne.

Tralcof stieß ihr, süß lächelnd, sein Gesicht hin. »... und macht die dümmsten Drohungen und am Ende die Gans willig dazu ... O, das kann ich mir sehr gut vorstellen.«

»Weniger aber, daß persische, indische und chinesische Bordelle ganz unwahrscheinlich stattliche Beträge für weiße Damen zahlen, nach denen hier kein Lazzo mehr kräht. Übrigens werden diese Kühe dort wie Prinzessinen behandelt. Ich habe Dankschreiben.« Frau Vercelli legte ihre gepflegte schöne Hand zart auf Tralcofs nackten Bauch.

»Wieviel hast du Luisa geliehen?«

»Sechstausend. Mit denen sie ja bald fertig sein wird, wenn du ...«

»... wenn ich nachhelfe.«

»Bravissimo.« In Frau Vercellis Augen blitzte es verhalten. »Ich ahnte sofort, daß du zu brauchen bist. Wie du dich mir vormanövriertest, war eine gesunde Talentprobe ... Ecco. Du mußt Luisa das Geld so rasch wie möglich wieder abnehmen. Es gehört, darüber ist nicht weiter zu reden, dir. Und mußt dich auch an andere Damen heranmachen. Aber doch lieber Genre Lina Dini, der ich viertausend geliehen habe. Diese Sache macht Gelli. Alora, va bene?«

Tralcof überhörte raffinierterweise diese Frage. »Ich kann mir aber auch vorstellen, welchen Erfolg du in diesem Metier hast, das bisher nur stinkende alte Vetteln an der Hand einiger Friseur-Beaux ausübten. Eine vornehme, sehr schöne Frau und ein neuer, wenig riskanter Truc. Meine Hochachtung! Ein ungewöhnlicher Handel!«

Frau Vercelli wartete lauernd, die Augen auf ihren rosigen Unterleib gesenkt. Dann wurde ihr Atem kürzer. »Du machst eine Bedingung?«

Tralcof lachte auf. »Wir verstehen uns ohne Hängebrücken.« Er biß, irgendwelche Schwierigkeiten markierend, in seinen Zeigefinger. »Ich möchte lediglich Präzisionen.«

»Wir machen Kontrakt. Du bekommst zwanzig Prozent des Verkaufspreises der von dir beendeten, vielmehr auf neu verfrachteten Damen, sämtliche Spesen ersetzt, wobei ich *dir* gerne durch die Haare sehe, und schließlich noch manches von mir, wenn du dich um mich weiterhin so verdient machst wie heute.« Frau Vercelli beklopfte zärtlich ihre Knie. »Ä, carissimo ...?«

Tralcof hielt es für zweckentsprechend, ein scharfes Gesicht zu machen, bevor er, plötzlich zu einem dummen Ausdruck übergehend, großartig sagte: »Va bene.«

Frau Vercelli, die nun überzeugt war, in ihm ein williges Werkzeug gefunden zu haben, schloß die Augen und bewegte begehrlich die Beine.

Tralcof, dieser Bewegung nachkommend, überlegte, während seine Lippen freche Zärtlichkeiten fabrizierten, wie er Frau Vercelli in seine Hand bekommen könnte.

# Wunder über Wunder

In Begleitung eines jungen Schweizers, dessen Bekanntschaft sie im Hotel gemacht hatten, verließen Rabsborough und Leilah die St. Peterskirche.

»Jetzt weiß ich endlich, Öchsli, was Zimt ist«, sagte Rabsborough sehr leise.

Leilah spitzte süß die scharf gemalten Lippen, trüb meinend: »Aber, aber ... Übrigens ist es in der St. Pauls-Kathedrale in London wärmer, nicht?«

Rabsborough klopfte ihr, den untersten Westenknopf wieder öffnend, auf den Unterarm. »Bitte, auch ich bin nicht ganz ohne Pietät.«

»Jedenfalls ein wüster Geselle.« Leilah zupfte an seiner Krawatte.

Öchsli zog eine schwärzliche Zigarette aus der Westentasche. Er hielt es für nötig, endlich etwas zu äußern, um seine Empörung, aber auch seinen weitaus überlegenen Standpunkt kräftig zu dokumentieren. »Diese Kirche ist ein Wunder. Aber die St. Pauls-Kathedrale ist vielleicht ...« Er verfiel, die Anstrengung nicht mehr aushaltend, doch wieder in sein heimatliches Idiom: »... vülloicht kumfortablr, das rüm öch ün, dach vüle Detoils hür sind in manchr Wüs vül abwachslungsrüchr.«

»Der Knabe sieht aus ...« Rabsborough begab sich zu Leilahs Ohr hinab. »... wie ein Leitfaden durch die biblische Geschichte.«

Leilah sprang lachend die breiten Steinstufen hinunter und lief, den roten Sonnenschirm auf dem Pflaster nachschleifend im Zickzack über den riesigen Platz.

Öchsli lief ihr nach, wobei er die Zigarette verlor, seine mühsam zusammengeklebte Haltung und einen Zwanziglire-Schein.

Rabsborough hob diesen auf, barg ihn auf seiner Brust und näherte sich, immerhin um einiges fröhlicher, Leilah, die neben einer sehr blonden Dame, welche mitten auf dem Platz unter einem großen gelben Schirm malte, stehengeblieben war.

Öchsli hatte über diesem Ereignis Leilah vergessen. Er beglotzte eifervoll die bepinselte Leinwand und bemühte sich, den Namen Hodler murmelnd, schwere Kennerschaft anzudeuten.

Rabsborough neigte sich nachlässig über das angefangene Bild. Und plötzlich flüsterte er der malenden Dame weich ins Ohr: »Mein liebes Fräulein, Striche machen ist nicht so lukrativ wie der Singular.«

Die junge Dame hielt, langsam dem Sinn dieser Worte nachgehend, einige Sekunden den hübschen Kopf gesenkt. Dann aber sprach sie zornrot empor und flammte Rabsborough ins Gesicht: »Schämen Sie sich! Das wagen Sie einer Dame zu sagen? Und hier ... hier an diesem Ort?«

»Gerade hier.« Rabsborough sah das Blut an ihren Schläfen und stöhnte heiter: »Hier bemerkt man nämlich ganz besonders deutlich, daß die Kunst traurig stimmt. Sie ist sogar traurig. Das ist ihr Todesurteil. Deshalb allein aber hat die schlaue Kirche sich ihrer bemächtigt.«

Die junge Dame nahm Rabsborough nach diesen

Worten sofort ernst und fühlte die ethische Pflicht, ihm würdig zu antworten. »Sie irren durchaus, mein Herr. Nicht nur die Kunst im allgemeinen, auch die kirchliche hat einen tiefen Sinn. Daß Traurigkeit manchmal in ihrem Gefolge auftritt oder auch als bewußter Zweck, das ist ...«

Rabsborough legte seine Hand beruhigend auf den zuckenden Arm der jungen Dame, so daß sie, darüber erstaunt, schwieg. Dann räusperte er, als wäre er verlegen. »Ich kenne eine Frau, die sich unterm Isenheimer Altar schwängern ließ. Es war jedoch schwer, zu entscheiden, ob aus Traurigkeit, Leidenschaft oder lediglich zu ihrem Privatvergnügen.«

Die junge Dame blickte hilfesuchend bald Leilah an, die interessiert schwieg, bald Öchsli, der mit seinem Standpunkt kämpfte, schlug sich schließlich Rabsboroughs Hand herunter, stampfte mit dem Fuß und schrie: »Lassen Sie mich in Ruhe! Gehen Sie doch schon! Ich verabscheue Sie!« Tränen erschienen in ihren hellen blauen Augen.

Rabsborough nahm sich Leilas Arm und ging lachend weiter.

Öchsli folgte, gänzlich aus dem Schweizerhäuschen.

Dem ratlos verwunderten Gesicht Leilahs sagte Rabsborough endlich: »Sehr einfach. Ich habe dieses liebliche Wesen in einem Atem beleidigt, neugierig gemacht und in seinen heiligsten Grundsätzen getroffen.«

»Das chabe Sü nüt!« Öchslis Manneswürde hatte sich bereits wieder gefaßt. »Das war schlacht von Ühn, söhr schlacht.«

Leilah zog zierlich das Mündchen kraus. Auch ihre

Finger schienen, das Fichu umspielend, zu spotten. Sie ging rascher.

Rabsborough, sehr vorsichtig, supponierte diesen Spott. »Nicht so schnell, Leilah! Ich bewies dieser Dame ja nur, weshalb ihr Bild schlecht ist.«

Leilah, die lediglich Öchsli über hatte, lächelte breit, auch weil es ihr schmeichelte, daß eine hübsche Frau schlecht malte. Hierauf äußerte sie unnachahmlich: »Kokette Aufregung einer geistig Minderjährigen!«

»Ich verstoh nüt.« Öchsli hustete gewichtig. Dabei huschte sein platter Blick seitlich auf Leilah und Rabsborough, halb verlegen, halb zornig.

»Sie verstohn nüt?« höhnte Rabsborough lax. »Klingeln Sie doch die Neue Züri Zittig an!«

Öchsli japste ein wenig, hob das geschorene Haupt, bedeckte es und schritt mit völlig wiedererlangter Haltung großartig über den Platz.

»Übrigens ist es die Baronesse von Potthammer aus Rudolstadt.« Rabsborough beobachtete Leilah neugierig.

Die zeigte, wirklich überrascht, etliche Sekunden die Zungenspitze...

Nach dem Diner saßen Rabsborough und Leilah in einer Ecke des Hotel Exzelsior und tranken eine Flasche Marteaux.

»Rom!« Rabsborough unternahm es, alles, was seine Stimme an verachtungsähnlichen Tönen gelernt hatte, in diese komische Silbe zu pressen: »Rom! Ich finde, diese Stadt ist nur eine besonders verfallene Art von Provinz. Wo in anderen Städten Kinos langweilen, stören hier Kirchen. Jeder Mann über dreißig sieht aus wie Garibaldi, darunter wie Theodor Körner oder Alfred de Musset. Aber du kennst, dank deiner instinktiven Haltung, weder den einen noch den andern.«

»Können Sie denn Ihr Lästermaul nicht eine Minute halten?« Die Baronesse von Potthammer, welche ihre Niederlage nicht verschmerzen konnte, hatte es unwiderstehlich in die Nähe ihres Peinigers getrieben.

Rabsborough wandte sich ihr ohne den kleinsten Ausdruck der Verblüffung zu. »Jetzt, meine Gnädige, beginnen Sie mich ernstlich zu interessieren. Wollen Sie uns das Vergnügen machen?«

Die Baronesse ließ sich, nach Sekunden mißlungenen Überlegens, schließlich, nervös lachend, am Tisch nieder. »Sie müssen mich entschuldigen ...« Sie wandte sich an Leilah, die urban grinste, aber doch so, daß man es auch für entzückt halten konnte.

Nicht weit vom Tisch hatte sich ein junger Italiener aufgestellt, der es verstanden hatte, der Wachsamkeit des Portiers zu entgehen. Und plötzlich stieß sein gequälter Tenor eine melodische alte Serenata in die Nacht.

»Trottel!« hauchte Rabsborough.

Leilah beugte sich zur Seite, um den Sänger zu sehen. »Ein sehr netter Junge ...«

»Aber bitte, Leilah! Du weißt doch, daß ich *dagegen* nie etwas einzuwenden habe.«

Leilah winkte gleichgültig ab. »Warum nur ein singender Mann so entsetzlich blöde wirkt?«

»Weil er ...« Rabsboroughs Augen blitzten lustig drauflos. »Ach, weil er eben zu primitiv exhibitioniert.«

»Sie sind ja ein Monstrum!« Die Baronesse versuchte

vergeblich, ein Entsetzen, das sie längst nicht mehr fühlte, zu markieren. »Sie sind ja ganz gräßlich.«

»Wenn Sie mit mir schlafen wollen, müssen Sie mich deutlicher auffordern.« Rabsborough legte seine Pfeife weg und schob seine Manschetten ein wenig zurück.

Leilah, die jedes Wort vernommen hatte, entfernte sich, um dem Sänger eigenhändig fünf Lire zu überreichen.

Die Baronesse trachtete immer noch, eine Antwort zu finden oder eine Geste oder einen Entschluß oder irgend etwas, das ihr den Triumph über Rabsborough gesichert hätte. Aber je länger es dauerte, desto deutlicher fühlte sie, daß sie nichts finden würde. Und schließlich sah sie ein, daß es überhaupt bereits zu spät sei. Sie tat, was man in solch einem Fall fast stets zu tun pflegt: sie lächelte.

Und auch Rabsborough lächelte. »Sie wirken Wunder, meine Gnädige.«

»Wieso.« Die Baronesse fand nicht einmal mehr die Kraft, darüber zu erstaunen, daß sie danach fragte.

»Ihr Lächeln hat mich auf – Minuten aus meiner Absicht geworfen.«

»Aus welcher Absicht ...?«

Rabsborough ergriff seine Pfeife. »Gestatten Sie mir eine kleine Abschweifung, die es gleichwohl aber nur scheinbar ist ... Ich hörte einmal, irgendwo in Deutschland, durchaus zufällig, ich versichere Ihnen, jemanden sagen, daß die Wunder der Erde die Gesetze des Himmels seien. Und habe mich augenblicklich sehr gewundert, daß es im Himmel noch nicht – unordentlicher zugeht. Ich bin vielmehr eher geneigt, zu glauben, daß die

Erde ein schlechter Witz des Himmels ist und dieser ein Bluff des lieben Gott, der ja, da ihm nichts anderes übrig bleibt, als an sich selber zu glauben, ein großer Halunke sein muß. Die Erde sieht ihm fast noch ähnlicher als der Himmel. Vielleicht bin ich sogar fromm, wenn ich mein Lästermaul auftue.«

Die Baronesse, längst von Rabsborough dunkel begeistert, warf ein Bein über und schien zu übersehen, daß ihr Rock den Knien um vieles zu nahe zu liegen gekommen war. »Sie phantasieren.«

»Wirke ich nicht bereits Wunder?« Rabsborough kniff, um zu erregen, sich in die Hand. »Übrigens phantasiert man immer. Aber man braucht diesen faulen Zauber, je fauler, desto süßer, um sich in die erforderliche Stimmung für das süßeste Wunder zu bringen, für das oberste Gesetz des Himmels: das Zusammenkommen von Mann und Weib.«

»Wirklich, wenn Sie so Ihre Resultate präsentieren, könnte man glauben, daß Sie zaubern.« Die Baronesse lächelte bereits ein Versprechen.

»Sehr richtig. Ich bin sogar der Auffassung, daß man dem großen Weltenschieber nur deshalb nicht hinter seine Schliche kommen kann, weil er nur das Resultat präsentiert und sich selber fürsorglich im Verborgenen hält. Sollte er fürchten, entlarvt und gelyncht zu werden?«

»Dafür, daß er Sie auf dem Gewissen hat, würde er es bereits verdienen.«

»Sie geben mir also recht. Das tröstet mich über den – Minutenverlust von vorhin, der dadurch entstand, daß Ihr Lächeln mich veranlaßte, mir Ihre Gunst nicht zu erzwingen, sondern zu holen. Jenes war meine Absicht. Dieses ist das Wunder.«

Leilah trat schnell neben den Sessel Rabsboroughs und flüsterte ihm, jedoch so, daß die Baronesse es hören mußte, in den Kragen: »Ich fahre noch ein bißchen auf den Pincio. Die Nacht ist so warm und der gute Junge so wundervoll blöde.« Sie schlüpfte davon, scheinbar die Baronesse gänzlich vergessend.

Diese, im Banne einer nie noch gekannten Lockerung sämtlicher Lebensgewohnheiten, sagte leise: »Wie hätten Sie denn aber meine Gunst sich erzwingen wollen?«

»Ach.« Rabsborough winkte jemandem mit der Pfeife. »Ich werde es Ihnen, lediglich zu Ihrer Erheiterung, vorführen.« Worauf er dem zögernd und ungelenk an den Tisch tretenden Öchsli seinen Zwanziglire-Schein unter die Nase hielt und, mit der andern Hand auf die Baronesse weisend, behauptete, diese hätte gesehen, wie er ihr die Banknote aus dem Handtäschchen stahl.

Öchsli, der zum Überfluß an einem Kaffeefleck seinen bereits schmerzlich vermißten Schein wiedererkannt hatte, geriet dermaßen in Wut, daß er Miene machte, sich auf die Baronesse zu stürzen.

Rabsborough versetzte ihm, gerade als seinen speichelspritzenden Lippen das Wort »Chaibe ...« sich entrang, rechtzeitig einen wohlgezielten Uppercut, der ihn auf den Boden legte, von wo zwei rasch herbeigestolperte Kellner ihn bestürzt entfernten.

Die Baronesse, die abwechselnd erbleicht und errötet war, suchte, naturgemäß resultatlos, ihr Bewußtsein in Ordnung zu bringen. »Aber ... was ... soll ... denn ... das ... was ...«

»Das bedeutet, daß nach diesem Skandal jeder, ausnahmslos jeder im Hotel Sie für meine Geliebte hält. Es ist also durchaus unmöglich, sich äußerlicher Gründe wegen mir noch weiterhin zu versagen.«

»O Sie ...«, stammelte die Baronesse unterwühlt.

»Du!«

»Wie heißt du eigentlich?«

»Fritz Hasemann, mein Täubchen.«

# Ein Meisterstück

Madame Guercelles war eine jener Kokotten, die hübsch genug sind, um nicht die Straße machen zu müssen, und klug genug, um es verhindern zu können, für eine Kokotte gehalten zu werden. Da ihr zudem eine kleine Revenue, welche die Familie ihres toten Mannes ihr ausgesetzt hatte, die Möglichkeit bot, wenn es einmal nicht mehr anders ginge, als Kleinbürgerin zu leben, verfügte sie trotz ihrer großen Jugend über eine ganz außerordentliche Sicherheit.

Es war daher nicht verwunderlich, daß auch de Parno, ein Hoteldieb größten Stils, als er ihr in der Hall des Hotels Beau Rivage in Genf begegnete, nach eingehender Prüfung ihres dezenten Schmucks und ihrer restlichen Haltung, sie für eine vornehme Witwe hielt, die darauf aus ist, einen zweiten Gatten zu finden. Nach dieser Feststellung wäre sie für ihn erledigt gewesen, wenn er nicht eines Abends, gelegentlich einer zufälligen Begegnung im Korridor der zweiten Etage, eine Nervosität an ihr wahrgenommen hätte, welche seinem erfahrenen Auge verdächtig erschien.

Schnell huschte er in die Toilette, wartete, bis die Tür von Madame Guercelles Zimmer sich geschlossen hatte, und bezog hierauf seinen Beobachtungsposten, den er bereits seit Tagen innehatte, um die Gewohnheiten der Gräfin Banffy, auf deren höchst wertvollen Schmuck er es abgesehen hatte, zu studieren.

Nach etwa einer Viertelstunde verließ Madame Guercelles, einen braunen Regenmantel um die Schultern, ihr Zimmer, lief auf den Fußspitzen in schnellstem Tempo den Korridor entlang und verschwand geräuschlos hinter einer Tür, die augenscheinlich nur angelehnt war.

De Parno, der nicht ohne Interesse konstatiert hatte, daß Madame Guercelles Zimmer neben dem der Gräfin lag, merkte sich die Nummer der Tür, welche Madame Guercelles soeben aufgenommen hatte, und begab sich, überaus vergnügt, noch in die Hall, wo er sich unauffällig dem Portier näherte, um ihn in ein Gespräch zu ziehen. Alsbald wußte er, daß Madame Guercelles in dem Appartement des Konsuls a. D. Steffens aus Hamburg sich befand, eines eleganten alten Herrn, der ihm bereits des öfteren im Speisesaal aufgefallen war.

Diese Nacht schlief de Parno besonders vorzüglich, wie stets, wenn er eine sichere und überdies amüsante Sache vor sich hatte.

Am nächsten Nachmittag ließ er Madame Guercelles im Lesezimmer über seinen Stock stolpern und sprang ihr absichtlich so ungeschickt bei, daß sie zu Fall kam. Während er ihr half, sich aufzurichten, stammelte er eine Entschuldigung über die andere, bemühte sich mit Erfolg, zu erröten und überhaupt alle Merkmale schwerster innerer Verwirrung darzubieten, und ergriff das Händchen, welches ihm Madame Guercelles liebenswürdig lächelnd zum Dank entgegenstreckte, mit zitternder Beglücktheit.

Noch am selben Abend kamen sie, während man den Kaffee in der Hall nahm, ins Gespräch. De Parno gelang es mit größter Leichtigkeit, jugendlichste Verliebtheit zu heucheln, und nicht viel schwieriger war es ihm, seiner rasch und im richtigen Augenblick vorgebrachten Biographie Glauben zu sichern.

Madame Guercelles, welcher der schlanke dunkle männliche Italiener über alles gefiel, betrachtete deshalb zum ersten Mal seit dem Tode ihres Gatten einen Mann nicht lediglich mit dem Kalkül der Kokotte, sondern mit jenem halbversponnenen Blick, hinter dem der Traumgeliebte der Backfischjahre seine Auferstehung feiert. Gleichwohl war sie zu klug, um dieser plötzlichen süßen Aufwallung zu erliegen. Sie schützte Müdigkeit vor und zog sich, nicht ohne eine Einladung zum Tee für den folgenden Tag anzunehmen, bestrickend lächelnd zurück.

De Parno folgte ihr vorsichtig und sah wiederum, wie sie den Korridor entlanglief und im Zimmer des alten Konsul verschwand. Im Nu war er an der Tür ihres Zimmers, zog sie hinter sich zu und öffnete mit seinem Aluminium-Taschenbesteck die verschlossene innere Tür. Nachdem er, das elektrische Licht kurz an- und abdrehend, zu seinem größten Bedauern gesehen hatte, daß nach dem Zimmer der Gräfin keine Tür führte, trat er zur Rekognoszierung auf den Balkon, den er nach kurzer Zeit sehr zufriedengestellt verließ. Dann drehte er das Licht wieder an und setzte sich mitten ins Zimmer in ein Fauteuil.

Daselbst erblickte ihn, nach drei Stunden zurückkehrend, Madame Guercelles, wie er, mit allen Zeichen heftigster Erregung, ein Paar ihrer Seidenstrümpfe leidenschaftlich küßte.

Nachdem er sich vergewissert hatte, den gewünschten

Eindruck hervorgebracht zu haben, sprang er entsetzt auf und warf sich, demütig um Verzeihung bettelnd, Madame Guercelles zu Füßen.

»Wie lange sind Sie schon hier?« hauchte sie, deren Eitelkeit mit ihrer Besorgnis kämpfte.

De Parno verkniff ein Lächeln. »Vielleicht fünf Minuten.«

Eine gewisse schmerzhafte Spannung auf Madame Guercelles puppenhaftem Gesicht ließ langsam nach. Sie trat, bereits wieder im Besitz ihrer vollen Sicherheit, von de Parno weg und setzte sich würdevoll auf einen Stuhl. »Stehen Sie auf!« befahl sie herrisch und fügte wie gequält hinzu: »O. Gott, wie konnten Sie nur!... Aber welches Glück, daß ich noch nicht zu Bett war!... Unbegreiflich, daß ich vergessen konnte, die Tür abzusperren.«

»Ich weiß selbst nicht, was da über mich gekommen ist«, stöhnte de Parno. »Aber es war stärker als ich. Ich mußte hinauf... in Ihre Nähe... Ich hielt es nicht länger aus... Bitte, glauben Sie nicht, daß ich eine schlechte Absicht hatte, Tiennette.«

»Tiennette?« In Madame Guercelles Augen dunkelte es drohend.

»Verzeihen Sie bitte... Ich habe diesen Namen in Gedanken so oft geflüstert, daß...«

»Wie, und Sie wußten auch meine Zimmer-Nummer?«

»Ich habe Sie doch schon vom ersten Augenblick an ... Ich folge Ihnen ja bereits seit Tagen ...« De Parno spielte mit seinen Fingern wie ein ertappter Gymnasiast.

Auf Madame Guercelles Nase sprang eine kurze

Angst auf: ›Wenn er doch etwas beobachtet hätte?‹ Aber ein schneller Blick auf seine spielenden Finger beruhigte sie. »Gehen Sie jetzt!«

De Parno ging. Langsam. Stockend. Ungelenk.

An der Tür wandte er sich noch einmal um, die Lippen schmerzlich verzogen, in den Augen einen hündisch zärtlichen und zugleich wehmutsvollen Blick. Das war zuviel.

Das war zu viel für Madame Guercelles ohnehin tief aufgerührte Jugendträume. Sie erhob sich majestätisch, trat auf de Parno zu und reichte ihm ihr Händchen, das er stürmisch ergriff und, fast schluchzend vor Glück, mit heißen Küssen besäte.

Madame Guercelles, neuerlich im Bann jener süßen Aufwallung, erlag ihr nun. Sie hob de Parnos Kopf hoch, faßte ihn mit beiden Händen und zog seinen bebenden Mund langsam auf den ihren.

De Parno ließ sich, sehr behutsam abgestuft, in Glut geraten, packte Madame Guercelles immer fester, ächzte immer heftiger und gelangte ohne Schwierigkeiten auf den Punkt, wo er sich ohne Gefahr besinnungslos gebärden und zur Tat hinreißen lassen konnte.

Madame Guercelles ließ sie mit ausgezeichnet verstecktem Genuß an sich begehen...

Tags darauf erwartete de Parno sie an der Ecke der Rue du Mont Blanc und fuhr mit ihr in den Parc des Eaux-Vives zum Tee.

Als Madame Guercelles nach zwei Stunden allein in das Hotel zurückkehrte, war sie, was sie selbst sehr erstaunte, in de Parno sozusagen sterblich verliebt, ja kokettierte bereits in Ansehung der vornehmen Mailänder

Familie, der er angehörte, und dem Vermögen, das er besaß, mit dem für sie nun wieder hold gewordenen Gedanken, sich zum zweiten Male zu verheiraten.

Am Abend, während sie an verschiedenen Tischen einander gegenübersaßen, stellte de Parno mit Befriedigung fest, daß der alte Konsul an Appetitlosigkeit litt und überhaupt allem Anschein nach mit einer schweren Verstimmung rang; und eine halbe Stunde später, daß die Gräfin Banffy zum Aufbruch drängte, um, was sie jeden zweiten Tag zu tun pflegte, den Kursaal zu besuchen.

Beim Kaffee in der Hall bestürmte er deshalb Madame Guercelles, ihn um zehn Uhr bei sich zu empfangen. Nach den obligaten, immer schwächer werdenden Weigerungen gab sie, verschämt das Köpfchen senkend, endlich nach und schritt eilig hinweg, als wollte sie so vermeiden, nicht schließlich doch noch anderen Sinnes zu werden.

De Parno lachte sich innerlich ins Fäustchen, ließ sich eine halbe Flasche Heidsick sec bringen und, nachdem sie geleert war, vom Groom Mantel und Hut aus seinem Zimmer holen. Hierauf schlenderte er, eine Zigarette lässig in den Fingern, aus dem Hotel.

Dicht neben dem Gartengitter blieb er jedoch stehen, wartete wenige Minuten und lugte dann vorsichtig nach dem Hoteleingang: niemand war zu sehen. Mit einigen raschen Schritten war er wieder an der Tür und huschte hinter einen Flügel. Hier wartete er, bis ein Kellner, der allein in der Hall an einer Säule lehnte, weggegangen war, rannte, von niemandem gesehen, auf die Treppe und gewann in vier Etappen, immer wieder vor erschei-

Seite 76. Am nächsten Nachmittag ließ er ...

nendem Personal sich verbergend, Madame Guercelles Zimmer.

Nach einer halben Stunde wand sich diese in holdesten Entzückungen. »Silvio, fühlst du, daß ich dich mit dem Herzen liebe?« Sie war der Auffassung, mit dieser Frage de Parno in diesem Augenblick endgültig zu beseligen.

De Parno schloß, wie ins Innerste getroffen, die Augen und verharrte sekundenlang regungslos. Dann griff er, gleichsam um seiner übermenschlichen Erregung Herr zu werden, durch das Hemd hindurch sich auf die auf und nieder wogende Brust. Dies jedoch lediglich, um einen daselbst befindlichen Gegenstand, der an seinem Halse hing, loszulösen, zu öffnen und blitzschnell Madame Guercelles auf Nase und Mund zu pressen. Es dauerte nur einige Sekunden, bis die Narkose ihre Wirkung getan hatte...

De Parno kleidete sich hastig an, nahm Madame Guercelles Schmuck an sich und eilte auf den Balkon, von dem aus er mit einem kleinen, wenn auch nicht ganz ungefährlichen Sprung den Balkon des Nebenzimmers erreichte, dessen Tür zufälligerweise offenstand. Mit Hilfe seiner elektrischen Taschenlampe orientierte er sich und fand nach langem Suchen (er mußte zwei Handkoffer aufschneiden) die stählerne Schmuckkassette, die er mit einem von ihm selbst konstruierten Instrument erbrach. Hierauf befestigte er, irreführungshalber, ein gut eingeseiftes Seidenseil am Gitter des Balkons, tat, bevor er es aufwarf, einen raschen Blick auf die leeren Tische der Terrasse und ließ die hirschledernen Handschuhe, welche er während des Arbeitens getragen hatte, auf dem Balkon liegen. Den Rückweg trat er durch das Zimmer der Gräfin an, dessen innere Tür er zweimal abschloß.

Ungesehen in der Hall angelangt, schlug er den Kragen hoch, schlich sich in das leere Lesezimmer und entfernte den Portier, von dem nicht zu erwarten war, daß er sein Pult so bald verlassen würde, dadurch, daß er eine fast mannshohe chinesische Vase mit einem Fußtritt von ihrem Sockel gegen die Wand stieß, an der sie krachend zertrümmerte. Der Portier rannte erschreckt herzu, de Parno im selben Augenblick aus dem Hotel.

Fünf Minuten später hatte er seine Beute einer hübschen Krankenschwester, welche auf der Hotelseite promenierte, zugesteckt, und nach weiteren fünf Minuten erschien er in einer Loge des Kursaals, trat während der folgenden Pause, um sich ein ganz besonders festes Alibi zu zimmern, der Gräfin Banffy im Vestibül auf die Schleppe, daß es nur so knatterte, und entschuldigte sich so devot, daß die Gräfin ihm mit bestem Willen nicht böse sein konnte...

Um Mitternacht wurde der Diebstahl bemerkt. Der Verdacht fiel sofort auf Madame Guercelles, deren Beziehungen zu dem alten Konsul und zu einem gleichfalls im Hotel wohnenden jungen Franzosen dem Hotelpersonal nicht unbekannt geblieben waren. Da sie um elf Uhr vormittags noch nicht erschienen war, klopfte man und schloß, als keine Antwort erfolgte, die Tür auf.

Madame Guercelles, der ein Riechfläschchen unter die Nase gehalten wurde, fühlte sich nach einer Viertelstunde so weit wohl, daß sie den Zusammenhang zu begreifen begann. Sie hütete sich, zu sagen, was sie wußte, und verließ sich darauf, daß es, zudem angesichts ihres fehlenden Schmucks, schwer war, ihre Behauptung, sie müsse während des Schlafs narkotisiert worden sein, zu widerlegen.

In den Zimmern des alten Konsuls und des jungen Franzosen wurden ebenfalls Durchsuchungen vorgenommen; die beiden Herren waren sehr erstaunt, als sie erfuhren, daß ihr zärtliches Geheimnis keines war.

De Parno, auf den nicht der kleinste Schatten eines Verdachtes gefallen war, lächelte leise, als er Madame Guercelles abends im Speisesaal gegenübersaß.

Aber auch Madame Guercelles lächelte. Sie hatte mit ihrem bescheidenen Schmuck nicht allzu viel eingebüßt, dafür aber eine Erfahrung gewonnen, die jeden Rückfall in Jugendträume ausschloß und ihr jene letzte Sicherheit gab, welche allein die große Kokotte gewährleistet.

Später ging sie in der Hall, die Kaffeetasse in der Hand, an de Parno vorbei und zischte ihm schnell zu: »Das war ein Meisterstück.«

De Parno tat, als hätte er nichts gehört.

# Der Abreiser

Faschkonner hatte diesen ungewöhnlichen Spitznamen erhalten, weil er jährlich mindestens drei Mal ganz plötzlich abreiste, um nach etwa vierzehn Tagen mit roten Backen und außerordentlich vergnügt zurückzukehren.

Nach einigen Jahren fiel es auf, daß mit solch einer Abreise stets der Abbruch des jeweiligen Verhältnisses Faschkonners zusammenfiel. Man hielt es ihm lächelnd vor, pries seine Gewandtheit und den praktischen Sinn, mit einem notwendig gewordenen Ortswechsel eine Erholungsreise zu verbinden, unterließ es aber nicht, scheinbar erstaunt hinzuzufügen, daß die Verlassene sich so schnell getröstet hätte.

Faschkonner lächelte orphisch und maß sichtlich dem peinlichen Umstand, in den Schein zu geraten, verlassen worden zu sein, nicht die geringste Bedeutung bei. Niemand vermochte darum auch nur zu ahnen, daß Faschkonner auf ebendiesen Umstand den größten Wert legte. Denn Faschkonner, der bereits in Jahren, wo andere Mondgedichte auf Minderjährige machen, tief von der Überzeugung durchdrungen war, daß sämtliche Weiber tückische Lügnerinnen seien, hatte ein eisernes Prinzip: er begann erst dann ein Verhältnis, wenn er genau wußte, wie er die jüngst zu Erobernde später prompt sich wieder vom Halse schaffen konnte. Dieses Prinzip war bereits derart mit ihm verwachsen, daß sein erster Gedanke beim Anblick des Wesens, das seine Sinne gerade heiß begehrten, stets war: ›Wie werde ich dieses wunderherrliche Weib wieder los?‹

Im allgemeinen zog er jenes Mittel, das nur dann versagt, wenn die Wahl schlecht erfolgt, allen anderen vor: er trachtete, den Mann zu finden, den er im geeigneten Augenblick seiner Geliebten mit dem von ihm gewünschten Erfolg präsentieren konnte. Nur wenn aus besonderen Gründen, vor allem aber mangels eines passenden Nachfolgers, dieses probateste aller Mittel nicht verwendet werden konnte, griff Faschkonner zu anderen Rezepten. Mit Vorliebe spann er schon von der ersten zärtlichen Stunde an ein zähes Netz bestimmter sexualethischer oder auch anderswie gestufter intellektueller Anschauungen, gegen die schwer sich zu vergehen er seine Auserwählte später geschickt zwang. Worauf er niedergeschmettert abreiste, um nicht selten bei seiner Rückkehr der Verlassenen gleichwohl bereits am Arme eines beglückten Nachfolgers zu begegnen.

Diesmal aber war Faschkonner, zum ersten Mal seit dem Beginn seiner so erfolgreichen Abreise-Karriere, in großer Verlegenheit. Er hatte sich, was ihn selbst in stillen Stunden höchlichst wundernahm, über die Maßen in eine Russin verliebt, die nicht nur nicht mehr ganz neu war, sondern überdies für jedes noch ungetrübte Auge fast häßlich. Ein schöngeschweifter blutroter Mund, gefüllt mit sämtlichen, zudem noch perlweißen Zähnen vermochte über wildumfurchte Schweinsäuglein, stark ergrautes Haar und kurze faltige Hände keinen anderen hinwegsehen zu machen als Faschkonner. Er war in diesen Mund vernarrt und, wenn er ihn verloren beglotzte, komponierte seine aufgeregte Phantasie die restliche

Dame in ein berückendes Weib um. Und als er nun gar den Leichtsinn begangen hatte, diesen Mund zu küssen, bevor er noch wußte, wohin er ihn später verschieben könnte, war es einerseits endgültig um ihn geschehen, andererseits der unausweichliche Zwang da, unter allen Umständen sich eine erfolgreiche Abreise zu sichern.

Zu diesem Behufe steckte sich Faschkonner eine lange Zigarre zwischen die Zähne und legte sich auf seine Plüsch-Chaiselongue, fest entschlossen, dieses Möbel nicht früher zu verlassen, als bis er ›es‹ gefunden habe oder ›ihn‹.

Faschkonner fand beides. Und zwar nach zwei Stunden. Als er sich erhob, war er von einer solch tiefen Heiterkeit durchstrahlt, daß seine Wirtschafterin ihn verwundert fragte, ob er vielleicht Millionär geworden sei.

Faschkonner begab sich unverzüglich zu einem gewissen Sigloich, einem sehr talentierten jungen Mann, dessen schlanke schwarzhaarige Erscheinung in den Straßen Frankfurts a. M. ebenso bekannt war wie seine Gepflogenheit, reichen älteren Damen gegen dicke Vorschüsse sich zu versprechen und – nicht zu halten.

Sigloich, der Faschkonner nur flüchtig kannte, war sehr erstaunt über diesen unerwarteten Besuch. »Ich kann nicht aufstehen, bester Faschkonner, ich hatte heute Nachtdienst.«

Faschkonner machte, vor dem Bett einhertänzelnd, in Selbstverständlichkeit, setzte sich auf dessen Rand und rieb behutsam Sigloichs Bettdecke zwischen den Fingern. »Bitte nur keine Entschuldigung! Aber daß Sie *doch* Nachtdienst machen, finde ich Ihres Talents unwürdig.«

Sigloich fühlte sich so geschmeichelt, daß er eine Tasse von der Wand nahm und Faschkonner Schokolade eingoß. »Und was führt Sie so frühzeitig zu mir?«

»Der Bedarf nach Ihnen. Wobei ich mir zu bemerken gestatte, daß es vier Uhr nachmittags ist.«

Sigloich, der mit Recht ein Geschäft witterte, zog seine Rechte aus der sie liebkosenden Linken und die Decke sich bis an den Hals.

»Nicht so frostig, junger Sieger. Auch *Sie* sind nicht erhaben über Reklame.«

Sigloich blickte freundlich zur Decke empor. »Sie vermuten, daß ich, da ich bereits Nachtdienst tun muß, meiner gesunkenen Anziehungskraft wieder auf die Beine helfen müßte.«

»So ist es. Ich habe ...«

»Stopp! Wenn Sie *darauf* spekulieren, täuschen Sie sich.«

Faschkonner zog es vor, gewissermaßen im Sturm vorzugehen. »Sie können sechshundert Mark verdienen.«

»Womit?«

»Mit Eleonore Bimstein.«

»Was?« Sigloich riß es herum. »Mit der Rhamses?«

»... der Rhamses?« Faschkonners Augen entfernten sich weit von ihrer normalen Größe und blieben daselbst.

»Wissen Sie das nicht? Sie sieht doch auch wahrhaftig so aus wie — na, wie schlecht exhumiert und versehentlich nicht wieder bestattet.« Sigloich grölte lange und ausgiebig.

Faschkonner beschäftigte sich ängstlich mit seiner Schokolade.

Endlich beruhigte sich Sigloich, klopfte Faschkonner menschenfreundlich auf den Kopf und predigte: »Hochgeehrter Abreiser, sechshundert Mark hörte ich Sie sagen. Dafür blende ich auch die Rhamses.«

Faschkonner wagte es noch nicht, neuen Mut zu fassen, sondierte aber gleichwohl: »Warum sagen Sie — Abreiser?«

Sigloich schlug ihm diesmal bereits auf die Schulter. »Na, Ihre Abreisen sind doch auch irgendwie — Blendungen, was?«

Faschkonner, angenehm berührt von Sigloichs ahnungsvollem Gehirn, beschloß, es zu versuchen. »Es handelt sich um ...«

Sigloich neigte interessiert das Ohr aus dem Bett und volksredete, als Faschkonners Ausführungen sich dem Ende zuwandten, vorwegnehmend: »Aha, ich verstehe, Sie hehrer Abreiser!« ...

Faschkonner verließ ihn, gebläht vor Zufriedenheit, und fuhr schnurstracks in die Wohnung der Bimstein, welche er, nun in jeder Hinsicht vollauf beruhigt, bis gegen Mitternacht bediente ...

Nach beendetem Souper überredete er sie, unter Hinweis auf die Schonung ihres Teints, zu einem kurzen Ruheschläfchen, als er plötzlich meuchlings unterbrach, indem er vorsatzgemäß mit jenem Wind begann, unter dessen Gunst er sowohl abzureisen als auch mit größtem

Erfolg wiederzukehren hoffte. Er hub nämlich von Rabindranath Tagore an zu sprechen, von dem ein tief geheim gehaltenes Werk existiere, in dessen Inhalt er von einem jungen, in Frankfurt lebenden Schüler des alten Weisen eingeweiht worden sei. Das Werk handle von der indischen Liebe, welche das streng gehütete Geheimnis der Brahmanen sei und darin bestehe, zu taguren: das heißt, durch gewisse Selbstbeschwörungen vor dem Beischlaf und durch gewisse Gebete und Artikulationen während dieses Vorganges einen Grad der Entzückung, des Rausches, des Taumels hervorzurufen, von dem der schlichte Europäer sich rundweg nichts träumen lasse.

Die Bimstein, deren Schlaftrunkenheit Faschkonners Offenbarungen den erhofften Sonderschuß von Geheimnisfülle und letzter Wichtigkeit gab, horchte immer fanatischer. Einige der tausend Fältchen um ihre Äuglein glätteten sich sogar, während sie bebte: »Ich merkte schon, daß es mit dir anders war. Sieh mich doch nur an! Erkennst du nicht, *wie* ich dich genossen?«

»Ich erkenne es«, antwortete Faschkonner mit einer leicht angesetzten vielversprechenden Dumpfheit in der Stimme.

Diese erwies sich in den folgenden Tagen und Nächten von unerhörter Modulationsfähigkeit. Das, was Faschkonner an seufzenden, stöhnenden, schluchzenden, jauchzenden, ja schreienden Lauten produzierte, war ohne Zweifel staunenerregend; und geradezu märchenhaft war die Fülle von seltsamen Worten, Vokalverbindungen, Interjektionen und Schimpf- und Kosenamen, die seinem erfinderischen Hirn entquoll. Hinzu kamen minutenlange verzehrende Vor-Besprechungen, die gewagtesten Stellungen, die unmöglichsten Kunstpausen, die schmerzvollsten Verzückungen, so daß das auf diese wahrhaft ungewöhnliche Weise herbeigeführte Liebeserlebnis vielleicht alles hinter sich ließ, was die menschliche Phantasie bisher auf diesem Gebiete hervorgebracht hatte.

Das Resultat war, daß Faschkonner, den solches Lieben naturgemäß rasch ermüdete, schon nach einer Woche seine Abreise erwog; und daß die Bimstein, welche ein auch nur annähernd berauschendes Ereignis in ihrem langen Liebesleben bis dahin nicht zu verzeichnen hatte, in eine kontinuierliche Ektase geriet, die Faschkonner gelegentlich sogar für ihren Verstand fürchten ließ.

Als nach weiteren drei Tagen geschilderten Zusammenlebens Faschkonner zum Bahnhof fuhr, brauchte er deshalb nicht zu besorgen, die Vorbereitungen für den erfolgreichen Antritt seines Nachfolgers Sigloich könnten ungenügend gewesen sein.

Im Gegenteil. Denn das, was sich begab, nachdem die Bimstein die Abreise Faschkonners erfahren hatte, wird im Gedächtnis jener Frankfurter, welche das Café Ruhland zu frequentieren pflegten, unauslöschlich haften bleiben. Sie kam mit aufgelösten Haaren, halboffener Bluse, ungeknöpften Schuhen und ein Handtuch in der Hand angetorkelt, da sie von den Bekannten Faschkonners, die sie in diesem Café kennengelernt hatte, Anhaltspunkte für dessen Auffindung zu bekommen hoffte. Als niemand sie geben konnte, verfiel sie in einen wahren Paroxysmus des Schmerzes, der Sehnsucht, der

Qual, der Wut. Sie tobte, schrie, zerschlug Geschirr, zerriß ihre Kleider und versuchte schließlich, wenn auch wohl doch nur eindruckshalber, sich mit ihrem Handtuch zu erdrosseln. Dieses wurde, obwohl man das übrige als Schauspiel genossen hatte, immerhin verhindert. Kurz, es war unsagbar und etwas seit Menschengedenken in Frankfurt nicht mehr Erlebtes.

Ein Rettungswagen des Allgemeinen Krankenhauses brachte die Bimstein in die Abteilung für Tobsüchtige. Erst nach zwei Tagen konnte sie der häuslichen Pflege überlassen werden, die überraschenderweise sofort eine völlige Heilung zur Folge hatte. Die Bimstein hatte nämlich bei ihrer Heimkehr einen Brief Sigloichs vorgefunden, in dem er ihr in wundersam orientalischen Satzwendungen mitteilte, er habe von ihr gehört, und sei, da er selbst tagure und überzeugt sei, daß sie dem Geheimnis der indischen Liebe nahestünde, bereit, ihr in ihren Nöten beizustehen, wenn sie ihm mit Hilfe von sechshundert Mark die Möglichkeit gebe, zu ihr zu eilen.

Sigloich empfing postwendend die sechshundert Mark, eilte aber nicht.

Die Bimstein wartete. Wartete einen Tag und eine Nacht. Noch einen Tag und noch eine Nacht. Am dritten Tag machte sie sich auf den Weg.

Sigloich, angetan mit einem weitwallenden schwarzen Schlafrock, öffnete ihr eigenhändig und führte sie unter demütigen Verbeugungen, die Hände auf den Bauch gefaltet, in sein Schlafzimmer, wo er sie sogleich, ohne jeden Übergang, jämmerlich verprügelte.

Der Bimstein, welche anfangs wie gelähmt war, begann ganz von ferne etwas zu dämmern. Dann nährte sie die leise Hoffnung, der Unmensch würde schließlich doch aufhören. Als die Hiebe aber immer härter niederklatschten, richtete sie sich mit letzter Kraft hoch und nahm den Kampf auf.

Das Geschrei, das alsbald erscholl und Sigloich seinerseits stattlich vermehrte, lockte die Hausbewohner herbei, welche, da sie sofort das Fürchterlichste vermuteten, durch die von Sigloich eigens angelehnt belassene Wohnungstür eindrangen und die Raufenden trennten. Sigloich erklärte außer Atem, er sei das Opfer eines mannstollen Frauenzimmers geworden, und da das Ereignis im Café Ruhland durch die Zeitungen bekannt geworden war, zweifelte niemand, daß es sich um dieselbe verrückte Person handle.

Abermals erschien der Rettungswagen und brachte die Bimstein, die vergeblich und endlich bis zu neuen Wutausbrüchen ihre Unschuld beteuert hatte, in die Abteilung für Tobsüchtige.

Als Faschkonner den langen Brief seines Nachfolgers gelesen hatte und die beigelegten fünfzehn Zeitungsausschnitte, trieb es ihn machtvoll zurück und sofort zu Sigloich, der ihm um den Hals fiel, Champagner auffahren ließ und sich in überschwenglichsten Dankeskundgebungen nicht genug tun konnte.

Denn die ungeheuerliche Reklame, welche der Überfall durch die Bimstein ihm gemacht hatte, war in zwei Tagen zu den unerwartetsten Früchten herangereift: Millionärinnen rannten ihm das Haus ein, ohne daß er mehr zu tun brauchte, als ihre Geschenke entgegennehmen zu lassen und nicht zu Hause zu sein. Bald aber erkannte er, daß eine derartige Gelegenheit, sich endgültig zu versorgen, nicht so rasch wiederkehren würde, und heiratete die reichste Bewerberin um seine Hand, eine fünfundvierzigjährige Dame, namens Yvonne Breibach.

Faschkonner, dessen Name in der Affaire Bimstein fast noch häufiger genannt worden war, wurde nicht weniger überlaufen. Auch er konnte, nachdem er lange mit sich zurate gegangen war, den gewaltigen Verlockungen nicht widerstehen. Nach einem Monat war auch er verheiratet. Und zwar mit einer sechsunddreißigjährigen verwitweten Bankiersgattin, namens Geraldine Kohn. Aus Pietät behielt er seine Wirtschafterin, welche ihm sein Glück fast prophezeit hatte, bei sich und hing in seinem Louis XV.-Salon links vom Kamin einen goldgerahmten Stahlstich auf, darstellend das markante Haupt des Königs Rhamses II., rechts eine silbergefaßte Fotografie des indischen Weisen Tagore.

Aber das Taguren stellte er ein. Auch seine Abreisen. Für drei Jahre. Dann begannen sie wieder. Aber selbstverständlich, Geraldines wegen, nur mit vorübergehendem Erfolg.

# Das Zéro

Mit Semmelhug wollte es, seit er in Stuttgart war, nicht vorwärtsgehen. Schon nach acht Tagen hatte er das Hotel Marquardt mit dem Hotel Wörner vertauschen müssen und wenige Tage darauf dieses mit einem kleinen Zimmer in der Rosenbergstraße. Da er einsah, daß es mit ihm bald so weit sein würde wie vor fünf Jahren, als er, zu sehr seinem Glück vertrauend, plötzlich gepäcklos auf der Straße stand, überzählte er zähneknirschend den Rest seiner Barschaft: Fünfunddreißig Mark! Entsetzlich!

Wohl wissend jedoch, daß ein Zustand solch negativer Art am wenigsten dazu geeignet ist, eine miserable Situation durch einen schmucken Einfall zu sanieren, stieg Semmelhug resigniert auf die Straße hinunter, gleichsam um sich selber aus dem Weg zu gehen.

Verdrießlich vor sich hin pfeifend gelangte er zu der schmalen Stiege, welche von der Rosenbergstraße zum Hoppenlau-Friedhof hinabführte. Dessen Bäume und die mit Recht gemutmaßte Stille zogen ihn an wie jeden, der mit sich nichts Wichtigeres anzufangen weiß.

Semmelhug erging sich sohin auf den engen sauberen Pfaden dieses einsamen Ortes, von Zeit zu Zeit gedankenlos vor einem Grab stehenbleibend. Nach einer Viertelstunde fiel ihm auf, daß er die Inschriften las, und gleichzeitig, daß er soeben eine sehr merkwürdige gelesen hatte. Er kehrte um, trat neuerdings vor den Grabstein und las laut vor sich hin: »Heinrich von Inten, geb.

am 3. März 1850, gest. am 10. März 1911 aus Gram über seinen verlorenen Sohn.«

Kopfschüttelnd, aber grinsend ging Semmelhug weiter: sein Vater hatte sich in dieser Hinsicht bei weitem mehr beherrscht. Bald darauf verließ er, keineswegs heiterer als vordem, den Friedhof und gelangte langsamen Schrittes allmählich auf die Königsstraße. Nachdem er sie etliche Male passiert hatte, ermüdete er. Nie ist man mehr geneigt, Impulsen statt Überlegungen sich hinzugeben, als wenn das Lebenstempo sehr reduziert ist. Und so widerfuhr es auch Semmelhug, daß er in einem spontanen Anfall von galgenhumoresker Gleichgültigkeit sich kurzerhand entschloß, koste es, was es wolle, im Wilhelmsbau zu essen. Als dies nach einer Stunde in opulenter Weise geschehen war, befiel Semmelhug, der nun doch der wiederkehrenden Klarheit sich nicht länger zu entziehen vermochte, eine wahre Katastrophen-Stimmung. Es war ihm, als müsse er unter allen Umständen Bewegung in seine Lage bringen, um eine erfreuliche Änderung herbeizuführen. Und da ihm, der Teufel weiß warum, just jene merkwürdige Inschrift auf dem Hoppenlau-Friedhof durch den Kopf ging, rief er den Kellner in der Absicht heran, irgend etwas zu provozieren.

»Kennen Sie eine Familie namens von Inten?« fragte er mit schwerlich zu überbietender Arroganz den Kellner, der vorsichtig neben ihm stand.

»Von Inten? Aber gewiß. Eine sehr vornehme Familie. Ein von Inten war fünfzehn Jahre lang Bürgermeister. Ich glaube, er dürfte erst vor wenigen Jahren gestorben sein.«

»Richtig«, meinte Semmelhug gnädig. »Er ist auf dem Hoppenlau-Friedhof begraben. Er hatte einen mißratenen Sohn. Der Schmerz darüber hat ihn ins Grab gebracht.«

»Der Herr sind Stuttgarter?« Der Kellner nahm bereits eine zutraulichere Haltung ein.

»Nein.« Semmelhug entaschte seine Zigarre überaus liebevoll, um eine distanzierende Pause hinausdehnen zu können. »Aber ich kannte seinen Sohn. Ich kannte den jungen von Inten sehr gut... Ich...«. Er wußte nun doch nicht, wie er eigentlich weiterlügen wollte.

Der Kellner trat geschmeichelt von einem Bein aufs andere. »Der Herr wollen wohl Näheres über den alten von Inten in Erfahrung bringen, wenn ich mich nicht im Irrtum befinde...«

»Sie befinden sich nicht«, versicherte Semmelhug herablassend.

Der Kellner, eine romantische Natur wie viele seiner Berufsgenossen, schien plötzlich mit einer bestimmten Vermutung zu kämpfen. »Wenn der Herr vielleicht... ich meine ... sich mir anvertrauen wollten ... Ich glaube, daß eine gewisse Ähnlichkeit...«

Semmelhug stutzte. Und überlegte. Kam aber schnell zu dem Schluß, daß er, selbst wenn der Kellner nicht bloß probiert hatte und wirklich eine Ähnlichkeit vorhanden wäre, nicht darauf bauen dürfe. »Ich bin kein von Inten. Aber sein bester Freund gewesen.« Der letzte Satz war ihm entfahren, er wußte selbst nicht wie.

»Gewesen?« Das Gesicht des Kellners zerfiel, als hätte er persönlich einen schweren Verlust erlitten.

Das beruhigte Semmelhug und gab ihm seinen Plan

Seite 90. Sie kam mit aufgelösten Haaren …

ein. »Ja, gewesen. Er starb in Sevilla in der Calle San Forge. An der Malaria. Gerade gegenüber der bekannten keramischen Fabrik von Viuda e Gomez. Und hat mich vor seinem Tod gebeten, eine gewisse Affaire privater Natur hier für ihn zu regeln. Wissen Sie, ob noch jemand von seiner Familie lebt?«

Der Kellner, von Semmelhugs Distinguiertheit durchdrungen, wußte, es unendlich bedauernd, nichts Bestimmtes mehr zu sagen, äußerte sich aber, immer wieder nach kleinen Störungen an Semmelhugs Tisch zurückkehrend, noch eine halbe Stunde über die Wechselfälle des Lebens und die Geschicke der Menschen und versprach, ohne dazu aufgefordert worden zu sein, bis morgen Näheres in Erfahrung bringen zu wollen.

Semmelhug fand am nächsten Mittag den Kellner sehr verändert vor; als hätte eine unerwartete Rangerhöhung stattgefunden: von derart schrankenlosem Stolz und selbstbewußter Dienstbeflissenheit troff seine ganze Haltung. Kurzum, nach wenigen Minuten war Semmelhug drei alten Herren vorgestellt, die alle den alten von Inten und seinen verlorenen Sohn gekannt hatten und sich außerordentlich freuten, die Bekanntschaft des Mannes zu machen, welcher der beste Freund des unglücklichen Hans von Inten war und nun dessen Testament zu vollstrecken hatte.

Semmelhug wurde an den Tisch geladen und erfuhr im Verlaufe einer sehr animierten Kneiperei, daß Frau von Inten mit ihrer einzigen Tochter Stella eine elegante Acht-Zimmer-Wohnung in der Cannstatter Straße innehabe; daß das von ihrem Gatten hinterlassene, zweifellos nennenswerte Vermögen sicherlich noch intakt sei; und daß nun die Tochter dereinst alles erben werde. Den zwischendurch immer wieder an ihn gerichteten Fragen über des jungen von Inten Leben und Treiben wich Semmelhug geschickt aus, sichtlich bemüht, dessen Geheimnis zu wahren und sein Andenken in Ehren zu halten. So kam es, daß gegen drei Uhr nachmittags, als man bei der achten Flasche Mosel angelangt war, die ganze Tischrunde nicht nur des Lobes voll war über Semmelhugs Freundestreue und männliches Verhalten, sondern beim endlichen Auseinandergehen in Einladungen sich geradezu überbot.

Diesen kam Semmelhug in den folgenden Tagen mit dem Vorsatz nach, den diversen Ehegattinnen Details über die Familie von Inten zu entlocken. Dies gelang ihm mit auffälliger Leichtigkeit und solchem Erfolg, daß er, als er endlich eines Nachmittags die Wohnung Frau von Intens verließ, bereits zu einer Tasse Tee für den Abend eingeladen worden war.

Dessen Verlauf gestaltete sich für Semmelhug zu einem Sieg von unerhoffter Vollständigkeit: Frau von Inten, von den Berichten über ihren immer noch geliebten Sohn stets wieder bis zu Tränen gerührt, kompensierte diese mit endlosen Liebenswürdigkeiten für den Gast, und ihre Tochter, deren Herz nach einer an Desillusionen allzu reichen Verlobungszeit mit einem verlotterten Rittmeister einer edleren Mannesgestalt umso heißer entgegenpochte, befliß sich unter schärfster Einsetzung ihrer immerhin ansehnlichen Reize, Semmelhugs persönliche Zuneigung zu gewinnen. Da dieser, äußerst vorsichtig wie stets, durchaus nicht vom Tode seines Freundes gesprochen hatte, lediglich von einer bereits überstandenen schweren Krankheit, sich aber, angeblich Hansens stricktem Auftrag zufolge, weigerte, Genaueres über dessen Aufenthaltsort mitzuteilen, glaubten beide Damen, Semmelhug durch ein Übermaß an Gastfreundschaft und Liebenswürdigkeit doch noch zum Sprechen bewegen zu können. Infolgedessen verlebte Semmelhug, der von sich selber in tiefer Bescheidenheit teils schwieg, teils im Vergleich mit seinem kühnen Freund als Zéro sprach, bei Frau von Inten eine lange Reihe sehr angenehmer Abende, indem er sich stets von neuem überreden ließ, noch einige Tage zu bleiben.

Einmal aber, als er wieder zum Abendessen erschien, empfingen ihn die beiden Damen völlig verstört; es gelang ihnen nur mühsam, nicht sofort in Tränen auszubrechen. Fast eine halbe Stunde dauerte es, bis das in den seltsamsten Wendungen sich ergehende und stets wieder abbrechende Gespräch sich zu verdeutlichen begann.

»Wie ist das nur möglich«, jammerte Frau von Inten hinter ihrem Spitzentaschentuch. »Sie haben uns doch gesagt, daß Sie in der Rosenbergstraße wohnen und daß Sie nicht adelig sind.«

Fräulein Stella schlug heftig die Fingerspitzen aufeinander. »Man muß ihn verleumdet haben. Wenn man nur wüßte, wer.«

In Semmelhug stellte sich miteins eine trübe Ahnung ein. Sein Magen zog sich leise zusammen. »*Wer* war denn eigentlich bei Ihnen, gnädige Frau?«

»Zwei Herren.«

»Von der Polizei?«

Frau von Inten nickte.

Semmelhug, dem dieser Zwischenfall gleichwohl überraschend kam, hielt es für das Schlaueste, sich nicht verwundert zu zeigen. »Die Herren haben Ihnen sicherlich mitgeteilt«, begann er mit nachlässiger Ironie, »ich wäre ein Hochstapler, hieße mich von Semmelhug, dieweil ich nur ein ganz simpler Semmelhug, hätte mich als Testamentsvollstrecker Ihres Sohnes ausgegeben, der gar nicht tot sei, um Betrügereien zu versuchen, und mich bei Ihnen lediglich in dieser Absicht einzuführen verstanden. Ists nicht so, gnädige Frau?«

Frau von Inten blickte, unter Tränen lächelnd, auf. »Sie wissen sehr wohl, lieber Herr Semmelhug, daß Stella und ich Ihnen vollauf vertrauen und daß wir Sie durchaus nicht für einen Zéro halten. Was die Herren von der Polizei uns über Sie sagten, bewies ja nur, daß Sie uns nie angelogen haben. Das sagten wir den Herren auch, die darüber zwar erstaunt waren, uns aber versicherten, das wäre ein Schachzug von Ihnen, denn Sie wären bereits seit drei Wochen in Stuttgart gewesen, als Sie uns zum ersten Mal besuchten, und...«

»Das Hotel Marquardt...« Semmelhug lachte mokant, »...das Hotel Wörner ... die Rosenbergstraße... nun, das sei eine auffällige Peripetie, der nur zu sehr der Wunsch entspräche, vermittels einer ungewöhnlich problematischen Freundschaft mit einem fälschlich Totgesagten sich zu rangieren. Ists nicht so, gnädige Frau?«

Frau von Inten nickte wiederum, diesmal bereits beinahe heiter.

»Daß Sie das alles aber wissen?« Fräulein Stellas Veilchenaugen irrten schmerzlich über Semmelhugs Züge.

»Wie ist das nur möglich?« Sie schluckte mit Erfolg etliche Tränen.

»Phantasie macht einsam, gnädiges Fräulein.« Semmelhugs Pupillen erglühten sanft. »Und Einsamkeit schult die Phantasie.«

Fräulein Stellas Schultern hoben sich beseligt. »Und denken Sie nur... daß *das* diesen Herren nicht die Augen öffnet, begreife ich einfach nicht! Die Herren sagten uns, daß Sie erzählt hätten, mein Bruder sei in Sevilla an der Malaria gestorben, dann wieder in Syrakus am Stich einer Kobra, dann wieder in Batum am gelben Fieber usw. Das beweist doch nicht, daß Sie ein Schwindler sind. Das beweist vielmehr, daß man Sie verleumdet. Denn in Spanien gibt es keine Malaria, in Sizilien keine Kobra und in Batum kein gelbes Fieber. Nicht wahr, Mama?«

Frau von Inten nickte schnell. »Und *uns* haben Sie ja gar nicht einmal gesagt, wo Hans sich eigentlich befindet.«

Semmelhug senkte, von so viel Vertrauen niedergedrückt, schweigend den Kopf.

Nach einer Weile harmonischer Trauer rückte Fräulein Stella mit dem Stuhl. »Und daß die Polizei nicht weiß, was Herr Semmelhug in den letzten neun Jahren eigentlich getrieben hat... ich meine, wovon er gelebt hat, das beweist nur, daß die Polizei nicht tüchtig ist. Und daß Herr Semmelhug herumreist und auch schon anderswo die Polizei auf ihn aufmerksam geworden ist, das beweist nur, daß er eben infolge seines interessanten Äußern, seiner besonderen Lebensgewohnheiten und seiner überlegenen Art den Idioten auffällt, die sich in ihrem Haß und Neid mit ihm beschäftigen und ihn verleumden und denunzieren.« Sie erhob sich in jäh aufwallendem Zorn. »Dieses Gesindel!«

»Stella!« mahnte Frau von Inten, das Spitzentaschentuch wieder vor den Lippen.

Semmelhug wußte nun, warum es mit ihm in Stuttgart nicht vorwärtsgegangen war; wer die fragwürdige Rangerhöhung des Kellners vom Wilhelmsbau herbeigeführt; und weshalb die Tischrunde und die diversen Gattinnen in Höflichkeiten sich geradezu überboten hatten: die Hand der Polizei! Semmelhugs Situation war nicht angenehm. Sie war aber, was er geistesgegenwärtig sofort erkannte, keineswegs so hoffnungslos, wie sie schien.

Semmelhug stand langsam auf und sagte mit leise bewegter Stimme: »Ich danke Ihnen, meine sehr verehrten Damen, für Ihr mich ehrendes Vertrauen und für die so selten gastfreundliche Aufnahme in Ihrem entzückenden Heim. Ich bin glücklich, Hans das Beste von seiner gütigen Mutter und seiner reizenden Schwester berichten zu können. Und ich hoffe, daß es mir gelingen wird, ihn ins Elternhaus zurückzubringen. Ich bedauere nur, daß es mir privater Gründe halber nicht möglich ist, direkt zu ihm zu reisen. Aber ich kann Ihnen versprechen, hochverehrte gnädige Frau, daß Sie von mir *und* ihm in etwa vier Monaten Nachricht haben werden.«

Semmelhug verließ am Abend darauf Stuttgart, dreitausend Mark in der Tasche, da Frau von Inten ihn nach langen Bitten zu bewegen vermocht hatte, *direkt* zu ihrem Sohn zu reisen. Im Netz über Semmelhugs Kopf lag ein geschmackvolles Veilchen-Arrangement, dessen Boden eine deliziöse Bonbonnière barg, in welcher ein kleines lila Briefchen ruhte. Als Semmelhug es gelesen hatte, bedauerte er nur zu sehr, daß er den Bruder der Schreiberin nicht persönlich kannte und daß er hier doch nur ein Zéro war.

Aber er hatte keine Zeit, solch wehmütigen Meditationen sich hinzugeben. Er mußte sein Gehirn dem Augenblick zuwenden, der ihn vor die nicht allzu leichte Aufgabe stellte, die Schwierigkeiten, welche die Polizei ihm allenthalben weiterhin bereiten würde, in ingeniöser Weise zu besiegen.

# Der Vicomte

war in der Absicht nach Marseille gekommen, mit Bec-Salé und Gugusse einen großen Coup zu machen.

Er hatte eben ein kleines Café auf dem Boulevard Baille verlassen, als er vor der Auslage einer Buchhandlung stehenblieb: ein Kriminalroman, dessen blutrünstiges Titelbild weithin leuchtete, hatte es ihm angetan. Seine Jugendleidenschaft lebte in alter Macht wieder auf: er nahm ein Exemplar in die Hand, blätterte darin und entfernte sich lesend. Das war immer schon sein Truc gewesen.

Unter einem Haustor las er stehend weiter. Das Buch war langweilig und dumm. Schon wollte er es wegwerfen, als ein Einfall seinen schmalen feinen Mund kräuselte. Er riß noch einige Seiten mit den Fingern auf, verknitterte das Titelblatt ein wenig und löste den kleinen Zettel der Firma des Buchhändlers ab. Hierauf ging er langsam zurück, trat in die Buchhandlung und bot dem Inhaber dessen eigenes Buch zum Kauf an. Er empfing zwei Francs.

Diese in der hohlen Hand schwenkend, schlenderte er vor sich hin, als er, plötzlich aufsehend, vor Wut aufzischte: er hatte den Geheimagenten Rebbis erkannt, der sich ihm wie zufällig näherte. Da eine Begegnung unvermeidlich geworden war, zog er es vor, Rebbis freundlich zu winken.

Der war dermaßen durchsonnt von diesem glücklichen Zusammentreffen, daß es ihm nur schlecht gelang, so zu tun, als suche er in seiner Erinnerung. Als er sich hinreichend gequält zu haben glaubte, zog er den Hut: »Ah, monsieur le vicomte! Was für ein überraschendes Wiedersehen!«

»Überraschend?« Der Vicomte blinzelte listig.

Rebbis frottierte sich betreten die Hand. »Sie glauben also neuerdings ...«

»Nein.« Der Vicomte schmunzelte zart. »Sondern daß Sie immer noch ...«

»Ich werde Sie überzeugen.« Rebbis nahm mit jener einzigartigen Innigkeit, mit der man nur sein Opfer liebt, den Arm des Vicomte. »Aber stecken Sie doch schon das Geld ein!«

Der Vicomte, der bloß davon überzeugt war, daß Rebbis ihn schon längere Zeit beobachtet hatte und die Herkunft des Geldes kannte, lächelte frech. »Ich wollte Ihnen gerade eine Mominette anbieten. Henri da drüben kennt mich. Ich bestelle Anisette und er bringt ...«

»Immer noch der Alte«, sagte Rebbis lachend. »Gehen wir also hinüber. Die Luft hier ist übrigens fehlerlos.«

»Das sagten Sie auch in Paris vor der Brasserie Lavenue, als Sie mir vorschlugen, Madame Briffant in der Avenue Loewendall auf den Plafond zu klopfen.«

»Die Sache hätte Sie groß gemacht.«

»Oder — krumm.« Der Vicomte legte die zwei Francs vor sich auf das Marmortischchen und schneuzte sich geräuschvoll, um seine Heiterkeit zu maskieren.

»Ich versichere Ihnen ...« Rebbis spielte, während er ein verblüffendes Gesicht aufsetzte, an dem großen runden Stein seiner Krawattennadel.

»Kosten Sie den Absinth!« Der Vicomte änderte ganz unerwartet den Ton. »Was tun Sie jetzt?«

»Es ist ja doch nur Anisette.« Rebbis kordialisierte flott mit. »Ich amüsiere mir den Kopfschmuck weg und schiebe Auskünfte.«

Der Vicomte wunderte sich, als glaube er es.

»Aber«, machte Rebbis gedehnt und warnte sich mit dem Zeigefinger. »Citroën ist eine Canaille.«

»Sie lügen ja beleidigend.« Der Vicomte trank und sah in sein Glas.

»Hören Sie, Vicomte ...«

Und während Rebbis weitschweifig begründete, daß er der berühmten Automobilfabrik die schwierigsten Privatinformationen besorge, dachte der Vicomte unausgesetzt darüber nach, wie er ihn sich vom Halse schaffen könnte. Schließlich kam er zu dem Schluß, daß ihm nichts anderes übrigblieb, als seinen gewagtesten Truc loszulassen. »Hé, Rebbis, wie gefällt Ihnen das?« Er hatte mit einem Mal seinen Browning in der Faust und richtete den Lauf auf die Bar.

Rebbis schwieg sofort und blickte, die Hand bereits in der Tasche an seiner Waffe, scharf auf den Browning des Vicomte.

»Henri!« rief der Vicomte durchdringend. »Stell einen Stöpsel mit einem Streichholz auf die Etagère dort oben!«

Henri, ein flinker schlanker Bursche, tat es scheu, aber schnell.

Die Gäste an den umstehenden Tischen staunten mit gläsernen Augen umher.

Der Vicomte stand auf, zielte auf das Streichholz und

schoß. Im selben Augenblick aber sauste seine Linke, die einen Schlagring umklammert hielt, über sein Waffe hinweg auf Rebbis Schläfe, der sofort blutüberströmt zusammenbrach.

Der Vicomte feuerte noch zwei Schüsse in die Luft, bevor er mit einem wilden Satz über die Bar sprang, durch die dahinter befindliche Tür und durch das Fenster, das vom Nebenraum aus auf den Hof führte.

Als Rebbis unter den Händen des rasch herbeigerufenen Arztes zu sich kam, blickte er zuerst auf den Schrank: das Streichholz war weg. Er ließ sich den Stöpsel herunterreichen. »Da ist die Kugelspur... Wo ist der Kellner Henri?«

Henri war gleich dem Vicomte unauffindbar...

Die auf dieses Ereignis folgenden Tage benützte Rebbis ausschließlich dazu, die Buchhandlung auf dem Boulevard Baille und das gegenüberliegende kleine Café scharf überwachen zu lassen. Mit dem Resultat, daß auch nach zwei Wochen nicht die kleinste brauchbare Beobachtung registriert werden konnte. Erst in der dritten Woche fiel es einem Flic auf, daß zwei jugendliche Kokotten, Joop und Miette geheißen, beim Verlassen des kleinen Cafés sich wiederholt nach allen Seiten umblickten. Er folgte ihnen und konnte feststellen, daß sie in einem alten baufälligen Haus in der Rue St. Bruno verschwanden.

Andern Tags wartete Rebbis persönlich auf dem Boulevard Baille. Joop und Miette kamen denn auch gegen fünf Uhr nachmittags, hielten sich etwa eine Stunde in dem kleinen Café auf und verließen es ebenso vorsichtig wie tags zuvor. Als sie das Haus in der Rue St. Bruno betreten hatten, eilte Rebbis zur Tür, postierte seinen Begleiter in den Hausflur und stieg mit Hilfe seiner elektrischen Taschenlampe eine bereits angemorschte Holztreppe empor. Er hatte kaum die erste Etage erreicht, als ihm von hinten ein dickes Wolltuch über das Gesicht gerissen wurde...

Als er wieder sah, saß er auf einem Holzstuhl in einem anscheinend leeren Zimmer. Aus einer Ecke hinter ihm kam ein schwacher Lichtschein. Er wandte sich nach ihm um und erhielt gleichzeitig eine fürchterliche Ohrfeige.

Bec-Salé, den er ebenfalls von Paris her kannte, stand breitspurig vor ihm und lachte, sich die zerbeulte Glatze reibend. »Hein, sale dresseur des mouches? Läufst kleinen Mädchen nach?«

Rebbis biß die Zähne aufeinander. In seinem Kopf hackte es so schmerzhaft, daß ihm Tränen in die Augen kamen.

»Pleure pas pour ça!« Bec-Salé versetzte ihm eine zweite Ohrfeige.

Rebbis sah rot. Rasend vor Wut stürzte er vor, lag aber sofort auf dem Boden, von dem er sich erst nach Minuten aufzurichten vermochte. Halb besinnungslos taumelnd schleppte er sich zu dem Stuhl.

Da trat Henri ein, die Hände tief in den weiten braunen Samthosen. »Y a pas d'erreur. C'est Rebbis!« Er betrachtete ihn mit dem feuchtmatten Blick des Homosexuellen. Dann trat er näher, spie ihm ins Gesicht und riß ihm einige Haare an der Schläfe aus. Als Rebbis schwach die Hand hob, stieß er den Stuhl unter ihm fort. Rebbis krachte zu Boden.

Schließlich kam der Vicomte. Er sah Rebbis schmerzhaften Versuchen, sich zu erheben, bewegungslos zu. Erst als es Rebbis gelungen war, an der Wand sich hochzuschieben, sagte er scharf: »Sie wollten mich hier bei fehlerloser Luft, die nur Sie selber verpesten, mit einer Sache à la Madame Briffant exen. Ich hielt es daher für weise, Ihnen zwei kleine Mädchen zu schikken.«

Rebbis war trotz den fast unerträglichen Schmerzen imstande, sich zu ärgern. »Ich räume gern ein ... daß Sie nur ... nur diesem Umstand es zu verdanken haben, mich hier zu sehen.«

Des Vicomte stechend aufleuchtende Augen verrieten ihm, daß er keine Sekunde zu verlieren hatte.

»Ihr Truc mit dem Buchhändler war wunderbar«, stieß Rebbis schnell hervor.

»Das ist sogar wahr.«

»Ich habe mich auch überzeugt, daß Sie das Streichholz tatsächlich heruntergeschossen haben. Fabelhaft!«

»Auch das ist wahr.«

»Und Ihre Flucht ... und wie Sie mich hierher lockten ... spät, aber sicher ... Alles erstklassige Sachen. Mein Kompliment.«

»Nehme ich und werfe es Ihnen wieder an den Kopf.«

»Vicomte, Sie sind ein Gigant!«

»Esel! Worauf wollen Sie eigentlich hinaus?«

Rebbis löste sich mühsam von der Wand und wankte ins Zimmer vor. In der Mitte blieb er vor Schwäche stehen. »Wir zahlen sehr viel«, lispelte er.

»Immerhin sind vor drei Monaten Ihre Flics sogar auf die Straße gestiegen.«

»Der Präfekt ist im Grunde vernarrt in Sie. Ich würde Sie ihm nicht einmal einzureden brauchen.«

»Was für ein Sonntagsherz Sie haben!«

Rebbis machte einen Schritt nach vorn. »Mein Wort darauf, daß ...«

Der Vicomte wich ausspuckend zur Seite.

»Ich übernehme Ihre Leute.«

»Albern!«

»Ich werde alles tun, was Sie wollen. Ich werde ...«

Der Vicomte sah ihm wie müde auf die Brust. »Sie haben eine schöne Krawattennadel. Ich wundere mich, daß Gugusse sie übersehen hat.«

»Ein schwarzer Onyx. Nichts Besonderes.« Rebbis strich sich das verknitterte Plastron zurecht und spielte mit dem Stein. »Sie wollen also nicht?«

»Nein, zum Teufel!«

»Warum nicht? Es ist doch das bessere Geschäft. Und absolut sicher für Sie.«

Der Vicomte blies ihm auf den Mund.

Rebbis überwand sich schluckend. »Ich begreife Sie nicht. Sie sind doch wie alle hochbegabten Kriminellen nur von den Umständen ins Verbrechen hineingetrieben worden. Wie die sozialen Verhältnisse heute liegen, gibt es von da keinen Aufstieg mehr. Nur ein elendes Proletarierleben, wenn Sie einmal zurück wollen. Sie wissen aber auch, daß Sie, wenn Sie dieses Leben fortsetzen, ja doch über kurz oder lang unter der Guillotine liegen. Und nun biete ich Ihnen die Rehabilitierung an und wahrhaftig kein Proletarierleben. Die Sicherheit erhalten Sie dadurch, daß Ihre Ernennung zum Kommissär im Regierungsblatt erscheint, bevor Sie sich melden. Und da sagen Sie nein? Warum?«

Der Vicomte näherte sein Gesicht und schrie: »Weil ich Vicomte bin und kein Flic!«

»Ich bin nicht so naiv, Ihnen derlei zu glauben. Sie mißtrauen mir.«

»Wie kamen Sie mir hier auf die Spur?«

Rebbis besann sich lange. Dann entschied er sich, da sein Gehirn versagte, für die Wahrheit. »Ich erkannte Sie auf dem Boulevard Baille wieder. Trotz Ihrer guten Maske. Das ist meine Spezialität. Ich merke mir eine Augenpartie, eine Stirnpartie, ein Ohr.«

Der Vicomte schwieg nachdenklich. Dann sagte er hastig. »Jemand muß mich verraten haben. Wer?«

Rebbis lächelte geschmeichelt. »Sie irren. Ich sah Sie aus dem Buchladen kommen, mit dem Geld in der Hand. Irgendwie kamen Sie mir verdächtig vor. Mein Blick ist geschult. Ich ging um Sie herum, um Ihnen zu begegnen und Ihr Gesicht zu sehen. Ich erkannte Sie sofort. An Ihrem Mund.«

»Und nachher gingen Sie zu dem Buchhändler sondieren.«

»Nein. Ich ließ den Buchladen überwachen.«

Der Vicomte stampfte auflachend mit dem Fuß. »Woher kennen Sie dann meinen Truc?... Ah, Ihr erstes Wort hier war also schon eine Falle.«

»Den Buchladen hielt ich für eine Verständigungs-Etappe.« Rebbis begann am ganzen Körper zu zittern. »Sagen Sie mir, Vicomte, was haben Sie mit mir vor! Ich kann Ihnen vielleicht von größtem Nutzen sein...«

»Geschmeiß!« Der Vicomte wischte sich mit dem Handrücken den Mund ab. »Bon. Ich lasse Sie frei, wenn Sie vier Dossiers für mich stehlen und mich über den Inhalt einiger anderer informieren.«

Rebbis griff sich an den Kopf; er verwünschte sich, weil ihm kein Ausweg einfallen wollte. Plötzlich aber huschte ein kleines Lächeln über seine Nase hinweg.

Der Vicomte sah es und wußte, daß er ihn hintergehen wollte. »Nun?«

»Ich bin bereit.«

»Merci.« Der Vicomte wandte ihm verächtlich den Rücken. »Bec-Salé!«

Da hob Rebbis die rechte Hand an die schwere Silberfassung des Steins in seiner Krawatte. Seine Finger zuckten ein bißchen. Und mit einem Ruck riß er den Onyx heraus, an dem im Schein der Petroleumlampe eine lange schmale Dolchnadel aufblinkte.

Als aber seine Faust sich gegen den Rücken des Vicomte schnellen wollte, fiel durch die Türspalte ein Schuß.

Rebbis taumelte röchelnd zurück.

Bec-Salé stürzte herein, versetzte Rebbis einen Fußtritt in den Hintern, so daß er in die Knie brach, und hierauf einen Faustschlag ins Genick, der ihn zu Boden streckte.

Der Vicomte, der auf dem Kinn des Daliegenden einen dünnen Faden Blutes erblickte, neigte sich über ihn. Und erst jetzt sah er die Dolchnadel.

»Bec-Salé, hast du deshalb ...?«

Bec-Salé nickte.

Der Vicomte reichte ihm die Hand.

Seite 114. Deshalb zog Pasztor in weiser ...

Gugusse und Henri erschienen in der Tür.

»Das Auto ist in einer halben Stunde auf der Place Castellani«, meldete Henri.

Gugusse stieß mit dem Fuß verächtlich gegen den Leichnam. »Crotte! ... Der unten ist für acht Tage verstaut.«

»Und was machen wir«, fragte Bec-Salé, »wenn alles glattgeht, mit unseren achthunderttausend?«

»Schluß!« Der Vicomte zog seine Mütze aus der Tasche. »Wir tauchen unter, frisieren uns und werden in Reims ein Bar-Restaurant. Joop und Miette können wir gut brauchen.«

# Die dilettierende Pension

Pasztor, ein schwarzäugiger Ungar, hatte in einem Pariser Restaurant einen so wuchtigen Faustschlag auf den Mund bekommen, daß er zwei Vorderzähne ausspie. Zu allem Pech hatte er seinen weitaus einflußreicheren Gegner daraufhin dermaßen aufs Ohr gehauen, daß dieser ohnmächtig wurde. Deshalb zog Pasztor in weiser Erkenntnis es vor, unverzüglich abzureisen. Da er jedoch lediglich ein Billett dritter bis Basel zu kaufen imstande war, einer Stadt, welche er mit Recht für ungeeignet hielt, verfiel er unterwegs auf einen sehr praktikablen Ausweg: er ersuchte, nachdem er dem Hoteldiener des ›Basler Hof‹ langsam und deutlich seinen Gepäckschein eingehändigt hatte, den Portier, ihm vierzig Franken zu leihen, was dieser mit sauersüßer Liebenswürdigkeit schließlich tat. Pasztor verließ daraufhin in einem gut gewählten Augenblick das Hotel, fuhr mit der Tram zum Bahnhof, nahm dem Hoteldiener vor der Gepäckausgabe-Stelle mit einem kleinen Trinkgeld seinen Gepäckschein wieder ab und gab seinen Koffer bis Buchs auf, wo er mit demselben Zug, den er vor einer halben Stunde verlassen hatte, ankam und mit einem in österreichischen Kronen beträchtlichen Betrag.

Spät am Abend dieses Tages war er in Wien, schlief im Hotel Wimberger schlecht und wenig und war deshalb am folgenden Tag so durchaus nicht auf der Höhe, daß er seiner Depression erlag und, statt im Hotel Imperial abzusteigen, in der kleinen, nicht sonderlich sauberen Pension Vienna in der Frankgasse ein Zimmer mietete.

Die Folge davon war, daß Pasztor, dem das seit dem Weltkrieg durch zwanzig dividierte Wien schon nach dem ersten Ausgang Lebensüberdruß verursachte, in einen gräulichen Zustand von Apathie verfiel, der ihn nicht nur verhinderte, über die Behebung der Leere in seinem Portefeuille nachzusinnen, sondern überdies zu gänzlich zwecklosen Grübeleien über die Vergänglichkeit alles Glanzes verleitete. Glücklicherweise war Pasztor eine selten labile Natur, so daß er bereits nach wenigen Tagen an das schmutzige, farbenarme und unelegant gewordene Wien sich gewöhnt hatte, ja sogar, was beiweitem deutlicher seine wiederkehrende Kraft verriet, auch an die unsägliche Pension, die ihn beherbergte, und an deren noch unsäglichere Gäste, die, auch wenn sie deutsch sprachen, ein gebrochenes Kroatisch zu mauscheln schienen, und überhaupt weniger den Eindruck einstiger Österreicher machten als vielmehr den von heruntergekommenen Parvenues.

Die von grotesken Verblödungserscheinungen durchsetzten Konversationen, mit denen sämtliche Mahlzeiten arrosiert wurden, begannen Pasztor allgemach derart zu amüsieren, daß er sich entschloß, sein bisheriges Schweigen zu brechen und das um vieles größere Vergnügen sich zu machen, Sprengversuche an diesen soliden Existenzen vorzunehmen. Dazu benützte er, allerdings auch in der Hoffnung, einige Dupes sich zu holen, eine Äußerung, welche eine junge hübsche Kölnerin über einen jüngst von ihr bewunderten Abenteurer-Film machte. Pasztor versicherte, auch ihm habe dieser Film sehr gefallen, und fügte, konsekutiv reflektierend, hinzu, der Hochstapler sei vollauf mit Recht der Held von heute, der Heros aller zugkräftigen Romane, Theaterstücke und Filme: er verkörpere die Sehnsucht der nach wie vor verbürgerlichten Menschheit nach einem lockeren luftigen Leben, frei von geographischen und anderen Grenzen; weshalb es aber umso unfaßlicher sei, daß gerade diese Menschheit, die den Hochstapler in der Projektion vergöttert, ihn mit der schändlichsten Nichtachtung behandelt, wenn sie ihm im Leben begegnet, ja mit Verachtung und Hohn; welches Verhalten weder von der Furcht vor einer Vermögenseinbuße gerechtfertigt werden könne noch von dem Neid, der hier vollendet sieht, was er selber vielleicht vergeblich erstrebt hatte.

Nach dieser wohl hingelegten Suada überließ sich Pasztor, zart schmunzelnd, seinem Braten und die überaus peinlich berührten Umsitzenden einem gehässigen Schweigen.

Nur die junge Kölnerin hielt es nicht. Der quälende Wunsch, zu dokumentieren, daß sie derselben Meinung sei, zitterte nicht weniger aus ihren Augen als ein gewisser Wissensdurst. Ihre Stimme wurde voll und schwer: »Wenn es aber weder Furcht ist noch Neid... ich meine... schändlich ist es ja auf jeden Fall, aber... aber es ist vielleicht die Angst vor der Polizei.«

Pasztor freute sich über diese unerwartet herausfordernde Bemerkung so sehr, daß er sogar ein wenig zu genau replizierte: »Sollte die Angst davor, mitgefangen zu werden, jene von mir gerügte Einstellung verschulden, so würde das denn doch ein ungewöhnlich großes

Maß von Feigheit bedeuten. Denn dafür, daß man mit einem notorischen Hochstapler sich unterhält, ohne das Bedürfnis zu haben, ihn anzuzeigen, wird man noch nicht eingesperrt, ja, wenn man in einer bürgerlich einwandfreien Situation sich befindet, schwerlich auch nur molestiert. Zudem werden Sie, wenn Sie bedenken, daß ein Hochstapler ohne die Polizei gar nicht möglich wäre, leicht einsehen, daß ein mäßiges Wohlwollen für diese Institution unerläßlich ist.«

Die junge Kölnerin riß an den schwarzen Verschnürungen ihres prall anliegenden Samtkleides. »Sie sagen das alles sehr treffend... wirklich sehr treffend... Aber wenn es nicht die Angst vor der Polizei ist, was ist es dann?«

Pasztor verspürte ein Jucken unter der Nase: das für ihn untrügliche Zeichen, daß Beute nahe. Das machte ihn fast schon verwegen. »Es ist derselbe Widerspruch, der enragierte Verehrer der Antike zu Skat-Fanatikern macht, begeisterte Buddha-Jünger zu Shimmy-Fexen und hartnäckige Theosophinnen zu Gelegenheits-Kokotten.«

»O!« rülpste in diesem Augenblick die am Tischende breit und klebrig thronende Pensionsinhaberin Scheutich und wischte sich mit einem Schürzenzipfel etwas Schweinefett aus den Mundwinkeln.

Die junge Kölnerin bemühte sich, die Hände zitternd an den Ohren, durch ihre heißen Blicke Pasztor zum Weitersprechen zu bewegen.

Dessen hätte es zwar nicht bedurft, aber es bewirkte immerhin, daß Pasztor sich endgültig hinreißen ließ: »Es ist derselbe Widerspruch, der leider eine deutsche Spezialität ist. Während man anderswo, besonders in südlicheren Ländern, jene Leute, von denen man nicht genau weiß, wovon sie leben, mit Wohlgefallen betrachtet, behandelt man sie nördlicher wie übelstes Pack. Die Menschheit hat zwar nirgends den vollen Mut zu sich selbst, aber nur hier hat man sich diesen vollendeten Knacks seiner Person geleistet, vor dem andere gleichsam mit offenem Mund dastehen.«

Sämtliche Pensionäre ließen empört die Bestecke auf die Teller sinken und die Köpfe drohend nach hinten.

Frau Scheutich thronte schlechthin majestätisch.

Die junge Kölnerin aber schien wie auf dem Sprung, jemandem an den Hals zu fahren. Ihre dunklen Augen zuckten feucht. Ihre weichen Finger griffen ins Leere.

Pasztor, der sie schon in seinen Haaren fühlte, widerstand begreiflicher Weise nun umso weniger dem Schauspiel, das von Sekunde zu Sekunde bedrohlicher um ihn sich entfaltete, und warf sich mit aufschmetternder Stimme und erhobener Faust nach vorn: »Man müßte diesen unerträglich banalen Gaunern und diesem ganzen billigen Bürgergebock die Kopfsteuern und Unterleibsgebühren erhöhen, verdreifachen, verhundertfachen. Und zwar in dem Maße, als diese Bande sich von ihrer schiefen Romantik retiriert, wenn sie sie einmal vor sich gerade auf den Beinen sieht.«

Das war zu viel. Frau Scheutich hob ihr gewaltiges Posterieur um Zentimeter und krähte: »Herr Pasztor, ich muß Sie nun doch energisch darum ersuchen...« Sie quappte zurück, außerstande, Weiteres zu formulieren.

Gleichzeitig flogen allenthalben Servietten auf den

Tisch. Stühle polterten zurück. Fassungslose Interjektionen erstarben.

Nur die junge Kölnerin hing verzückt an Pasztors schwarzen Augen, die sie jetzt schlankweg mit Innigstem überschwemmten, und ergriff über den Tisch hin feurig seine Hand, dieweil ihre Füßchen sich nach seinen Waden schnellten...

Selbstverständlich verbrachte Pasztor die folgenden Nächte in den weißen Armen der jungen Kölnerin, für welche er längst zu einer grandiosen Kreuzung von Übermensch und Lebenskünstler anvanciert war; die Tage eng an ihrer Seite mit Spaziergängen oder Autofahrten. Die Mahlzeiten nahmen sie gleichwohl in der Pension, um des Vergnügens der Konversationen, die immer bissiger und versteckter geführte Raufereien waren, nicht entraten zu müssen. Und da die junge Kölnerin, wohl glaubend, daß Pasztor vorübergehend geniert sei, alle Ausgaben bestritt, wäre dessen Glück sonnenfleckenlos gewesen, wenn nicht...

...wenn er nicht eines Morgens auf der Treppe die Wahrnehmung hätte machen müssen, daß nun schon zum dritten Mal eine alte Frau neben dem Eingang zur Pension an der Mauer lehnte. Und kaum war sein Mißtrauen wach geworden, als auch schon die Symptome sich mehrten: Frau Scheutich wich ihm ängstlich aus; die Tischgespräche versiegten stets unwahrscheinlich schnell; die Dienstmädchen sagten nicht mehr ›Küß' d' Hand‹, sondern sehr laut und hochdeutsch ›Guten Tag‹ und richteten, wenn sie es unbemerkt tun zu können glaubten, mit brennender Neugier, aber doch nicht ganz ohne einen gewissen kalten Schauer, die Augen rund auf ihn; und eines Sonntags saßen zur Mittagstafel zwei undefinierbare ältere Frauen ihm gegenüber und Frau Scheutich zur Linken ein auffällig steifer Herr unklaren Kalibers, in welchen Gelegenheitspersonen Pasztor augenblicks die amtierende Kriminalpolizei agnoszierte. Er war lediglich im Zweifel, ob er diese unerwünschte Aufmerksamkeit der hinterlistigen Beflissenheit eines rachelustigen Pensionsinsassen verdankte oder der Basler Polizei. Nicht im Zweifel aber war er darüber, daß nun ein sehr vergnüglicher Kleinkrieg ausgefochten werden würde.

Seine Erwartungen wurden noch übertroffen: die ganze Pension, mit Ausnahme der jungen Kölnerin, die taktischer Weise in ihrer Ahnungslosigkeit belassen wurde, hatte mit der Polizei paktiert und wetteiferte, ihn zu überführen. Sein Tischnachbar, ein Lederhändler en gros namens Feijfkeikow, begann allerlei verfängliche Fragen zu stellen, die nicht erst dermaßen naiv hätten stilisiert sein müssen, um Verdacht zu erregen; ja, er sprach Pasztor sogar einmal in einem Kaffeehaus an, in der unabweisbaren Absicht, sein Vertrauen zu gewinnen und ihn auszuhorchen. Auch das Stubenmädchen pirschte sich eines Abends an Pasztor heran, legte ihm die Finger mit zartem Druck auf den Unterarm, sprach von seinen weißen Zähnen und plötzlich von den Ringen und der Brillantbrosche der Frau Pokorny. Und deren Gatte, ein Gemischtwarenhändler a. D., zog Pasztor wiederholt in eine Ecke des Speisezimmers und daselbst in langwährende Gespräche, um seine Ansicht über etwaige Geschäftsverbindungen mit Temesvar zu hören. Kurz, die ganze Pension dilettierte hinter ihm her.

Dieser Zustand, so vergnüglich er auch war und reich an Gelegenheiten, all dieser Kleinbürgerkrapül feiste Niederträchtigkeiten zu versetzen, wurde Pasztor auf die Dauer doch zu prekär. Sonderlich in Hinsicht auf die junge Kölnerin, die irgendwie aufmerksam geworden zu sein schien. Und als sie eines Nachts eine Nervosität bekundete, die zu deutlich harmlose Motive ausschloß, fragte Pasztor sie kurz entschlossen, was sie beunruhigte.

»Ach, ich fürchte, dich bald zu verlieren.« Dabei zog sie ihre dicken Haarflechten sich um den Hals, als wollte sie sich mit ihnen erdrosseln, und machte ein Gesicht, dessen Schmerz schon halb ins Jenseits zielte.

Pasztor, der auf solches zwar gefaßt gewesen war, geriet angesichts der vollendeten Tatsache nun aber doch in Hitze: »Helene, aber Helene... Was fällt dir nur ein!« Er rannte, mit den Armen fuchtelnd, durchs Zimmer und fing an, so viel und so wirr zu reden, daß er sich schließlich verplapperte: »Ah, so leicht fängt man Pasztor nicht!«

Aber noch bevor er seinen Lapsus hätte korrigieren können, begann Helen herzzerbrechend zu schluchzen.

Pasztor, der alles auf dem Spiel sah, kroch rasch ins Bett und preßte seinen Leib an den ihren; begütigte, liebkoste, bettelte, schwieg.

Plötzlich warf Helene Kopf und Hände ihm auf die Brust und heulte auf: »Ach, Lieber, alle laufen sie dir nach. Alle. Bis eben einmal eine kommen wird, die dir besser gefällt als ich. O, ich habe solche Angst, dich zu verlieren!«

Pasztor lächelte unbeschreiblich. Dann richtete er sich langsam auf. Es war, als geränne er zu seinem Monument. Endlich lispelte er, die Sachlage voll auszunutzen im Begriffe: »Mein Einziges, sei ruhig, ich bleibe bei dir … wenn du es ganz ernsthaft willst, wenn du bereit bist, mir …«

»Aber hast du auch wirklich nichts mit der Frau Pokorny?« Helene hatte ihm gar nicht zugehört. »Um dich mir abspenstig zu machen, hat sie mir erzählt, du wärst ein gefährlicher Hochstapler und die Zähne hätte man dir auch schon eingeschlagen … Ich solle mich aus deinen Klauen retten, aber nicht sagen, daß sie es mir sagte … wegen der Polizei, die dich in flagranti erwischen will … Ich weiß gar nicht mehr, was sie noch alles sagte … Aber so etwas spricht doch Bände!« Sie schmiegte ihren vollen Bauch herausfordernd an ihn.

Pasztor wußte, daß es nun galt. »Und wenn ich nun tatsächlich ein Hochstapler wäre.«

»So würde ich dich noch unmenschlicher lieben.«

»Aber die Polizei?«

»Man kann mich doch nicht einsperren. Das hast du selbst gesagt.«

»Würdest du mit mir fliehen?«

»Ich habe keinen Knacks!«

»Wir haben zu wenig Geld.«

»Ich habe genug für uns beide. Ich werde dir sogar eine Brücke machen lassen. Außerdem heirate ich dich einfach. Dann ist alles in Ordnung. Denn wenn die Polizei wirklich etwas wüßte, wärst du doch schon verhaftet.«

Die Richtigkeit dieses so einfachen Schlusses verblüffte Pasztor. Und da er sich nicht das erforderliche Ausmaß zusprach, um gegen eine Weltorganisation wie die der Polizei, nachdem er ihr verdächtig geworden war, sich mit Erfolg zu halten, hielt er es für das klügste, Helenes Antrag anzunehmen. Es mußte ja trotz allem noch nicht das Ende sein.

# Eine kuriose Karriere

Mit zwanzig Jahren widerfuhr Döll das Glück, die Aufmerksamkeit der Münchner Polizei zu erregen.

Das geschah folgendermaßen. Döll saß in sehr vorgerückter Nachtstunde an der Seite eines blonden Ladenmädchens im Café Müller, unweit des Sendlingertors, und vertiefte also die ihn noch gar außerordentlich dünkenden Wonnen der ersten Liebe von erfahrener Hand. Da er zudem im Besitze von fünfundzwanzig Mark sich befand, die er seinem ehrsamen Vater meuchlings aus der Brieftasche entwendet hatte, kannte sein Hochgefühl keine Grenzen. Es nahm, als die zweite Flasche Pfälzer geleert war und Gusti, das erfahrene Ladenmädchen, ihn mit kundigsten Handgriffen neuerlich bedrängte, derartige Dimensionen an, daß er, mit äußerst ironischer Haltung des gesamten Körpers, zu singen anhub:

»Du hast ja die schönsten Blauaugen,
hast alles, was Menschenbegehr,
du hast mich ...«

»Du *hast* mich«, unterbrach ihn Gusti, sehr zur Unzeit, aber mit grandios vollführtem Augenaufschlag und einem patenten Griff durch die Manschette nach seinem nackten Unterarm.

In Döll gor es toll. Immer toller. Bis seine nunmehr komplette Ekstase explodierte: er richtete sich hoch auf, stieß seine Arme weit von sich und sang mit einem Ausdruck, der zwischen tragischester Schicksalsergebenheit und inbrünstigem Zynismus divin die Mitte hielt:

»du hast mich zugrunde gerichtet,
du Fetzen, du Schlampen, du Hur.«

Gusti schien dies nun doch zu weit gegangen. Sie schnellte sich empört zur Seite, sprang auf und eilte in die Toilette.

Döll, plötzlich unsäglich vereinsamt, sann nach. Er wußte zwar nicht genau worüber, aber er machte für alle Fälle ein höchst grausames Gesicht.

Dieses sah ein kleiner kraushaariger Herr, der am Nebentisch saß und von Dölls schmählichem Gesang insoferne mit ganz besonderem Interesse Notiz genommen hatte, als er davon lebte. Nun hielt er es für günstig, die Abwesenheit der Frauenperson zu einer Annäherung zu benützen. Er schwenkte sich mit der allen Spitzeln eigenen Grazie, die gleichsam unterwegs in die Brüche geht, heran, winkte jovial mit seiner Taschenuhr und behauptete betrübt, daß sie nicht richtig gehe.

Döll, dadurch wieder in wachsender Laune, grinste ihm mit dem Hohn eines Menschen, der allen Kleinkram des Lebens im Sturm hinter sich warf, zwischen die schiefen Äuglein und schnarrte hochmütig: »Erstens bin ich kein Ingenieur, sondern eine Lokomotive. Und zweitens dürften Sie ja doch nie wissen, wie viel es geschlagen hat.«

Der kleine Herr konstatierte zwinkernden Blicks eine alles Erwartende depassierende Frechheit und setzte sich, weiterhin Aufschlußreiches erhoffend, ungeniert an den Tisch.

Trotz seinem bereits stattlich der Undeutlichkeit sich nähernden Zustand empfand Döll diesen Vorgang als durchaus ungehörig. Weshalb er ohne Zögern, ja mit unverkennbarem Wohlgefallen daran, eine Gelegenheit zur Verwendung seiner vagierenden Kraftgefühle zu haben, also Stellung nahm: »Sie sind entweder ein verfehlt maskierter Luki. Dann sind Ihre Manieren von sehr bedauernswerter Dürftigkeit. Oder Sie sind ein miserabel angezogener Halbseidener. Dann haben Sie wenig Aussicht, sich erfolgreich zu nähern. Denn nur ein Kavalier, der mir meine Dame erneuert, hat Aussicht, sie zu besitzen.«

Dölls Ausdrucksweise, welche jeden Feineren vorerst hätte vermuten lassen, daß es sich bloß um einen Sensationslüsternen handle, däuchte den kleinen Herrn sofort die Routine des geriebenen Anreißers zu sein; die Äußerungen selber ein eklatanter Beweis für seine scharfsinnigen Unterstellungen. Er lächelte deshalb devot, lehnte sich weit zur Seite, um, ohne aufstehen zu müssen, sein Glas vom Nebentisch sich holen zu können, und stieß mit ihm an das Dölls, der dies mit den Worten geschehen ließ: »So gestoßen, ist halb verloren.«

Der kleine Herr, der diesmal nicht ganz verstand, hielt es für eine neuerliche Frechheit; dieweil Döll sich leise rötete, da er hinterher bemerkt hatte, daß es seinem Aphorismus sowohl an Schärfe als auch an Format gebrach. Er hatte deshalb, umsomehr als er mit der typischen Empfindlichkeit Jugendlicher des kleinen Herrn zweifelndes Gesicht für überlegenheitstrunken hielt, das ununterdrückbare Bedürfnis, mit Stärkerem noch und Blitzenderem aufzutrumpfen. Zu diesem Zweck riß er seine Visage à la Napoleon zusammen, schob die Lippen machtvoll aufeinander und preßte bedeutungsschwer hervor: »Ich liebe den Kavalier. Er ist meine spanische

Fliege, die ich, nicht so stupid, sie etwa verächtlich zertreten zu wollen, sogar zu kultivieren pflege, indem ich mit ihr konversiere...« Dölls Geist verlor sich für Sekunden, rang dann aber gleichwohl sich durch: »Der Kavalier versieht mir die Dame mit dem Kontrast seines schütteren Liebhabertums und mit modernen Hüten. Sie sind zwar nicht einmal der Mann, nach dem zu triumphieren ein Triumph wäre, geschweige denn ein zählender Zahler; aber immerhin ein possierliches Subjekt, das sich versucht und, nachdem es zweifellos jahrelang im leeren Zimmer unter Visionen sich minorenn vergnügte, heute Nacht mit anerkennenswerter Tollkühnheit auf das Leben losgeht. Geben Sie acht, daß Sie nicht Ihr Deka Selbstbewußtsein einbüßen, um dafür die Gewißheit einzutauschen, Ihre eigene Wurzen zu sein.«

Ganz unerwartet machte der kleine Herr jetzt eine schnelle Verbeugung über den Tisch hin. »Sie gestatten, Jukundus Nieder mein Name.«

Döll übersah die dargebotene, ihm zu rote Hand. »Ich, Bruno Döll, gestatte. Aber auf die Dauer nur, wenn Sie sich ernsthaft bemühen wollen, besser dazusitzen, weniger zu zwinkern und überhaupt ein bißchen mehr Anziehungskraft zu entwickeln.«

Herr Nieder hob abermals sein Glas, wobei es ihm zur Gänze mißriet, verlockend dreinzuschauen, und stöhnte eifrig: »Ich kenne meine Fehler, lieber Herr Döll. Wer hat keine Fehler? Auch sie haben vielleicht Fehler. Was liegt schon daran? Wenn man nur genügend Moneten hat.« Er zog ein umfangreiches silbernes Zigaretten-Etui aus der Westentaschen und legte es vor sich auf dem Tisch zur Betrachtung aus.

Döll, dem Herr Nieder daraufhin noch unsympathischer wurde, hielt dessen Bemerkungen für alberne Platitüden, zwang sich aber, um sich selber nicht zu désavouieren, auf jene unzweideutige Geste noch unzweideutiger einzugehen. »Daß Sie doch Geld zu haben scheinen, ist ein sehr erfreulicher Zug von Ihnen. Ob er aber auch gegebenenfalls bei mir halten würde?«

Herrn Nieders Mund zerlief feixend. »Er wird halten, Herr Döll. Er wird halten, wenn Ihre Liebste einsteigt.«

Döll war darüber, daß er zum ersten Mal eine halbwegs ebenbürtige Antwort erhalten hatte, sofort derart begeistert, daß ihm der Geist noch schneller und holder kam: »Sie *wird* einsteigen. Und den Aufenthalt dazu benützen, Ihnen für den Rest Ihrer Lebensfahrt eine Erinnerung zu besorgen, die nicht mit Gold aufzuwiegen ist.«

Herr Nieder bewegte, mehr gewohnheitsmäßig als geringschätzig, den Kopf.

Weshalb Döll wie vorgepeitscht sich weit über den Tisch legte. »Selbstverständlich hängt es davon ab, ob Sie eine große Station sind. Denn wenn Sie bloß zehn Minuten halten, werden Sie schwerlich dazu kommen, etwas mit Gold aufzuwiegen, was nicht die erforderliche Zeit hatte, sich dermaßen wertvoll zu entwickeln.«

Herrn Nieders rötliche Stumpfnase blähte sich süßlich. Er war bereits überzeugt davon, einen schweren Jungen aufgespürt zu haben; dennoch wollte er sich den Fang nicht zu viel kosten lassen, weil sein Vorgesetzter hohe Spesenrechnungen als Mangel an Geschicklichkeit interpretierte. »Ich *werde* halten«, meinte er mit widerli-

Seite 129. An dieser Stelle des Gesprächs ...

cher Bereitwilligkeit, »aber wie lange ich halte, wird von Ihrer Dame abhängen. Und davon auch alles andere. Einverstanden?«

Mittlerweile hatte Döll vor der ihm gegenüber befindlichen Toilette Gusti erblickt. Dadurch war er so nervös geworden, daß er Herrn Nieders Propositionen überhört hatte. »Ob sie einverstanden ist?« knurrte er in schnell steigender Unruhe. »Wenn *ich* es verlange, ist es so gut wie geschehen. Aber wenn Sie ihr zu sehr mißfallen sollten, was ja möglich wäre, so ...«

Gusti trat an den Tisch. Sie hatte ihre taktische Entfernung dazu benützt, Frisur und Gesicht zu restaurieren; aber auch zu einer gewichtigen Unterredung mit der alten Toiletten-Paula, die ihr zu ihrer jüngsten Wahl gratulierte und als gerissene ehemalige Kokotte dringend riet, ihren Bruno an sich zu schmieden, sei es durch ein Kind, sei es durch ...

An dieser Stelle des Gesprächs hatte die Toiletten-Paula eine unbeschreibbare Handbewegung gemacht, die etwas sehr Bestimmtes und durchaus Ungesetzliches ausdrücken sollte. Gusti hatte verständnistriefend geschmunzelt, ein fürstliches Trinkgeld gegeben und sich tatsächlich entschlossen, ihren Bruno auf ähnliche Art sich zu holen.

Sie stand deshalb mit einer Miene am Tisch, die so völlig von Selbstsicherheit durchflutet war, daß Dölls Verlegenheit zu einem ungewissen Zorn sich auswuchs, der wiederum den Vorteil hatte, ihn das Richtige treffen zu lassen. »So setz dich doch schon!« Seine Stimme schwoll männlich an. »Wo warst du überhaupt so lang? Ich möchte sehr darum gebeten haben, mich über sämtliche deiner Rendezvous auf dem laufenden zu erhalten.«

Gusti glaubte ihn eifersüchtig und setzte sich, schelmisch pfeifend. Als sie aber Herrn Nieder erblickte, glaubte sie an eine Intrige und lächelte mitleidig.

Dies hatte zur Folge, daß Dölls geheime Besorgnis, Herr Nieder könnte Gefallen erregen und ihn dadurch in die peinlichste Situation bringen, augenblicks der übermütigsten Laune wich. Er begann, die gefährlichsten Ansichten zu entwickeln, die funkelndsten Sätze zu zimmern, die seltensten Vokabeln zu firsten. So daß Gusti, teils voll Stolz ob der Rarität ihres künftigen Bräutigams, in die ohnedies wohl geborene Brust sich warf, teils innerlich tief beglückt darüber nachgrübelte, wie sie ihren Bruno am besten an sich schmieden könnte. Da fiel ihr Auge, das den scheinbar nur mit halbem Ohr zuhörenden Herrn Nieder wegen Mangels an Erquicklichkeit geflissentlich mied, auf dessen Zigaretten-Etui. Ohne noch recht zu wissen, was sie damit bezwecken wollte, ergriff sie es, nickte lobend und sagte schließlich, Döll in seinen kühnsten Ausführungen gnadlos unterbrechend: »Sehr geschmackvoll. Und sicherlich furchtbar teuer.«

Herr Nieder bejahte, mit Nachdruck die Hand hebend.

Döll schwieg verwirrt.

»Darf ich es Ihrem Freund schenken? Sie würden es doch an ihm noch lieber bewundern, nicht wahr?« Herr Nieder brachte eine beinahe gentlemanlike Haltung zuwege.

Diese beruhigte Gusti, der plötzlich unklare Gedanken gekommen waren. Sie lachte verliebt, um einen Rest von Unsicherheit hinwegzuspülen. »Gefällt es dir denn überhaupt, Bruno?«

Döll zuckte, noch verwirrter als vordem, die Achsel und versuchte, sich einzureden, alles nehme einen günstigen Verlauf.

Als Gusti ihm aber, nunmehr bereits mit einer bestimmten Absicht, das Etui in die Tasche steckte, wollte er doch einlenken.

Zu spät. Herr Nieder hatte sich schon feierlich erhoben, schwang sein Glas und sprach: »Ich danke Ihnen, Herr Döll, für die mich ehrende Annahme dieses kleinen Geschenks. Und Ihnen, mein Fräulein, für Ihr Entgegenkommen, das nicht unbelohnt bleiben wird.« Hierauf setzte er sich wieder und sogleich seinen rechten Fuß auf Gustis linken.

Diese, welche in der Gunst dieses Zufalls einen Wink des Schicksals zu sehen sich beeilte, gab Herrn Nieder heimlich ein Zeichen und verschwand...

Als sie nach einer Stunde, ohne Herrn Nieder, an den Tisch zurückkehrte, fand sie Döll in einer grauenhaft lethargischen Stimmung vor, welche nicht so sehr der übermäßige Alkoholgenuß verursacht hatte als vielmehr die bohrende Pein, nicht zu wissen, ob Gusti ihn für das Etui plus Extra betrog oder ob es nur ein Vorwand für sie war, einer rasch aufgeflammten Leidenschaft sich hingeben zu können. Der schier unerträgliche Umstand, durch seine Aufschneidereien zur Ohnmacht verurteilt zu sein, hatte Döll anfangs zwar zu wüsten Selbstanklagen hingerissen, war aber doch bald vor genannter Pein zurückgetreten.

Gusti lehnte sich schmeichelnd an ihn. »Bruno, hörst du?«

»Ja«, grunzte Döll.

»Jukun... Herr Nieder hat mir dreißig Mark gegeben.«

Döll erzitterte leicht. »Und du?«

»Ich mußte...« Gustis Köpfchen sank tiefer. »... ihm meinen Leib überlassen.«

Döll erzitterte stärker. »Du — mußtest?«

»Er sagte mir, du hättest es mit ihm vereinbart.« Gusti hielt pfiffig inne. Als keine Antwort kam, fügte sie traurig hinzu: »Und da ich dich mehr liebe als mein Leben...« Sie steckte ihm die dreißig Mark in die Tasche zu dem Etui. »... und du mich doch heiraten wirst...«

Döll riß bei diesen Worten die Augen weit auf und sein Taschentuch entzwei. »Was? ... Ich? ... Habe ich denn... Wollte ich denn...«

Gusti quetschte mehrere Tränen hervor. »Ich wußte doch, daß du deinem Vater die fünfundzwanzig... und du mußt sie doch zurückgeben. Deshalb bist du doch nur auf das mit dem Nieder eingegangen. Und deshalb habe ich es doch auch nur getan, Bruno...«

Döll, der nicht vergeblich ganze Bibliotheken verschluckt hatte und lediglich in Sensationen lebte, erschauerte toll. Immer toller. Bis die unermeßliche Fülle dieses Erlebnisses in ihm sich ausgebreitet hatte und ihn außerstande setzte, etwa irgend etwas in Zweifel zu ziehen.

Er heiratete nach Jahresfrist, nachdem er, selbstverständlich gegen den Willen seiner Eltern, das Jus-Studium mit einer kommunalen Anstellung vertauscht hatte, seine edle Gusti, die, eine zweite Monna Vanna, für ihn sich geopfert hatte, und trug das erinnerungsträchtige Zigaretten-Etui tagaus, tagein, obwohl es sich als eine wohlfeile Imitation herausgestellt hatte. Gusti wurde ihm erstaunlicherweise eine treue Gattin und beschenkte ihn alsbald mit einem gesunden Knaben.

Dieses Glück dankte Döll der Münchner Polizei. Und da sie auf Grund von Herrn Nieders Bericht nicht gezögert hatte, Bruno Döll unter Aufsicht zu stellen, dankte dieser ihr auch seine Karriere. Denn der Kommunal-Beamte, in dessen Ressort die Bearbeitung von Dölls Anstellungs-Gesuch fiel, hatte ihn, als die Umfrage nach seinem Vorleben derart Überraschendes zutage förderte, ins Verhör genommen, seine Unkenntnis jenes Umstandes konstatiert und seine gänzliche Harmlosigkeit und damit implizite die Albernheit der Polizei und war von seiner eigenen Klugheit und Weitsichtigkeit so entzückt, daß er Bruno Dölls Gesuch nicht sofort glänzend befürwortete, sondern ihm auch späterhin das Avancement erleichterte.

# Lampenfieber

Wutschka war von Posen nach Berlin gedengelt, um daselbst in den Schanklokalen der Brunnen- und Invalidenstraße, angeblich als Damen-Imitator, sein Brot zu verdienen. Er war nun zwar homosexuell, aber dennoch weit enfernt davon, diese Fähigkeit in den Dienst seiner Einkünfte zu stellen; vielmehr lediglich darauf aus, sich einwandfrei zu vergewissern, ob in den zwei Jahren seiner Abwesenheit von Berlin die Aufmerksamkeit der Polizei in bezug auf seine Person so weit nachgelassen hätte, daß an ein ungestörtes Arbeiten zu denken wäre.

Dieser Vergewisserung lag Wutschka gerade an der Ecke der Usedom- und Wiesenstraße ob, als Japoll, der ihn vorzeiten oft geankert hatte, vorbeischob und, da er in der neben dem Haustor lehnenden Gestalt den Spinat-Emil wiederzuerkennen glaubte, in einiger Entfernung beobachtend stehenblieb.

Wutschka, der seinen ehemaligen Komoschke nicht wiedererkannte, faßte ihn alsbald scharf ins Auge und hielt ihn nach drei Minuten für weidlich verdächtig: die Art, wie er mit dem Rücken gegen die Häuserfront hart am Straßenrand stand, schien ihm den Spitzel zu verraten. Wutschka pendelte sich langsam heran, bog von hinten her noch langsamer nach vorn und blickte im Vorbeigehen mit sozusagen frechem Freimut dem Unbekannten ins Gesicht: war es ein Spitzel, so würde er seinem Blick ausweichen und den Platz wechseln; war es keiner, so würde er neugierig werden oder herausfordernd.

Japoll wurde weder das eine noch das andere: er hatte beim Anblick von Wutschkas samtnem Auge sofort jeden Zweifel verloren. »Mensch, Spinat-Emil, wo kommste herjetürmt?« Dabei hieb er ihm beide Hände auf die Schultern.

Wutschka zuckte unwillkürlich zusammen: bloß die Stimme war ihm bekannt vorgekommen. »Irren Se sich nich?« schnappte er heiser.

»Mach man keene Kinkerlitzchen!« Japoll schüttelte ihn, daß ihm der Hut aufs Ohr rutschte. »Kiek mia mal vasuchsweese in die Fresse und wenn de dann noch son dum Jesichte uffziehst, denn wer ik dennem mies jewordnen Jedächtnis mit unvaöffentlichte Memoiren uff die Beene helfen, Junge.«

Wutschka lächelte jetzt. ›Unveröffentlichte Memoiren?‹ Das konnte nur einer sein: »Nonnen-Japoll, natierlich! Wenn de dia sämtliche Jesichtshaare abjemacht hast, wie soll ik dia dann …« Er nahm sich die störenden Hände von den Schultern und drückte sie warm.

»Eisern!« murrte Japoll.

»Eisern!« sang Wutschka.

Beide lachten und schüttelten einander immer fester die Hände, bis Wutschka ächzte: »Laß mia los, ik jloobs dia ja!«

Japoll nahm ihn in den Arm und zog ihn weiter.

»Und jetzt jehn wa bei die Acker-Käthe, enorme Reste, und sajen juten Tach.«

»Mies is se.« Wutschka kannte seinen Japoll. »Un der Kamm liecht uff der Butta.«

»Kennste det elfte Jebot nich? De sollst nich triezen. Also, Emil, trieze nich!« Japoll preßte Wutschkas Arm fest an sich.

Der aber riß sich mit einer geschmeidigen Bewegung ganz unerwartet los. »Nee, meen Jutester, die alten Zikken hab ik dicke. Ik bin hia, um zu tingeln, um mia meen Brot honett ... «

Japoll gab ihm einen Schlag ins Genick, daß er nach vorne taumelte: »Den alten Senf mit det Damen-Imitieren, den kannste een andern iebers Haupt schmieren. De willst woll ne längere Sache ziehn und mechste nich bei jesehn sin. Ooch von dein Freinden nich. Det is een scheena Zuch von dia.« Er spuckte ihm vor die Füße.

Wutschka wollte ihn nicht zum Feind haben. »Kannst ja jlooben wat de willst. Aba weeßte denn nich mehr, det se mia det letzte Mal schon heftich belaichtet ham, Nonnen-Japoll?«

»Zwee Jahre uff Vajniejungsreise jewesen«, gackerte Japoll geringschätzig, »und imma noch sone Sorjen?« Plötzlich blieb er, sich verdüsternd, stehen. »Spinat-Emil, du bist erkannt! Wat haste denn vorhin unterm Haustor jestanden! Ik werde et dia sajen: denne eijene Schmiere haste jestanden! Und wat haste da um mia herum jetreten? Denne Sorjen haste jetreten! Mensch, Spinat-Emil, nu sache mia nur noch, dette nich tingeln kannst, weil de Lampenfieber hast.«

Wutschka ging rascher. Er schämte sich.

Japoll ahnte es und erwischte ihn am Ärmel. »Een scheenet Stick Jelde is zu vadien. Kannste dia die Sache ja mal vorlejen lassen.«

Wutschkas Achseln zuckten schwach.

Und nach zehn Minuten stand er vor der Acker-Käthe, die ihn mit einem Jubelschrei auf ihre oberschenkelähnlichen Arme nahm, brüllend im Kreise schwang und schließlich atemlos sich auf den Schoß setzte.

Japoll sah gerührt zu.

»Kitz-kitz-kitz-kitz-kitz!« Die Acker-Käthe quetschte Wutschkas Kopf in ihren immensen Busen hinein, so daß er fast den Atem verlor, und küßte ihn mit ihren wulstigen Lippen schmatzend auf die kleine runde Glatze.

Wutschka, dessen Kräfte die der Acker-Käthe keineswegs überstiegen, stieß und stemmte vergeblich, zwischendurch krächzend: »Käthe, jib Frieden! Laß mia Luft! Ik kann nich mehr!«

»Noch scheener! Er kann nich mehr!« Die Acker-Käthe johlte nur so. Ihr Mieder krachte. »Fier mia biste nich schwul. Nich wat schwarz untern Fingernajel jeht. Nee, biste nich. De willst dia nur dennen Vaflichtungen jejenieber dennen Freindinnen hintaziehn, nischt weiter ... Er kann nich mehr! Jleich sachste det Jejenteil!« Sie leckte mit der ganzen Zunge ihm breit die Glatze.

»Sachste et eben«, begütigte Japoll vergnügt, »und machste det Jejenteil!«

Wutschka rang nach Luft. Es hörte sich so besorgniserregend an, daß Japoll es für rätlich hielt, einzuschreiten. Er eilte herzu und versetzte der Acker-Käthe ein wohlgezieltes Kopfstück, so daß ihr Glasauge heraussprang, auf die Diele polterte und schmollend unter den Schrank rollte.

Im Nu lag Wutschka auf dem Boden.

Japoll verschanzte sich hinter dem Tisch vor den zu

gewärtigenden Racheakten der Acker-Käthe, die jedoch, durchaus nur an ihre Verunstaltung denkend, auf den Knien vor den Schrank rutschte und mit ihren nackten Armen vergeblich nach dem verlorenen Körperteil fischte.

Als sie ihn, nach mühseligen Unternehmungen, endlich zutage gefördert hatte, war sie so glücklich, daß sie sofort Frieden schloß. »Nu is aba Schluß!« Sie säuberte das Glasauge an ihrem Unterrock, speichelte es sorgsam ein und setzte es mit einem geübten Griff in seine Höhle zurück. »Und nu wolln wa vaninftich sin. Da, setzts aich uff det Kanapee! Ik jeh Kaffee machn.«

Als sie nach einer Viertelstunde mit der Kaffeekanne erschien, waren Wutschka und Japoll wieder gute Freunde geworden und bereits übereingekommen, geschlossen gegen die Acker-Käthe zusammenzustehen.

»So. Da wärn wa.« Die Acker-Käthe, selbstbewußt ihren überreifen Hintern schwingend, stampfte an den Tisch heran.

»Det erinnat mia imma an meene Kindazeit«, meinte Japoll schwermütig.

»Wat is los?« Die Acker-Käthe schenkte hoch im Bogen ein, so daß es mächtig in den Tassen pritschelte.

Japoll sabberte: »Eenmal, weil de wie ne Amme daherwackelst. Zweemal, weil de so juchendliche Jeraische machst.«

Wutschka lachte geniert. »Sehr jut. Is sehr jut.«

Die Acker-Käthe, ihrer Beschäftigung hingegeben, hatte glücklicherweise nicht sonderlich aufgepaßt. Jetzt setzte sie sich, wohlig schnaufend. »Und nu jieß mal, Emil! Und dann zeichste, wat de hast.«

Wutschka trank und schwieg.

Japoll sekundierte ihm im voraus. »Nischt zu zeigen. Spinat-Emil is hia, um sich mit dia jesund zu machen.«

»Ausjefallne Ideen, was er hat!« Die Acker-Käthe knurrte mit der Stirn und tunkte sich eine Schrippe ein.

»Saje ik ooch.« Japoll kratzte sich den furunkelbesäten Nacken. »Aba krank mechte er sich mit dia ooch nich machen.«

»Wat?« Die Acker-Käthe, die derartige Späße nun schon gar nicht schätzte, biß drohend ihre tropfende Schrippe zu Ende. »Wat orjelste da, du fauler Stubben?«

»Keene Uffrechung nich«, beschwichtigte Wutschka ängstlich und zog, mit einem matten Blick auf den schadenfroh grinsenden Japoll, ein langes Frauenhaar aus seinem Kaffee. »Die Acker-Käthe und ich, wia ham alle zwee beede dieselben Kindakrankheeten hinta uns. Nischt mehr zu machen.«

»Stimmt uffs Haar.« Japoll lenkte hierauf, wichtig das Kinn hebend, in nützlichere Bahnen. »Käthe, haste nich vorjestern von ner dollen Sache jetönt?«

»Hab ik.« In pfeifenden Schlucken schlürfte die Akker-Käthe ihre Tasse leer. »Hat sich aba ausgetönt. Een leerer Sack steht nich.«

»Eenmal sitzte, Käthe. Und zweemal biste weißjott nich leer.« Japoll hustete ironisch.

»Haste noch Kaffee?« fragte Wutschka, um ihr zu schmeicheln, aber im verfehltesten Moment.

»Waren meene letzten Bohn.« Mit ihrem noch funktionierenden Auge schielte die Acker-Käthe trübselig nach dem stabilen Glasauge. »Ik bin pleite. Und ihr?

Jloobt ihr denn, ik jloobe, det Spinat-Emil nischt hat? Zwee Jahre hat man 'n nich jesehn. Und is er nich unta uns een Schottenfeller, wies keen zweiten nich jibt? ... Halt die Fresse! Bei mia nich!« Sie machte, die gesteifte rechte Hand vor ihre linke Busenwarze haltend, allem Anschein nach Ernst.

»Damen-Imitator is er jetzt«, versuchte Japoll die Situation zu jovialisieren.

Der Acker-Käthe riß die Geduld. »Entweder Spinat-Emil jibt mich wat«, trompetete sie, »oder entweder ik such mia andere Laite.«

»Oder entweder«, wiederholte Wutschka heiter, sank aber angesichts der aufflammenden Wangen der Acker-Käthe ernüchtert ins Kanapee zurück. Dann stotterte er: »Weeßte denn nich mehr, det se mia hia schon belaichtet ham? In Posen habe ik mia man bloß bei die Frida ausjeruht. Jeh du mal nach hin und zieh nen Finken bei die leeren Läden. Vollkomm ausjeschlossen. Un denn hat Posen den Fehler, det ik dort jeboren bin. Iebrigens mechte ik jar nich. Ik muß erst wissen, ob ik Lampen habe. Sonst is nischt zu wollen mit mia. Nu weeßte et.«

Acker-Käthes Züge wurden miteins höchst gewissenhaft. »Fier Lampenfieber warste imma schon bekannt. Aba wenn de wirklich Lampen hast, denn is et schon besser ... «

»Wat is besser?« eiferte Japoll wütend. »Nischt is besser! Kennste denn Spinat-Emil nich? Der Nebbich hat doch Lampenfieber, wenn in die janze Straße keen Pflasterstein een andern erkennt. Een Scheißjeher is er. Nischt weiter.«

Die Acker-Käthe hob verzichtend eine Schulter und

zog die Lippen krumm. »Nu scheen. Denn eben nich.« Sie erhob sich schwerfällig, räumte den Tisch ab und trug das Geschirr hinaus.

Japoll saß sekundenlang zornig abgewandt da. Schließlich begann er brummend: »Mit die Käthe kennte man wat janz wat Wildes ziehn, wenn de nich imma wieda mit denne saubleeden Lampen ... «

Die Acker-Käthe stieß die Tür auf. »Nu heert mer schon endlich uff mit die janze Belaichtung! Sonst sitzen wia noch wirklich eenes scheenen Taches im Finstern.« Sie knöpfte sich die Bluse auf.

»Wat is los, Käthe?« Japolls kleine rot unterlaufene Äuglein zitterten, gewissen Befürchtungen anheimgefallen. »Jehste wech?«

»Natierlich. Achte is. Mia schenkt ooch keener wat, wenn ik die Promenade versaime.« Die Acker-Käthe stand mit einem Mal nackt im Zimmer. Ihr Bauch, den die schlaffen Brüste berührten, war aufgedunsen und dunkelbraun. Ihre roten Seidenstrümpfe mit den knallgelben Strumpfbändern, hinter denen das Schenkelfleisch hervorquoll, leuchteten obszön.

»Um achte?« Japoll schlug mit der Hand auf das wachstuchüberzogene Kanapee, daß es knallte. »Det wirste mia erzähln! Nich mal een Jeneraldirektor is da uff die Straße. Du jehst zu Arthur, saje ik dia.«

»Det merke ik, dette et mia sachst.« Die Acker-Käthe unterzog sich langwierigen Waschungen.

Japoll hielt es für hoch an der Zeit, ins reine zu kommen. Er sprang entschlossen auf. »De willst die Sache mit deim Arthur ziehn. Aba jibts nich. Mit *uns* wird jezochn. Du un ik, *wia* ham det Ding ausjeknofelt und wia wern et ooch in Stall bring. Und wat Spinat-Emil is, so *wird* er! Sach, Emil, dette wirst!« Er hob beschwörend beide Hände.

Wutschka, der sich gegenüber dieser Tatenlust sehr waschlappig vorkam, rieb seine bläulichen Bartstoppeln, setzte aber trotzdem ein außerordentlich breites Gesicht auf. »Jut is. Ik werde. Lampen hin, Lampen her. Und ik muß ja schließlich ooch bei meene janze Finanzlaje.«

»Eisern!« murrte Japoll.

»Eisern!« sang Wutschka.

»Blech!« machte die Acker-Käthe stoisch. »Ihr seids mia keene Freinde nich. Jefällt mia nich mehr.« Während sie mit einem Arm in ein hellgrünes Spitzenhemd fuhr, streckte sich ihr Körper, eine einzige herrliche Häßlichkeit.

Wutschka stand spontan auf, ging hin zu ihr und drückte ihr einen langen festen Kuß auf die Hüfte.

Die Acker-Käthe hielt verwundert inne, lächelte dann schmierig und quirlte Wutschkas Kopf, die Finger in seinen Ohren.

Japoll riß die Augen auf und schlich aus dem Zimmer ...

Nachdem er etwa eine Viertelstunde an der Tür gehorcht hatte, kam er zurück, da er sicher war, nicht mehr zu stören.

Die Acker-Käthe zog sich eilig an. »Machts aich fertich!«

Japoll suchte vergnügt nach seiner Mütze und vermied es geflissentlich, Wutschkas linkes Handgelenk zu sehen, allwo sich plötzlich ein schmales Armband aus Glaskorallen befand.

Als die drei kurz darauf die steile Treppe hinabstiegen begegneten sie zwei Männern und, als sie den Hausflur passierten, einer alten Frau.

»Käthe, ik jloobe, wia ham Lampen im Haus«, raunte Wutschka auf der Straße ängstlich.

Die Acker-Käthe packte ihn im Genick und zischte: »Noch een Wort und ik vahau dia janz iebel, meen kleenet Hindchen. Det hat sich jetzt ausjefiebert mit die Lampen.«

# Das steile P

Der von sämtlichen Polizei-Direktionen Europas geplagte Gentleman-Einbrecher Léjal befand sich nach Mitternacht plötzlich auf der Straße, ohne zu wissen, wie er dahin geraten war. Als es ihm voll zum Bewußtsein kam, fiel ihm sofort ein, daß er von der Wohnungstür an bis zum Gartengitter unausgesetzt darüber nachgedacht hatte, warum Polly beim Verlassen des Cafés ihm jene eigentümliche Antwort gegeben haben mochte.

Während er noch sinnend dastand, hörte er aus der gegenüberliegenden Seitengasse auffallend laute Schritte sich nähern. Das machte ihn nicht weniger stutzig als der Mangel jeden Übergangs. ›Sollte er sich bemerkbar machen wollen, damit ich mich unbewacht glaube? Oder damit ich weiß, daß ich überwacht werde?‹ Als er aber den Mann an der Ecke haltmachen und ihm beim Weitergehen folgen sah, kam Léjal auf seine zweite Erklärung zurück: ›Wenn sie nun aber wollen, daß ich mich überwacht weiß, dann können sie nur wollen, daß Polly mir unverdächtig bleibt.‹

Léjal blieb lächelnd stehen: er wußte nun, weshalb Polly, als er beim Verlassen des Cafés gefragt hatte, mit wem sie soeben gesprochen habe, so übertrieben lustig zur Antwort gab: »Das war ein Ausländer, der sich ärgerte, daß du ihm zuvorkamst. Er sagte bloß: ›das war vorzüglich, daß Sie ihn angelacht haben.‹« Léjal ging vergnügt weiter. Sein Verdacht war also durchaus begründet; denn diese Äußerung paßte weniger in den

Mund eines zu kurz gekommenen Ausländers als in den eines Anerkennung zollenden Vorgesetzten und war, von Polly wiederholt, der beliebte Kniff, mit der Wahrheit zu bluffen.

Hinter dem Tor des Hauses in der Kanalstraße, in dem er wohnte, blieb Léjal stehen. Nach wenigen Minuten erschien der Mann, der ihm gefolgt war, spähte sekundenlang umher und ging dann sehr langsam weiter. Léjal trat grinsend auf die Treppe. Im Bett grinste er immer noch. ›Wahrhaftig vorzüglich gemacht! Ich habe ihr dieses Lachen, mit dem sie mich anlockte, lange geglaubt. Und ich hätte es vielleicht gar nicht bezweifelt, wenn man nicht zuviel des Vorsichtigen getan hätte.‹

Am folgenden Abend kam Léjal, der mittlerweile einen sehr aparten Plan gefaßt hatte, pünktlich zum Rendez-vous. Polly wartete bereits, freute sich ein wenig zu genau, bedauerte unendlich, ganz wider Erwarten in einer halben Stunde nach Teplitz fahren zu müssen, und bat ihn, sie übermorgen zum Tee zu besuchen. Léjal war überzeugt, daß sie diese Reise vorschützte, um ihn ganz sicher zu machen, unterließ es aber, ihr zu folgen, da er mit Recht annahm, daß man ihn auch weiterhin überwache. Als er aber eine Stunde später den Wenzelsplatz überquerte, sah er Polly von Ferne an der Seite eines unscheinbaren Herrn ein Kino betreten.

Andern Morgens gegen zehn Uhr läutete Léjal in der Slenzska-Straße an der Wohnungstür, die er in der vorvergangenen Nacht so nachdenklich verlassen hatte. Eine schmutzige aufgeschwemmte Vettel öffnete ihm und ließ ihn ohne weiteres in das Zimmer ihrer Pensionärin eintreten, die sich verschlafen die Augen rieb und, als sie Léjal erkannte, dann nach kurzen Sekunden währender ärgerlicher Ratlosigkeit darüber empört war, aus dem Schlaf gerissen worden zu sein. Léjal äußerte lax, er habe sich nicht eingebildet, der Einzige zu sein, riet ihr, ihm gegenüber nur auf die dringendsten Lügen sich zu beschränken, und streichelte ihr sehnsüchtig den Bauch. Worauf Pollys Ärger straks dem rührendsten Eifer wich; ja sie bemühte sich sogar, die von Léjal während der ersten Nacht gerügte Liebesunkenntnis der Prager Weiblichkeit dadurch wett zu machen, daß sie allerlei Nennenswertes improvisierte. Da das Tageslicht Léjal eine Unzahl mehr oder weniger verharschter Wunden bemerken ließ, zweifellos verursacht von spezifischen Lüsten, erlitt sein Vergnügen eine weitere Steigerung. So daß er, als er Polly gegen Mittag verließ, in jeder Hinsicht zufriedengestellt war.

Eines erprobten Rezeptes sich erinnernd, schickte er tags darauf Polly Aretinos Meisterwerk, versehen mit einer überaus schlüpfrigen Widmung, ›an das Steile P‹, mit welcher Abbreviatur er sowohl gewissen angestrebten intimen Fähigkeiten schmeicheln, als auch der ganzen Dame einen unbestimmten Stich ins Bedeutsame geben wollte. Der Erfolg stellte sich rasch im weitesten Maße ein: Polly erwies sich nächtlicherweile von ihrer jüngsten Lektüre außerordentlich angeregt, was eine ganze Reihe neuer Ergötzlichkeiten schuf, zugleich aber auch von tiefster Genugtuung darüber erfüllte, Léjal so fest in ihrer Schlinge zu halten.

Der zögerte nicht, getreu seinem Plan, diese noch fester zuzuziehen: er begann eines Abends, als Polly ihn nach scheinbar langem Hin und Her in das einigermaßen obskure Café Spalena geführt hatte, von seinen niederträchtigen Schandtaten zu berichten, da er rasch erkannt hatte, daß die beiden Pärchen, die sich an den Tisch gesetzt hatten, zum Zuhören erschienen waren; hielt sich jedoch sonderlich bei seinen gemeinen Beziehungen zu der Gattin des schwerreichen Bankiers Fuchs auf, von der er, seitdem sie ihm sexuell verfallen sei, mit der Drohung, ihren Gatten zu verständigen, große Beträge erspresse; und schloß endlich seine verbrecherischen Emanationen mit der überlegenen selbstgefälligen Mitteilung, daß er gar bald etwas noch nie Gewagtes vom Stapel gleiten lassen werde. Polly wurde sogar derart erregt, daß sie, die wohlgedrillte, sich vergaß und, vielleicht aber auch ein wenig im Hinblick auf die sanft buchenden Augen der Kollegen, die entsetzte Bemerkung sich entfahren ließ, ob er denn gar keine Moral hätte. Léjal sagte mit hinreißender Verve: »Fällt mit gar nicht ein!« Worauf die vier lauschenden Köpfe um einiges tiefer gingen. Der Pollys jedoch sieghaft höher. Léjal schwieg nun, wie von sich selber erschüttert, und ließ die schauerliche Stimmung sich auswirken.

Und an den folgenden Abenden, da er nun stets das düstere schwüle Café Spalena bevorzugte, nachwirken, indem er, wenn auch nicht mehr also Schändliches, so doch immerhin reichlich Verlottertes von sich gab. Polly hielt es deshalb für geboten, ihn entscheidend aus sich herauszulocken. Zu diesem Zweck behauptete einmal um Mitternacht ein an den Nebentisch plazierter Kollege Pollys, sein Paletot sei ihm soeben gestohlen worden. Polly bedauerte dies lebhaft, um Léjal durch solch lächerliche Sentimentalität zu einer höhnischen Haltung zu animieren und in der Folge zu einer positiven Äußerung. Léjal hielt es jedoch für weiser, das Stümperhafte in dem Verhalten des Bestohlenen hervorzuheben und Betrachtungen über die Möglichkeiten des Verhinderns derartiger Verluste anzustellen. Er ließ sich dabei so sehr in Fachmännisches geraten, daß Polly bereits auf dem Punkt war, endlich die Vertrauensfrage zu stellen. Es erschien ihr im letzten Augenblick doch noch als verfrüht, weshalb sie den bereits begonnenen Satz zu der Versicherung umgestaltete, sie hätte seine Pelzjacke beständig im Auge behalten. Léjal dankte ihr mit einem festen Händedruck.

Und im Laufe der nächsten Woche mit immer hitzigeren Nächten dafür, daß sie seine angeblich von Tag zu Tag schlechter sich gestaltende Finanzlage durch generös vorgestreckte, nicht unbedeutende Beträge zu bessern sich herbeiließ. Vorsichtigerweise aber inserierte Léjal den Verkauf seiner Pelzjacke und mehrerer Pretiosen, welcher, womit er sogar leichthin gerechnet hatte, verhindert wurde; jammerte über die Schlamperei der Post, wodurch er konstant schwere Verluste erleide, um so den Eindruck zu erwecken, er halte seine Korrespondenz für unkontrolliert; und stieß schließlich zähneknirschend hervor, daß er unter diesen Umständen seinen großen Coup eben werde früher machen müssen. Polly hing bei diesen Worten jauchzenden Auges an Léjals Lippen, über welche die so ersehnten Sätze, Näheres erschließend, jedoch immer noch nicht wollten. Deshalb teilte sie ihm andern Tages mit, daß es mit ihren Ersparnissen zu Ende sei, sie ihm aber dennoch zu helfen wissen werde, denn sie gedenke ihre unfehlbare Wirkung auf die Männerwelt in Beträge umzumünzen. Léjal warf sie vor Freude brutal auf das Sofa, von dem alsbald der bebende Ruf aufstieg: »Für dich, Francis, geh ich sogar auf die Straße!«

Léjal war es wohl zufrieden und verwendete die dadurch gewonnene Zeit dazu, seine geheimen Verbindungen ausgiebiger zu pflegen und seine Maßnahmen zu treffen. Dies war ihm auch insoferne sehr erleichtert, als die Polizei, fest davon überzeugt, daß er das ihm beigegebene Lockspitzel-As keineswegs beargwöhne, es nunmehr für ganz besonders raffiniert hielt, ihn bis zum Anfang unbewacht zu lassen. Polly brachte allnächtlich stattliche Sümmchen, die freilich nicht von Kavalieren stammten, sondern aus dem geheimen Fonds, und träumte sich bereits als renumeriert und wohldotierte Directrice einer Korrektionsanstalt für Ausgeglittene. So verrann dann die letzte Woche zur allgemeinen Zufriedenheit.

In der Nacht vor dem Tag, an dem er zu handeln sich entschlossen hatte, statuierte Léjal mit einer bis dahin noch nie von ihm erreichten Serie Polly einen Rekord, so daß sie ihm mehrmals, gleichsam toll vor Glück, ins Auge stierte und gegen vier Uhr morgens mit schlechtweg meisterhaft gespielter Innigkeit hauchte.

»Francis, ich hab dich rasend lieb.«

»Du wirst es mir beweisen dürfen«, sagte Léjal mit harter Männlichkeit, »wenn ich anfangen werde, zu kommandieren.«

»Ach, tus doch!« zischte Polly heiß. »Tus doch!«

»Übermorgen.«

»Übermorgen?« Polly schlug gewissermaßen mit den

Lidern ein Rad. »Aber erklär mir doch, erklär mir doch ... «

»Morgen mache ich noch einen letzten Besuch bei der alten Fuchs und mit dieser Summe fahren wir nach Pilsen. Dort ... wird ... es ... sein ... « Hierauf stürzte Léjal sich in neuem Anlauf über sie, die röchelnd das Haupt hintüber fallen ließ, damit ihr unhemmbares Triumphieren sie nicht verrate ...

Zu dem für den folgenden Nachmittag verabredeten Rendez-vous erschien Léjal nicht, sondern fuhr, nachdem er sich überzeugt hatte, daß dieses sein hinterlistiges Verhalten sofort die neuerliche Überwachung nach sich gezogen hatte, eine sehr bauchige Ledermappe unterm Arm, fröhlich nach Aussig. Denn er durfte nun sicher sein, daß sein Plan gelingen würde. Und er gelang prächtig. Léjal saß kaum fünf Minuten, als ein Herr im Pelzmantel, aber mit den Allüren eines Fleischermeisters und dem Kopf eines Pavian, sich ihm gegenübersetzte und seine Ledermappe nicht aus den Augen ließ. Nach weiteren fünf Minuten setzte sich eine kommisähnliche Gestalt zeitungslesend neben Léjal und kurz darauf neben den Herrn im Pelzmantel ein Kutschergesicht mit einer langen Pelerine, die auf sehr merkwürdige Weise geschlossen blieb, so daß Léjal nicht zweifelte, daß Handschellen darunter für ihn bereit gehalten wurden. Léjal schloß selig die Augen und mimte den Schlafenden. Und während er unter dreifacher Bewachung ein Pyjama, eine große Schachtel Konfekt und einige Toilettengegenstände nach Aussig entführte, nicht aber Einbrecherwerkzeug, Patronen und Gift, saß Polly, umgeben von mehreren Kollegen, im Café Central und wartete mit zuckenden Fingern auf den telefonischen Anruf, der ihr die Verhaftung Léjals auf frischer Tat melden sollte. Aber es wurde Abend, ohne daß das Telefon für sie erklungen wäre. Und es wurde zehn Uhr. Endlich gegen ein Uhr nachts wurde sie an den Apparat gerufen, wo ihr eine vor Ärger schleimige Stimme kurz mitteilte, Léjal verbringe die Nacht in einer Villa der Baumgartenstraße mit einer Couvernante und auch sonst habe sich nichts Bemerkenswertes entdecken lassen; allenfalls, daß er einen größeren Betrag per Postanweisung an sie abgeschickt habe.

Wieder am Tisch, betrachtete Polly verstört ihre Handflächen, blickte endlich nassen Auges auf und flüsterte:

»Das versteh ich nicht ...«

Die Kollegen machten äußerst verdutzte Gesichter, als Polly, auf ihr ungeduldiges Fragen hin, schließlich berichtet hatte. Einer begann allmählich, sie mit leiser Ironie ins Auge zu fassen: »Daß Léjal dir das Geld zurückschickte, beweist, daß er Lunte roch.«

»Ich wette, daß er die Fuchs gar nicht kennt«, miauzte ein anderer.

»Mit Pilsen hat er dich ganz einfach gefrozzelt.«

»Und mit allerhand anderm auch.«

Polly zitterte überall. »Wenn einer von euch behaupten kann, daß ihm diese ganze Geschichte klar ist, will ich das dümmste Luder sein.«

»Dann bist du's schon.« Der leise Ironiker kniff die Augen klein. »Francis Léjal hat sich aus uns allen einen guten Tag gemacht.«

Daß es sich tatsächlich so verhielt, mußte Polly andern Tags erkennen, als Léjal im Café Central sich plötzlich neben sie setzte und freundlich fragte, ob sie sich wohlauf befinde.

Polly brachte es nur zu einem bemitleidenswert heiteren Gesicht. »Danke. Und wie war's bei der alten Judenschickse, die du mir vorgezogen hast?« Sie wollte es nicht wahrhaben, dupiert worden zu sein.

Léjal drohte ihr schelmisch mit dem Kaffeelöffel. »Wie unüberlegt! Willst du damit etwa behaupten, daß du meine Postanweisung aus Aussig nicht erhalten hast?«

Polly war so vollends unterkellert, daß sie schmatzend zur Seite sah, anstatt um einen Einfall sich zu bemühen.

Léjal stippte den Mittelfinger auf ihren nackten Unterarm. »Das Lob fraglicher Ausländer sollte selbst die tüchtigste Polizeihure besser verschweigen.«

»Saulouis!« keuchte Polly erbleichend.

»Steiles P!« Léjal erhob sich schnell. Während er sich entfernte, rief er zurück: »Feiles P!«

Vier Stunden später fuhr er unbehelligt nach Zürich, wo er nach drei Tagen via Wien die Nachricht empfing, daß alles geklappt hätte und einundzwanzigtausend Dollars und elftausend Schweizer Francs in Sicherheit seien.

Die Prager Polizei aber hätte nie auch nur gemutmaßt, daß der waghalsige Einbruch in die Villa des Bankiers Katz, welcher in derselben Nacht erfolgte, die Léjal in Aussig verbrachte, von diesem bis ins kleinste Detail vorbereitet und nach seinen Direktiven ausgeführt worden war.

# Faule Zeiten

Stenglewski, der vor Jahren einmal die Arbeit der Polizei an sich hatte ergehen lassen müssen, erinnerte sich dieser Zeit der holdesten Beobachtungen und aufregenden Gegenzüge nicht ohne leise Wehmut. Da ihm zum wirklichen Verbrecher zwar nicht der Geist, leider aber das erforderliche Quantum Nervenkraft fehlte, er andererseits jedoch auch nicht zu einer geregelten Tätigkeit hinneigte, stand er somit seit langem vor der unerquicklichen Alternative, entweder seine kleinen Betrügereien fortzusetzen, und sich dabei zu langweilen, oder zu Großem überzugehen und so, vielleicht sein Leben wagend, jene Sensationen sich zu verschaffen, deren Vorgeschmack er dereinst im Geplänkel mit der Polizei genossen hatte.

Dennoch war diese Alternative eigentlich niemals so recht in den Vordergrund seines Bewußtseins getreten. Stenglewski langweilte sich und ging jeden zweiten Monat von einem kleinen Schwindel zum andern über. Da geschah es, als er eines Abends vor einem opalenen Apéro auf der Terrasse des Café de l'Epoque saß, daß Titin, den er lange Zeit nicht mehr gesehen hatte, sich zu ihm setzte und seine verwitterten Wangen rieb.

»Faule Zeiten, Stenglewski. Kein Geschäft und kein Fez.«

Stenglewski schnaufte zustimmend durch die Nase, pendelte müde das Haupt, spie schließlich, der wegen eines Halsleidens nicht rauchen konnte, eine Gewürznelke auf den Asphalt und setzte hierauf achselzuckend eine neue an das Zahnfleisch.

Titin sah ihm interessiert zu. »Geschmack ist eine Bedürfnisfrage. Davon war ich schon immer überzeugt.«

Stenglewski sog genießerisch an seiner Nelke. »Man ändert sich nicht. Ich lutsche immer noch Vögelchen und du machst deine faden Witze. Aber die Zeiten sind oberfaul, das ist richtig.«

»Was willst du.« Titin, dem ein Windstoß das Ende seines Halstuchs auf Nase und Mund drückte, entfernte es mit der Hand. »Das Leben ist ein einziger Cafard, manchmal unterbrochen von angenehmen Empfindungen, welche zu verhindern die Polizei da ist.«

»Sag das nicht. Wie wunderbar wars, als sie mich für den Juwelenräuber in der Rue Tronchet hielten. Bloß weil ich einen großen Hammer mein eigen nannte.« Stenglewski schlug sich mit der flachen Hand auf den rechten Biceps und ließ dabei die Finger vielversprechend in der Luft zucken. Titin lächelte ein Fragezeichen. »Nicht so blumig! Ich habe mir sagen lassen, daß die Flics Sporteln schätzen und deshalb die Felder ihrer Tätigkeit, wenn sie mangeln, sich einfach fabrizieren. Wunderbar kann ich das nicht gerade finden.«

Stenglewski wischte sich mit dem Mittelfinger neugierig die Lippen. »Du glaubst also, daß sie auch an miesen Fährten arbeiten, nur um ... «

»Ohne Zweifel!« Titin beschmierte das Mundstück einer kurzen dicken Zigarre mit Vaseline, das er in einer schmalen Büchse in der Westentasche trug. »Wenn *sie* pfeifen, kommt noch lange niemand. Aber wenn *wir* pfeifen, — wettgerannt kommen sie.«

»Vaseline?«

»Was denn.«

»Warum?«

»Nina.«

»Also immer noch.«

»Kein Vergnügen mehr.«

»Pfeifen *wir* doch.« Stenglewskis Augen erglühten miteins in seltsamem Enthusiasmus.

Titin vollführte auf seiner Stirn mit dem Zeigefinger einen kleinen Kreis. »*Für den* Féz danke ich.«

»Sag das nicht, Titin.« Stenglewski bohrte aufgeregt in der Nase. »Es *ist* ein Féz. Und sogar ein Geschäft, wenn mans versteht.«

Titin roch mit geschlossenen Augen an seiner Zigarre. »Triffst du Vorkehrungen für meine Heuerung zu einem Coup?«

»Vielleicht.« Stenglewski säuberte seinen Zeigefinger an der Hose. »Wenn man sich richtig gefährlich macht, lassen sie was springen.«

Titin lehnte mit der Zigarre ab. »Das ist eventuell für einen Separatgenießer wie dich ein Féz. Ein Geschäft ist es auf keinen Fall. Da würde ich schon lieber gleich zur Polizei gehen.«

Stenglewski wog grübelnd allerlei in sich ab. Und plötzlich strichen seine dürren Hände langsam die Hüften hinab. »Titin, das wäre ... unter Umständen ... vielleicht sogar ... Das könnte ... Man müßte ... «

Titin senkte seine Zigarre. Seine Lippen spitzten sich. Stenglewski preßte beide Hände auf seinen Arm und begann, mit wilder Mimik, zu detaillieren ...

Schon am nächsten Vormittag begab Stenglewski sich

zum Polizei-Kommissariat des XVII. Arrondissements auf der Place Chatillion und berichtete mit dampfenden Lungen und völlig zerschlagener Stimme, daß bei ihm eingebrochen worden sei. Worauf drei Beamte unverzüglich ihre Taschen sattelten und, mit Stenglewski an der Spitze, an den Tatort eilten. Daselbst, einem länglichen düsteren Hofzimmer in der Rue des Fleurs, bot sich ihnen ein ziemlich primitiver Anblick: auf dem zerwühlten Bett lag eine kleine Eisenkassette, wie Geschäftsleute sie im Ladentisch zu halten pflegen, mit offenem Deckel und leer. Daß das Schloß forciert worden war, unterlag keinem Zweifel. Mehr schon, ob der Betrag von fünfzehntausend Francs, dessen Stenglewski beraubt worden sein wollte, auch tatsächlich sich darin befunden habe. Als die Beamten, auf das ärmliche Logis hinweisend, diesbezügliche Äußerungen fallen ließen, stieß Stenglewski verzweifelt die Fäuste gen Himmel, jammert von zehn Jahren schwerster Arbeit, mühsamster Existenzgründung, von unsäglichen Entbehrungen und schwierigen Ersparnissen, warf überhaupt mit trist illustrierenden Vokabeln nur so um sich und erreichte nach einer Viertelstunde, daß man wenigstens willig wurde, ihm zu glauben. Dies umsomehr, als er, infolge dieser Erfahrungen mit der Passivität der Polizei scheinbar konsterniert, daranging, sich selbständig zu machen: er drehte das Licht an, untersuchte die Fensterrahmen, die Wände, die Tür, den Fußboden; und wies schließlich, zum nicht geringen Ärger der erstaunt assistierenden Beamten, auf Wachsspuren im Türschloß hin und auf ein Stückchen hellroter Leinwand, das er unter dem Bett aufgelesen hatte. Während die Wachsspuren für sich selber sprachen, blieb das Stückchen Leinwand stumm. Umso beredter jedoch wurde Stenglewski. Er behauptete, die Anwesenheit dieses Stoffrestes in seinem Zimmer, in dem kein wie immer gearteter Gegenstand dieser Stoffsorte sich befunden habe, dürfte sehr wahrscheinlicherweise von größtem Nutzen für die Auffindung einer Spur sein, dankte den Beamten für ihre Bemühungen mit bitterer Miene und der Versicherung, daß er nun selbst der Sache nachgehen wolle, und ersuchte lediglich darum, ihn erforderlichenfalls zu unterstützen. Die Beamten, beinahe verlegen, sagten dies selbstverständlich zu, nahmen ein Protokoll auf und stiegen hierauf mit Stenglewski hinab, der vor der Portierloge haltmachte, um die Concierge zu inquirieren. Kaum war diese aus der Tür getreten, als Stenglewski mit einem halb unterdrückten Aufschrei vorstürzte, das Stückchen hellroter Leinwand aus seiner Tasche riß und auf ein kleines Loch drückte, das sich in dem Leinwandkittel befand, den die Concierge trug. Die Beamten wunderten sich indigniert, stellten Fragen und erfuhren, daß der Leinwandkittel, zum großen Ärger seiner Besitzerin, einen ganzen Tag lang verschwunden gewesen wäre. Stenglewski, sichtlich der Situation gewachsener, verabschiedete die Concierge dankend und trat mit seinen Begleitern auf die Straße, wo er ihnen, mit bereits deutlich einsetzender Arroganz, mitteilte, er halte die Concierge nicht für schuldig, das habe er, lediglich psychologisch, an der Art ihres Reagierens erkannt, sondern neige dazu, an einen Zufall oder eine seltene Komplikation zu glauben, deren Aufhellung ihm schon noch gelingen werde. Und an der Ecke der Avenue de Clichy verließ er, auf einen Pauschal-Gruß sich beschränkend, die drei Beamten, welche, vor ihren Vorgesetzten zurückgekehrt, so Erstaunliches berichteten, daß dieser nicht umhin konnte. Stenglewskis Umsicht zu rühmen und ihn per Rohrpostkarte für den folgenden Nachmittag zu sich zu bestellen.

Stenglewski erschien bereits drei Stunden früher. Und zwar mit der Mitteilung, daß er dem Täter hart auf der Spur sei; er bitte um Sukkurs. Dieser wurde ihm sofort zugesagt, aber erst dann gewährt, als er berichtet hatte, daß er nach seiner Rückkehr die Concierge abermals verhört und herausbekommen habe, ein dicker junger Mann mit einer braunen Mütze wäre am Tage vor dem Einbruch von ihr gesehen worden, wie er nicht unverdächtig, vor dem Hause und einmal sogar vor der Loge sich zu schaffen gemacht habe; daß er, Stenglewski, den Zusammenhang daraufhin bereits vag konzipierend, sich den Leinwandkittel ausgebeten und, wie wenn er verloren worden wäre, in die Ecke neben der Haustür geworfen habe, jedoch so, daß jeder Vorübergehende ihn sehen konnte; auf diese Weise habe er, Stenglewski, nachdem er hinter einer Laterne sich auf die Lauer gelegt hatte, nach stundenlangem Warten beobachten können, wie ein junger Mann, auf den die Beschreibung der Concierge genau paßte, vor der Haustür stehengeblieben wäre und mit einem schnellen scheuen Griff den Leinwandkittel unter seinem Mantel versteckt hätte, schneller als er gekommen war mit ihm davoneilend; er sei ihm vorsichtig gefolgt und habe ihn in der Impasse Bilcoq im letzten Haus rechts verschwinden sehen. Der Kommissär lobte Stenglewskis Geschicklichkeit und Voraussicht und gab ihm zwei seiner besten Beamten mit. Als diese nach zwei Stunden zurückkehrten, konnten sie berichten, daß der Leinwandkittel in einem versteckten Winkel des Schnürbodens sich vorgefunden habe, der Täter selber leider nirgends zu entdecken gewesen und auch von niemandem gesehen worden sei; Stenglewski aber habe sie auf dem Rückweg in der Rue Ordener plötzlich wortlos verlassen und sei auf eine in der Richtung La Chapelle vorbeifahrende Tram gesprungen.

Von nun an erschien Stenglewski fast täglich im Kommissariat, meldete die neuesten Ergebnisse seiner Spürarbeit, holte sich Rat und löste immer neue Rätsel. Nachdem er herausbekommen hatte, daß der Täter den Leinwandkittel der Concierge weggenommen hatte, um sie verdächtig zu machen, es aber für vorsichtiger gehalten hatte, ihn gänzlich aus dem Weg zu räumen, nachdem er seine Schuldigkeit getan hatte, stellte Stenglewski fest, daß der Mann, den er in der vorbeifahrenden Tram erkannt hatte, der Bruder des Täters war und in der Rue Doudeauville wohnte. Er wußte die Bekanntschaft dieses Bruders zu machen, durch ihn die Geliebte des Täters kennenzulernen und durch sie dessen Gewohnheiten und schließlich ihn selber, den er geschickt umgarnte, indem er ihn veranlaßte, einen neuen Einbruch zu unternehmen. Während jedoch Stenglewski bei all diesen Recherchen und Lockspitzeleien die Mithilfe der Polizei mit der Begründung ablehnte, es ginge allein auch und mache ihm so weit mehr Vergnügen, bat er sich, als er zum letzten Schlag ausholen wollte, drei Beamte aus. Der Schlag ging fehl. Angeblich sollte der Täter dadurch, daß einer der Beamten zu früh vor der Schenke sich gezeigt hatte, mißtrauisch geworden und plötzlich spurlos verschwunden sein und mit ihm sein Bruder und seine Geliebte.

Stenglewski war über das Mißlingen seiner zeitraubenden Anstrengungen so niedergeschlagen, daß er den Kampf aufgab. Und da auch die Polizei nicht sonderlich darauf hielt, die Angelegenheit weiterzuverfolgen, inzwischen aber konstatiert hatte, daß Stenglewski bereits einmal ungerechtfertigterweise unter Aufsicht gestellt worden war, gedachte sie dieses in zwiefachem Betrachte bedauernswerte Opfer dadurch schadlos zu halten, daß sie ihm vorschlug, in ihre Reihen zu treten. Stenglewski tat es nach einer viertägigen Bedenkzeit. Nicht ohne zuvor Titin zu konsultieren, der über die einzelnen Stadien des gesamten Vorgehens Stenglewskis selbstverständlich bis ins kleinste orientiert worden war. War er es doch, der in vielerlei Verkleidungen den Flics, wenn es sich nicht hatte umgehen lassen, vorgeführt worden war und durch seinen Rat nicht wenig dazu beigetragen hatte, Stenglewski bis zu diesem Ziel zu bringen.

»Nun wären wir also so weit.« Stenglewski ergriff die eigene Hand und schüttelte sie.

Titin steckte das Ende seines Halstuchs sich in den Mund und biß es sorgenvoll. »Ob es aber auch wirklich ein Geschäft werden wird?«

»Sag das nicht.« Stenglewski knallte überzeugt mit zwei Fingern. »Es *wird* ein Geschäft werden. Wir ziehen, nach Schema Rue des Fleurs, mehrere schwere Sachen auf und treiben wochenlang eine Streife nach der andern dahinter her.«

Titin lehnte mit einem Bleistift ab. »Die Sporteln

Seite 160. Stenglewski ergriff die eigene ...

und Spesen sind, wie du ja bereits bemerkt hast, doch viel unbedeutender, als wir annahmen.«

Stenglewski sog mißmutig an seiner Nelke. »Wir müssen eben *ganz* schwere Sachen aufziehen.«

»Auch die Arbeit ist größer, als ich dachte.« Titin zog mit dem Bleistift einen beschwörenden Kreis auf das Tischchen. »Wir müssen den ganzen Truc umbauen.«

Stenglewski vergaß seine Nelke, so dékonzentriert war er.

Titin lächelte plötzlich überwältigend. »Wir führen die Sachen eben aus. Und sollte schon die erste uns edel machen, ziehen wir uns zurück.«

Stenglewski packte Titins obersten Rockknopf und sprühte los: »Das wäre ... das wäre ... Roulant wäre das! Wir brechen eine fette Kiste auf. Du gehst mit dem Gummi auf Sommerfrische und ich bearbeite unsern Verduft. Sollst sehen, wie miserabel ich hinter uns her bin! Wie großartig wir entkommen werden! Denn ich werde wieder heftige Beweise meines Scharfsinns und meiner Geschicklichkeit liefern und ... «

» ... und eventuell einen falschen ans Messer.«

»Wozu?«

»Zeitgewinn! Und man fixt es so, daß sie ihn später doch wieder laufen lassen müssen.«

»Das *wird* ein Fez!« Stenglewskis Augen faszinierten sich selber.

Titin zog, eine sanft wuchtende Selbstzufriedenheit in den Zügen, die schmale Büchse mit Vaseline aus der Westentasche und hierauf eine kurze dicke Zigarre aus dem Rock.

Stenglewski ließ ein wallendes Grinsen über sein Gesicht hereinbrechen. »Wird sich bald ausgeschmiert haben.«

»Was denn.«

»Nina.«

»Warum?«

»Vaseline!«

»Was willst du ... Es ist zwar kein Vergnügen mehr, aber sie hat sich so an mich gewöhnt, daß ich ...«

»Das könnte ... Man müßte .. «

»Stenglewski, das werden faule Zeiten.«

»Für Ninas Portemonnaie, ohne Zweifel.«

»Auch. Aber hauptsächlich für die Polizei.«

# Der Sturm auf die Villa

Schicketan war mit der immer noch banalen, aber zweifellos oft vernünftigen Absicht in Berlin geblieben, sich reich zu verheiraten. Er hatte sich allerdings nicht freiwillig dazu entschlossen, sondern teils einem wohlgemeinten Rat seines Freundes Fidikuk folgend, teils unter dem Einfluß einer gewissen Müdigkeit, die wiederum verursachte, daß er nicht mit der ihm eigenen Energie Ausschau hielt, vielmehr tagelang in Berlin umherbummelte, als würde die reiche Braut ihm von selber vor die Füße stolpern.

Da begab es sich, daß Schticketan eines Nachmittags, als er den Kurfürstendamm überquerte, einer eleganten hübschen Dame begegnete, deren Bekanntschaft er vor Jahren gemacht hatte. Er eilte auf sie zu, kam aber zu spät. Denn plötzlich war ein junger Mann neben sie getreten, der allem Anschein nach sie hier erwartet hatte.

Schicktetan ging schnell an dem Paar vorbei, da er die Situation für unbrauchbar hielt, legte aber Wert darauf, gesehen zu werden. Er erstaunte darüber, in dem jungen Mann einen äußerlich höchst unscheinbaren Spengler-Epigonen namens Hungel zu agnoszieren, den er persönlich kannte, und gleichwohl nicht gegrüßt zu werden. Der Zufall wollte es, daß Schicketan drei Tage später Hungel im Café Schilling an das Schienbein stieß. Man begrüßte einander lachend, tauschte kleine Erinnerungen aus und kam, nicht ohne Schicketans geschicktes Dirigieren, auch auf Frau Klipprich zu sprechen.

Als Schicketan sich von Hungel verabschiedete, war er über die gegenwärtigen Lebensumstände Frau Klipprichs im allgemeinen orientiert: sie war inzwischen von ihrem Gatten schuldfrei geschieden worden und in Zehlendorf-West Besitzerin einer schloßähnlichen Renaissance-Villa, die sie allein und infolge ihrer trüben Eheerfahrungen sehr zurückgezogen bewohnte. Da Schicketan sich erinnerte, daß Frau Klipprichs Vater ein sehr reicher Gummi-Fabrikant sein sollte, war sein Interesse so sehr gestiegen, daß er den taktischen Fehler beging, den Wunsch auszusprechen, Frau Klipprich wiederzusehen. Zu seinem Erstaunen war Hungel verlegen geworden und hatte, als hätte er es vergessen, rasch hingeworfen, Frau Klipprich habe ihn sogar gebeten, wenn er Schicketan begegnen sollte, ihm zu sagen, daß sie ihn gerne einmal bei sich sehen würde; und zum Überfluß hierauf dem Gespräch so unvermittelt eine andere Wendung gegeben, daß Schicketan nicht im Zweifel darüber war, was ihn dazu bestimmt hatte. Dies umsomehr, als Schikketan weder die Adresse Frau Klipprichs kannte noch die Zeit, zu der sie Besuche zu empfangen pflegte, weder die Fahrtverbindung noch die Telefon-Nummer, welche er auch nach wiederholtem Suchen nicht zu finden vermochte.

Schicketans Müdigkeit war wie fortgelächelt. Seine alte Energie kehrte wieder, wie stets, wenn lukrativen Zielen der Ehrgeiz sich verband, einen Gegner matt zu setzen. In wenigen Minuten wußte er die Wohnung Hungels und anderntags durch wohlüberlegte telefonische Anfragen mit mehrfach verstellter Stimme es zu erreichen, Hungels Wege für den folgenden Tag zu erfahren. Er lief ihm in der Tauentzienstraße in die Hände, zeigte sich über die Maßen erfreut über dieses schnelle Wiedersehen und war abermals sehr erstaunt, von Hungel zu hören, daß Frau Klipprich ihm aufgetragen habe, Schicketan für Sonntag zum Tee einzuladen und ihn zu diesem Zweck im Café Schilling zu suchen. Schicketan dankte, versprach zu kommen und lächelte nicht einmal darüber, daß Hungel auch jetzt noch sich darauf beschränkte, ihm mitzuteilen, die Fahrverbindung und der Weg zur Villa seien überaus kompliziert, er werde jedoch halb vor fünf im Café Schilling auf ihn warten und ihn persönlich hinausbegleiten.

Schicketan, davon überzeugt, daß Hungel zu diesem Rendez-vous nicht erscheinen würde, machte sich Sonntag bereits um drei Uhr nachmittags auf den Weg zum Vorort-Bahnhof, der linker Hand hinter dem Potsdamer liegt. Da die Abgangszeit der Züge seit einer Woche mit dem Fahrplan divergierte, verlor Schicketan drei Viertelstunden, so daß es bereits ein Viertel nach vier war, als er Zehlendorf-West erreichte. Daselbst begab er sich unverzüglich zum Gemeinde-Amt, wo er nach langem Warten Frau Klipprichs Adresse erfuhr und auch den Weg gewiesen erhielt. Dieser stellte sich alsbald als wirklich kompliziert heraus.

Und als, nach fortwährendem Fragen, es Schicketan endlich gelungen war, die Villa zu finden, zeigte seine Uhr fünf Uhr fünfzehn.

Die alte Frau, die ihm öffnete, teilte ihm verwundert mit, Frau Klipprich befinde sich in Berlin, und wackelte noch schneller mit dem Kopf als sie hörte, daß es sich um eine persönliche Einladung handle. Sie ließ Schicketan nur ungern eintreten und konnte sich nicht entbrechen, grinsend zu äußern, es werde wohl sehr lange dauern.

Es dauerte auch wirklich lange. Und zwar bis sechs ein halb. Um welche Zeit Hungel erschien, der sich ausführlich darüber ärgerte, solch Pech gehabt zu haben: er habe während der letzten Tage Frau Klipprich wegen Zeitmangels nicht gesehen und ihr die Mitteilung von der Bestellung ihrer Einladung erst vor zwei Stunden telefonisch machen können, und zwar leider nur ihren Eltern, zu denen aber, wie er bestimmt wisse, Frau Klipprich heute sich begeben werde, so daß sie unter allen Umständen von seiner, Schicketans, Anwesenheit in ihrer Villa noch erführe, obwohl freilich doch nicht abzusehen sei, wann sie und ob überhaupt ...

Schicketan weidete sich an Hungels Eifer und Ungeschick und versicherte geruhsamster Miene, er habe Zeit und werde warten, möge es auch bis zehn Uhr nachts dauern; schließlich werde Frau Klipprich ja doch einmal heimkehren.

Hungel kämpfte, wenn auch nicht mit vollem Erfolg, seine Wut nieder und mußte es sich gefallen lassen, daß Schicketan ihn zu einem Gespräch zwang, das jener, um nicht zu zeigen, daß er ihn durchschaue, so heiter zu gestalten wußte, daß Hungel trotz seinem tristen Zustand einige Male lachen mußte.

Frau Klipprich kam halb vor zehn nach Hause. Hungel war ihr, sobald er den Wagen hatte vorfahren hören, auf die Treppe entgegengeeilt, von wo aus Schicketan aufgeregte und unwillige Stimmen vernahm. Nachdem er eine halbe Stunde allein geblieben war, kam Hungel mit der Nachricht, Frau Klipprich bitte um Entschuldigung, sie mache Toilette.

Endlich, nach einer weiteren halben Stunde, die unter feixenden Konversationsversuchen verronnen war, erschien Frau Klipprich in einer allerliebsten Abendrobe. Es war nicht zu verkennen, daß sie ihrer Toilette höchste Gewissenhaftigkeit hatte angedeihen lassen. Sie erschöpfte sich in Entschuldigungen; es müsse wie verhext gewesen sein, daß Hungel ... und sie könne es einfach nicht begreifen ...

Schicketan begriff umso besser. Und ließ, während man selbdritt vorzüglichen Tee trank und unzählige Sandwichs verschlang, keine Gelegenheit vorüber, seine liebenswürdigsten Seiten vorzuweisen und Hungel vorsichtig zu ironisieren. Dies bewirkte, daß Frau Klipprich bereits um elf Uhr ihrem Hungel allerlei Schmollendes verabreichte, ja sogar zu kleinen Verweisen sich verstieg. Was Hungel, zeimlich deutlich déséquilibriert, damit quittierte, daß er schon nach einer Stunde zum Aufbruch drängte.

Frau Klipprich wehrte sich heldenhaft. Hungel aber ließ nicht locker und da Schicketan seinen ersten Besuch nicht zu einem nächtlichen Tête-à-tête mißbrauchen, andererseits Frau Klipprich ihn auch nicht dazu auffordern durfte, blieb Hungel Sieger.

Nicht lange. Denn am übernächsten Tag rief Schicketan, der inzwischen mit den Geheimnissen der Gesellschafts-Anschlüsse sich vertraut gemacht hatte, telefonisch an und wurde für den folgenden Tag zum Tee gebeten.

Als er nurmehr wenige Schritte von der Gartentür der

Villa entfernt war, tauchte miteins Hungel vor ihm auf, der ohne Zweifel irgendwo auf der Lauer gelegen war, um die Ankunft seines Gegners anzupassen. Obwohl Schicketan dieses Vorgehen nur damit sich zu erklären vermochte, daß Hungel ihn mit Frau Klipprich nicht allein lassen wollte, glaubte er an einem gewissen Plus von Heiterkeit zu erkennen, daß Hungel etwas plane. Glücklicherweise. Denn andernfalls hätte Schicketan vielleicht doch geglaubt, was Hungel ihm, als sie gemeinsam Frau Klipprichs Erscheinen erwarteten, wie nebenbei mitteilte: daß Frau Klipprich sich so lange nicht blicken lasse, weil sie indisponiert sei, unwohl ... ein Zustand, der bei ihr stets langwierig und sehr schmerzhaft sich äußere, so daß sie in jeder Hinsicht dringend der Schonung bedürfe.

Schicketan, der Hungels Manöver, ihn zu veranlassen, seinen Besuch abzukürzen und etwaige Angriffspläne vorderhand zu begraben, sofort durchschaute, tat, als Frau Klipprich, wiederum in einer entzückenden Robe, eintrat, als wäre er zerstreut, und beschränkte sich darauf, die banalste Konversation zu machen.

Hungel war überzeugt, ihn unschädlich gemacht zu haben. Er zögerte deshalb nicht länger, seine Scharte vom letzten Mal dadurch auszuwetzen, daß er sich plötzlich mit der Behauptung erhob, eine wichtige Verabredung zu haben und sehr zu bedauern, die beiden allein lassen zu müssen.

Als dies geschehen war, arrangierte Schicketan sich weitläufig in ein Fauteuil und holte, mit Hilfe einer Zigarette, eines seidenen Taschentuchs und eines kleinen Flacons, auch szenisch weit aus.

Frau Klipprich saß ihm gegenüber auf dem Sofa, die schönen Hände lieblich in den Schoß gebettet, und harrte mit harmonischer Wohlerzogenheit und geschmackvollen kleinen Koketterien dessen, was so außergewöhnliche Vorbereitungen mit Recht versprachen.

»Man muß den zurückgebliebenen Dampf eines Weggegangenen sich verziehen lassen.« Schicketan sah erst jetzt auf. »Wenn man nicht in getrübter Atmosphäre sich beeinträchtigt wissen will.«

Frau Klipprich drückte ihre schmalen rosigen Fingernägel noch schmaler, während sie mit hell läutender Stimme sich verwahrte: »Ich schätze Hungel sehr. Er ist ein absolut zuverlässiger Mensch.«

»Das ist vor allem bequem.« Schicketan steckte den Hals des Flacons sich in die Nase und schnupfte geräuschvoll an ihm. »Alle Eigenschaften, die man an anderen schätzt, müssen diesen Vorzug haben, wenn sie nicht entwertet werden wollen.«

Frau Klipprich, welche die Richtigkeit dieser Behauptung dumpf bezweifelte, widersprach unsicher: »Es gibt auch unbequeme Vorzüge.«

»Sie irren.« Schicketan trocknete sich mit dem Taschentuch die trockenen Mundwinkel. »Ein Vorzug, der anfängt, unbequem zu werden, ist nurmehr eine Eigenschaft, die man bestenfalls nachsichtig duldet.«

Frau Klipprich hielt es für einfacher, direkt zu antworten: »Sie mögen Hungel nicht.«

»Wie alle Leute, die überaus philosophisch parlieren, privatim aber, wenn ihre Interessen in Gefahr sind, nicht weniger schieben als alle anderen.«

»Und ich wiederhole Ihnen, Herr Schicketan, daß Sie Hungel eben nicht mögen, Ich habe wohl auch bemerkt, daß er ... Das ist verzeihlich.«

Das Zimmermädchen trat ein, um den Tisch abzuräumen.

Nachher war es schwierig, geschickt auf das vorhergegangene Gespräch zurückzukommen. Schicketan überlegte nicht lange, sondern zog es vor, es kurzerhand wiederaufzunehmen. »Was macht Hungel eigentlich? Wenn er bloß wie Spengler dichten würde, das ginge noch an. Aber ich fürchte, er hat eine — Lebensaufgabe.«

Frau Klipprich steifte sich ein wenig. »Gewiß.«

»Ach«, stöhnte Schicketan spöttisch und ließ seine Zigarette wie gelangweilt fallen. »Lebensaufgaben sind die primitivste Form der Hysterie.«

Frau Klipprich ärgerte sich, als hätte es ihr selber gegolten. »Hungel ist nicht hysterisch.«

»Da ich beobachtet habe, daß er nicht Ihr Geliebter ist, ja Sie nicht einmal nachhaltig beeinflußt hat, dürfte meine Auffassung die richtigere sein.«

Frau Klipprich erboste sich beinahe, weil sie dieses versteckte Lob sich bereits als Manko deutete.

»Ist man hysterisch, wenn man ein bißchen eifersüchtig is?«

»Das wohl nicht. Aber wenn man es sich zur Aufgabe gemacht hat, dort den Wächter zu spielen, wo man nie Besitzrechte hatte.«

In dieser Art, bald amüsant, bald médisant, sprach Schicketan noch lange Zeit, bis Frau Klipprich, immer mehr in Laune gebracht, ihn zum Abendessen zu bleiben bat. Beim Dessert spiralte das Gespräch nurmehr um sehr lockere Dinge, Frau Klipprichs Finger erregt um das Obstbesteck und Schicketans Gehirn sich vor den Sprung.

Er erhob sich plötzlich, nahm Frau Klipprich an der Hand, wies, als sie neugierig aufgestanden war, mit ausgestrecktem Arm auf den gestirnten Nachthimmel und führte sie so zu der auf dem Wege zum Fenster befindlichen Chaiselongue, auf die er sie blitzschnell niederwarf und sich auf sie ...

Der Sturm war unternommen. (Unblutig.)

Und bereits nach zehn Minuten verziehen. Denn Frau Klipprich hauchte hold: »Karl, wirst du ... werden Sie ...«

»Ja.«

»Hier bei mir?«

»Hier bei dir.«

»Immer?«

»Immer.«

»Aber Hungel?« Sie errötete lustig.

»Der hat doch seine Lebensaufgabe.«

»Und du ...« Ihre Augen sprühten lachend auf. »Du hast Druckknöpfe.«

»Bereit sein ist alles, süße Lissy.«

Nach etwa einer Stunde, die heißeste Lust und verrücktes Geplauder zugleich erfüllt hatten, vernahm Schicketans feines Ohr von der Straße her einen ihm nur zu bekannten Pfiff.

Weshalb Schicketan, nachdem er sich, mühselig genug, frei gemacht hatte, eine halbe Stunde später aus dem Garten trat, wo Fidikuk, bereits ungeduldig wartend, ihm überstürzt mitteilte, die Polizei habe nun doch

Wind bekommen und die Heirat würde also an der unvermeidlich schlechten Auskunft scheitern.

Schicketan tobte. »Und deshalb mußtest du mich jetzt stören? Ausgerechnet jetzt?«

Fidikuk grinste gemein. »Nee, deswejen nich jerade. Aba ik rate dia, vaschwinde noch vor der Morjen jraut. Wat biste ooch janze Tache lang rumjeschweddert for nischt und wieda nischt? Mit so vill Marjarine uffm Koppe jeht nur een Varrickter in de Sonne.«

»Warum also?« Schicketan pfitschte wütend mit dem Stock. »Warum?«

»Et is wejen ...« Fidikuk zögerte teilnahmsvoll.

»Die Sache mit Amanda am Ende gar?«

Fidikuk nickte still.

»Verflucht und angespien! Und ich bin so müde!«

Der Sturm auf die Villa war wie gewonnen so zerronnen.

# Bukarest - Budapest

Der Wiener D-Zug hatte seit etwa zwanzig Minuten Bukarest hinter sich, als Schingut den Toilettenraum verließ und seinen mit einer Reisemütze belegten, in einem Abteil zweiter Klasse befindlichen Mittelplatz einnahm. Hierauf zog er eine Zeitung aus der Tasche und tat, als lese er, um unbeobachtet die Mitreisenden mustern zu können. Links von ihm saß eine weißhaarige Dame, die unausgesetzt an einem gelben Stift roch; rechts von ihm ein halbwüchsiger Gymnasiast, der Kants ›Praktische Vernunft‹ mit persönlichen Randbemerkungen versah. Deshalb hielt Schinguts erfahrenes Auge nur den ihm gegenübersitzenden Herrn seiner Aufmerksamkeit für würdig. Dessen hellgrünen Waterproof, der glatt zusammengerollt im Netz lag, erkannte Schingut als echte Londoner Marke, Wäsche und Krawatte von allererster Qualität, desgleichen den dunkelgrauen Sakko, der schwerlich älter war als acht Tage. Nur das feiste Gesicht war für Schingut ein Rebus: es war kugelrund, ockerrot, glattrasiert und im höchsten Grade nichtssagend, welchen Effekt sonderlich die kleinen lichtlosen Augen bewirkten und die kurze Stupsnase. Selbst nach wieder und wieder unternommenen Musterungen mußte Schingut sich eingestehen, daß er weder die Nationalität noch den Beruf seines Gegenübers zu fixieren imstande war. Das war ihm seit Jahren nicht mehr widerfahren. Und da er allen Grund hatte, seine Reise mit größter Vorsicht auszuführen, nahm er sich augenblicks vor, sein beunruhigendes Vis-à-vis zu untersuchen. Als dessen Blick das nächste Mal dem seinen begegnete, sagte Schingut deshalb laut, wenn auch durchaus wie absichtslos: »Eine sehr gute Strecke! Wie ruhig der Wagen geht!«

»Ja. Sie haben recht.«

Schingut schwieg, die Zeitung neben sich legend, und blickte zum Fenster hinaus. Er rechnete auf den suggestiven Zwang, der von einem hingeworfenen Satz, dem nichts mehr weiter folgt, ausgeht.

Und er hatte richtig gerechnet. Der Herr wartete bloß auf Schinguts Blick, dem er, als er eintraf, zulächelte. »Sie fahren auch bis Budapest?«

Schingut, der einen leichten slawischen Akzent konstatiert hatte, nickte, obwohl sein Reiseziel Brünn war. »Gefällt es Ihnen?«

»O, sehr. Ein kleines Paris. Sie sind wohl von dort?«

»Nein. Ich war noch nie in Budapest.«

Der Herr wiegte erstaunt den Kopf. »Ich hätte gewettet, daß Sie in Budapest geboren sind.«

Schingut war, obwohl er es völlig zu verbergen wußte, fast verblüfft: er war tatsächlich aus Budapest gebürtig. »Weshalb?« fragte er leise.

»Ihr Deutsch hat jenen breiten und singenden Tonfall. Sehr schwach. Aber es ist doch zu merken.«

Schingut schmunzelte höflich. »Sie beobachten sehr scharf.« Innerlich aber grinste er: er war drei Monate alt gewesen, als seine Eltern ihn nach Mailand verkauft hatten, und hatte seither Ungarn nie wieder gesehen.

»Keine besondere Leistung. Man muß eben darauf achten. Und da ich selbst Budapester bin ... Barany ist mein Name.«

»Schingut.«

»Angenehm.« Barany verneigte sich abermals.

Schingut desgleichen. Da er aber bereits überzeugt war, daß sein Gegenüber ebenfalls log und auch in der Absicht, sich zu orientieren, legte er sich gewissermaßen auf die Lauer.

»Also Sie sind trotzdem nicht aus Budapest.« Barany lächelte wie einer, der sich herbeiläßt, mit einem Lügner noch weiter zu reden.

Schingut hißte eine gewisse verlegene Bedachtlosigkeit. »Habe ich denn behauptet, daß ich aus Budapest bin?«

»Aber gewiß nicht.« Barany blickte fröhlich auf die Deckenlampe. »Habe *ich* denn das behauptet?«

»Aber keineswegs.« Schingut zog eine kleine Feile aus der Westentasche. »Schließlich könnte man ja auch einen bestimmten Akzent haben, ohne ihn am Ursprungsort erworben zu haben.« Er feilte an seinen Nägeln.

»Ja natürlich.« Es war offensichtlich, daß Barany an diese Gelegenheit sich klammerte. »Man könnte ihn zum Beispiel in jahrelangem Umgang mit einer Person sich angeeignet haben.«

»Zweifellos.« Schingut nickte geradezu begeistert, feilte dabei aber so heftig, daß er sich blutig riß. »Teufel auch! ... Oder indem man wochenlang eine Rolle spielte.«

»Eine Rolle?« fragte Barany verwundert, als begriffe er nicht das geringste.

»Nun ja.« Schingut speichelte seinen verletzten Finger ein und umwickelte ihn äußerst behutsam mit seinem Taschentuch. »Zum Beispiel ... in einem Stück.«

»Ach so.« Barany war leicht enttäuscht, glitt aber schnell darüber hinweg. »Sie sind vielleicht Schauspieler?«

Schingut ärgerte sich nun fast schon. »Nicht mehr, als man so fürs Haus braucht.«

Barany, dem diese halbe Herausforderung nicht entging, lachte deshalb schallend auf. »Sehr gut! Wirklich sehr gut! ... Aber, ich bitte Sie. Das Leben ist eine Rauferei. Wer immer aufrichtig wäre, läge bald auf der Nase.«

»Wem sagen Sie das«, seufzte Schingut kordial und feilte wiederum an seinen Nägeln.

Beide sahen freundlich zum Fenster hinaus. Es war eine gewisse Harmonie hergestellt.

Der Gymnasiast, der selbstverständlich so getan hatte, als hörte er nicht zu, begab sich, empört über die Banalität des Vernommenen, fluchtartig in den Speisewagen.

Der alten Dame war es gelungen, einzuschlafen.

Als Schingut es bemerkte, wurde er plötzlich heiter: es hatte ihm ein gut Teil seines Elans geraubt, von Dritten gehört zu werden. Nun schickte er sich an, schärfer ins Zeug zu gehen. Er überfiel geradezu Barany mit seiner Stimme. »Sie sind Reisender, nicht wahr?«

Barany machte ein impertinentes Gesicht. Es konnte allerdings auch lediglich verstimmt sein.

Schingut hielt es für impertinent und deshalb Barany für sehr verdächtig. Er steckte die Feile ein und erklärte, liebenswürdig lächelnd: »Ihre Art, den Mantel zu rollen, ist nämlich typisch für die englischen Reisenden.«

Seite 182. Nachdem Zedde, was nicht schwierig ...

Barany schmatzte ironisch. Aber es war trotzdem schwer, zu behaupten, daß es nicht nervös war. »Ich war nie in England und bin auch nur insoweit Reisender, als ich eben reise.«

Schingut verdroß es, daß sein Kniff mißlungen war: er hatte nicht daran gezweifelt, daß Barany ihm antworten würde: ›Nein, ich bin kein Reisender, sondern ...‹ Deshalb sagte er vorwurfsvoll: »Ich hätte gewettet, daß Sie Reisender sind. Aber Sie sind wohl bloß vorsichtig.«

»Oho!« Barany schien ernstlich beleidigt zu sein.

»Nun, ich meine«, lenkte Schingut händereibend ein, »Sie sagten doch selbst, wer immer aufrichtig wäre ...« Sein Taschentuch fiel zu Boden.

»*Das* schon. Aber damit habe ich doch nicht gesagt, daß man lügen müsse.« Barany ärgerte sich darüber, gleichsam hinterrücks des Widerspruchs geziehen zu werden.

Schingut hob sein Taschentuch auf. »Aber ich bitte Sie. *Das* habe ich doch gar nicht gesagt.« Er dachte, das Taschentuch auf dem Knie glättend, krampfhaft darüber nach, wie er das Gespräch umstellen könnte. »Übrigens kann man es vermeiden, die Wahrheit zu sagen, ohne zu lügen.«

»Allerdings.« Barany nahm sich eine Zigarre. Es machte den Eindruck, als hielte er das Gespräch für beendigt.

»Sehen Sie«, begann Schingut nach einigen ihm sehr peinlichen Sekunden, »*ich* bin sehr vorsichtig. Ich habe Ihnen zum Beispiel nur aus Vorsicht keine Zigarre angeboten.« Er wunderte sich hinterher, daß ihm nichts Besseres eingefallen war.

Barany wandte langsam den Kopf. »Ach so. Sie hätte ja auch vergiftet sein können.«

»Erraten!« Schingut gehabte sich entzückt, um sich selber zu verbergen, daß er eine Dummheit gemacht hatte. »Es war also sehr vorsichtig von mir, mich keinem Refus auszusetzen. Denn es kränkt ja doch stets ein wenig.«

»Das ist richtig.« Barany leckte liebevoll das Ende seiner langen Importe.

Schingut saß neuerdings auf dem Trockenen. Er ärgerte sich maßlos über sich selber, steckte hastig das Taschentuch ein und biß erregt an seinem Schnurrbart.

Er schien Barany nun zu erbarmen. Denn mit einem Mal schwenkte dieser jovial seine Zigarre. »Sehen Sie, *Sie* könnten Detektiv sein.«

»Ich?« Schingut wußte nicht, sollte er sich freuen oder verschanzen: war es ein Vorstoß oder vielleicht wirklich nur so hingesagt? Schließlich fragte er für alle Fälle harmlos: »Wieso?«

Barany zog mit großem Genuß an seiner Zigarre und die Brauen sich auf die Stirn. »Erinnern Sie sich daran, daß *Sie* es waren, der zuerst zu sprechen begann? Sie machten eine Bemerkung über das gute Fahren des Wagons und schwiegen dann. Wie aber, wenn Sie nur geschwiegen hätten, damit ich ein Gespräch beginne? Das ist doch ein alter beliebter Detektiv-Kniff.« Er wartete, verschmitzt mit den Lidern flatternd, auf die Wirkung.

Diese kam sehr langsam. Eigentlich gar nicht. Denn Schingut senkte die Augen, als langweile er sich, ja als würde er müde.

Barany spielte mit seiner Zigarre, ohne Schingut weiter zu beachten. »Und als Sie mich plötzlich fragten, ob ich Reisender sei, dachte ich mir, Sie könnten vielleicht fragen, damit ich Ihnen meinen Beruf nenne. Darin bestärkte mich auch Ihre spätere Bemerkung, daß die Art, wie ich meinen Mantel rolle, typisch für die englischen Reisenden sei. Ganz abgesehen davon, daß ich nicht glaube, Engländer sein zu müssen, um meinen Mantel geschickt zusammenzurollen.«

»Sehr scharfsinnig!« Schingut hielt es nun doch für schlauer, sein Verhalten zu ändern. »Aber ist es nicht wirklich lustig, daß ich genau dasselbe vermutete wie Sie? Als Sie nämlich behaupteten, ich spräche mit Budapester Akzent, war ich überzeugt, daß Sie auf diese Weise erfahren wollten, wo ich geboren bin. Denn ich weiß ja doch, daß ich den Budapester Akzent nicht habe. Und als Sie ... «

»Ganz interessant.« Barany lächelte bissig.

»Und als Sie kurz darauf sagten, daß man einen Akzent ja auch in jahrelangem Umgang mit einer Person sich aneignen könnte, zweifelte ich nicht daran, daß Sie auf diese Weise mich in die Enge treiben und zu einer Auskunft zwingen wollten. Und als ich dann meinte, man könne ja auch durch eine Rolle ... und als Sie fragten, ob ich Schauspieler wäre ...« Schinguts sich zusammenschiebende Stirn frohlockte allzu deutlich.

Barany rückte sich bequem auf seinem Platz zurecht. »Ganz interessant. Nur besteht ein auffälliger Unterschied zwischen unseren Auffassungen. *Ich* habe nämlich bloß scherzhaft geäußert, daß Sie Detektiv sein könnten, während *Sie* davon überzeugt sind, daß ich Detektiv bin.«

»Aber, aber ...« Schingut war nun absolut sicher, einen Detektiv vor sich zu haben, und beschloß, das Gespräch schnell und liebenswürdig zu beenden. »Und selbst wenn Sie es de facto wären. Was wäre schon dabei? Ich wäre trotzdem nicht weniger erfreut, Ihre Bekanntschaft gemacht zu haben.«

»Angenehm.« Barany verneigte sich. »Aber ich bin wirklich kein Detektiv.«

»Ich ebenfalls nicht.«

Barany verneigte sich abermals.

Schinguts Gesicht strahlte ein Glück aus, als hätte er den Schah von Persien kennengelernt. »Ich bitte Sie. Man unterhält sich. Eine Eisenbahnfahrt ist lang. Und es ist doch im Grunde so gleichgültig, woher man stammt und wer man ist. Die Hauptsache ist, daß man sich die Zeit vertreibt. Womit, das ist auch sehr egal. Hab ich nicht recht?«

»Aber gewiß.« Barany klopfte mit sichtlicher Genugtuung die Asche von seiner Zigarre.

Beide sahen freundlich zum Fenster hinaus. Es war neuerlich eine gewisse Harmonie hergestellt. Wenn auch diesmal ganz anderer Art ...

Bald darauf verließ Schingut das Abteil, bieb aber, für Barany sichtbar, etwa eine Viertelstunde vor einem Gangfenster stehen, bevor er verschwand.

Als der Zug in Szegedin hielt, eilte er auf den Perron, kaufte einige Zeitungen und bestieg den Speisewagen.

Sobald der Zug sich wieder in Bewegung gesetzt hatte, erschien der Gymnasiast im Gang vor dem Abteil; und zwar mit dem überlegen verglasten Blick desjenigen, der gerade etwas unerhört Wichtiges und Überragendes gelesen hat. Nachdem er sich überzeugt hatte, daß Schinguts Abwesenheit seinem Gehirn die Sicherheit vor Zumutungen verbürgte, warf er sich in seinen Eckplatz.

Die alte Dame schlief selig weiter ...

Erst als der Zug sich Budapest näherte, verließ Schingut den Speisewagen und betrat die Toilette. Hier wartete er, bis der Zug hielt. Doch auch dann wartete er noch fünf Minuten, um sicher zu sein, bei seiner Rückkehr ins Abteil Barany nicht mehr vorzufinden.

Das Abteil war leer. Schingut lugte vorsichtig auf den Perron hinaus. Und plötzlich wurde er kreidebleich: die weißhaarige Dame aus dem Abteil kam schnellen Schrittes zwischen zwei Männern auf den Wagen zu, in der einen Hand ein Taschentuch, das Schingut an den Blutflecken und dem dreifachen schwarzen Rand als das seine erkannte. (Es trug die Initialen L. F., seines jüngsten Opfers, und stellte eine schwere Indizie dar.) Und fast gleichzeitig erblickte Schingut, gerade gegenüber dem Fenster, an dem er stand, Barany, den zwei Kriminalbeamte gefesselt an den Handgelenken hielten.

Wenige Sekunden später war auch Schingut verhaftet.

# Der berühmte Zedde

Er hatte zu kurze Beine und einen zu langen Oberkörper und war klein, von gelblicher Gesichtsfarbe und überhaupt häßlich. Das Häßlichste an ihm jedoch war seine Freundin, die ihn um mehr als Haupteslänge überragte, eine behaarte Warze am Kinn trug und darüber eine hexenhaft ausladende Nase. Sie hieß Magdalena, hielt sich für schön und Zedde für ein Genie.

Zu dieser Auffassung war sie langsam, aber zielbewußt von Zedde bewogen worden, der darin das angenehmste wie auch sicherste Mittel sah, sie zu veranlassen, ihren Monatslohn mit ihm zu teilen.

Nachdem Zedde, was nicht schwierig gewesen war, Magdalena zu Fall gebracht hatte, begann er immer deutlicher unter dem Leben zu leiden und über mysteriöse körperliche Beschwerden zu klagen, um sowohl das schärfste geistige Symptom des werdenden großen Mannes aufzuweisen als auch das diesem stets anhaftende Pathologische, das überdies den Vorteil hatte, Mitleid zu erregen. Als Magdalenas Aufmerksamkeit in dieser Hinsicht genügend eingesponnen war, ging Zedde zu dumpfen Reden über, welche, da Magdalena allmählich von ihnen bewegt wurde, zu nächtelangen verbissenen und konfusen Debatten führten, die Zedde vorsichtigerweise in jenem Augenblick, da Magdalena zu ermüden begann, mit einem sexuellen Überfall zu beenden pflegte. Bald schätzte Magdalena diese Debatten nurmehr um des sie unweigerlich abschließenden Überfalles willen, ja hielt sie halb unbewußt für überflüssige Hinausschiebungen jenes holden Endes. Zedde bemerkte diese Wendung und beeilte sich, zu handeln. Er zwang Magdalena, die es bisher aus Gründen der Wohlanständigkeit vermieden hatte, sein Zimmer zu betreten, es dennoch zu tun, indem er in der Nähe des Hauses, in dem er wohnte, einen Schwächeanfall simulierte. Magdalena schleppte ihn unter Tränen in sein Zimmer hinauf und hätte ihn beinahe fallen lassen, so sehr war sie von der grenzenlosen Unordnung, die daselbst herrschte, perplexiert. Alles lag kunterbunt durcheinander. Tisch, Stühle, Sofa, ja selbst der Fußboden waren dicht mit alten Büchern, Papieren, Briefen und Manuskripten bedeckt. Während Magdalena, den kranken Freund völlig vergessend, über die ausgestreuten Schätze sich hermachte, beobachtete Zedde sie zwischen halb geöfffneten Lidern hervor, höchst zufrieden mit sich und seiner so wohl arrangierten genialen Unordnung. Plötzlich stieß Magdalena einen kleinen Schrei aus: »Was, Otto, du dichtest?« Zedde, der nur auf dieses Stichwort gewartet hatte, fuhr stöhnend empor, ließ sich aber, als hätte er nicht die Kraft, ihr das Manuskript zu entreißen, verzweifelt wimmernd aufs Bett zurücksinken.

Von dieser denkwürdigen Stunde an begann Magdalena ihren Freund nicht nur mit den Augen der Liebe zu betrachten, sondern bereits mit denen einer Frau, die den ihr gebührenden Anteil an seiner Biographie sich sichern will. Und als Zedde kurz darauf zum ersten Mal seine finanzielle Bedrängnisse gequält vor ihr entrollte, lächelte sie bloß eine stilles Frauenlächeln und legte ihm ihr Portemonnaie in die Hände. Nach vierzehn Tagen, die sehr redselig und begeistert verliefen, bat sie ihn schüchtern, doch die Hälfte ihres Monatslohns annehmen zu wollen. Zedde wehrte sich eine Stunde lang gewissenhaft. Dann wurde er schwach und gab unmutig nach.

Nach zwei Monaten aber begann Magdalena, ohne es sich freilich einzugestehen, sich zu langweilen. Die dumpfen Reden Zeddes, seine seltsamen, regelmäßig wiederkehrenden Anfälle, seine expressionistischen Gedichte, die sie nicht verstand, und die malerische Unordnung, in der er lebte, hatten ihren Reiz eingebüßt. Auch war es immerhin verwunderlich, daß ein Genie wie Zedde nicht den geringsten äußeren Erfolg zu verzeichnen hatte. Und so kam es, daß Magdalena eines Abends, als Zedde gerade besonders dumpf daherredete, etwas Präziseres zu hören wünschte, Weltanschaulicheres. Und als Zedde daraufhin nur noch dumpfer orakelte, warf sie ihm einen Polster an den Kopf, so daß er seinen krummen Zwicker verlor, und rief ihm barsch zu, er solle zu ihr ins Bett kommen. Als nun aber gar die am nächsten Tag fällige Zahlung des halben Monatslohns in ziemlich unfroher Weise erfolgte, war es Zedde klar, daß er Gegenmaßnahmen treffen mußte.

Er traf sie in Gestalt eines jungen Russen, namens Pluchin, der gleichfalls über keinerlei Einkünfte verfügte, dafür jedoch über große Pfiffigkeit und eine ans Unwahrscheinliche grenzende Frechheit. Zedde, der ihn vor allem als pfiffig kannte, erzählte ihm im Café Odeon, verzweifelt wie er war, seinen schwierigen Fall, vorerst allerdings in der Einkleidung einer Novelle, die er zu schreiben gedenke, und bat, bezüglich eines packenden Schlusses, um sein literarisches Urteil. Pluchin, der Zeddes unklare Liebschaft kannte, ahnte, daß dieser Geschichte Lebendiges zugrunde liege, und bediente sich des nahezu nie versagenden Kniffs, es ihm auf den Kopf zuzusagen. Zedde gab es verärgert zu und bat um Rat. Angesichts der Möglichkeit, Zeddes Notlage auszubeuten, ließ Pluchin sich herbei, für die Angelegenheit sich zu interessieren, und versprach, nachdem er zehn Franken gepumpt hatte, eine wiederherstellende Lösung zu finden.

»Aber es ist unbedingt nötig«, säuselte Zedde unruhig, »daß Magda in ihrer Meinung über mich ... ich meine, was das Genie betrifft, sehr gekräftigt wird.«

Pluchin zog sich animiert die Hose zurecht. »Daß Sie ihr eine neue Weltanschauung servieren, ist ebenso unmöglich wie unnötig. Erstens ist alles schon dagewesen, und zweitens kann man auch andersrum das sexuelle Interesse für Sie neu beleben.«

Er glotzte auf ein Wasserglas und erst hierauf auf Zeddes glanzlose Äuglein.

Zedde kratzte sich den verschwitzten Kopf. »Andersrum?«

Pluchin glotzte auf einen Pfeiler. »Man müßte etwas Bewegtes bringen. Etwas Wucherndes.« Und mit einem Mal zuckte sein Kopf weit nach vorn. »Hollah, nichts einfacher als das! Ich werde Sie beobachten.«

»Sie ... beobachten ... mich ...?« Zeddes Oberkörper verschwand bis zu den Lippen hinter dem Tischrand.

»Spielerei. Neunzehnhundertfünf war ich in Moskau.

Bei der Bombengruppe. Daß man bei dieser Beschäftigung seine Erfahrungen sammelt, wird Ihnen einleuchten.«

»Aber … das …wieso … « Zeddes Äuglein schienen durch den Zwicker hüpfen zu wollen.

Pluchin lächelte unverschämt. »Spielerei. Unsereins hat Übung in Masken. Ich werde Sie persönlich beobachten. Und vor allem Sie darin unterweisen, auf welche Auffälligkeiten in Ihrer Umgebung Sie Magda hinzuweisen haben.«

Zedde begriff endlich. »Das ist originell.« Über seinem Näschen aber entstand gleichwohl eine düstere Grube, die von Sekunde zu Sekunde sich vertiefte. »Aber doch nicht das Gewünschte. Sie will Genie, Ruhm. Nicht bloß Gefährlichkeit. Das liegt ihr nicht.«

»Spielerei«, behauptete Pluchin kaltstirnig. »So machen wir eben Ruhm. Was ist Ruhm? Auch nur ein Kalkül. Also, es bleibt dabei.«

»Es bleibt dabei?« Zeddes Grube über dem Näschen zersprang.

Pluchin hustete despektierlich. »Selbstverständlich. Ich mache trotzdem dieselben Sachen, als würden Sie wie ein gefährlicher Verbrecher beobachtet. Sie weisen Magda auf mich hin und auf die Auffälligkeiten. Das alles sieht auch glatt aus wie Ruhm. Ich garantiere für diesen Effekt.«

»So erklären Sie es doch deutlicher!« Zedde errötete vor Besorgnis, es könnte ein Hereinfall sein.

Pluchin installierte sich introduktiv. »Wenn Sie mir schriftlich ein Viertel von Magdas Monatslohn für den Fall des Erfolges aussetzen.«

»Ein Viertel ist viel«, stotterte Zedde erbleichend.

»Zaudern Sie nicht!« Pluchin grölte frech. »Sie sind bei der Geburt Ihres jungen Ruhms dabei. Also schreiben Sie!«

»Ein Viertel ist sehr viel.« Zedde sah sich jedoch bereits von den langen Armen seiner Magda neuerdings innig umschlungen. So siegte schnöder Ruhm über gutes Geld. »Topp. Ich bin dabei. Aber so erklären Sie es doch nur genauer!«

Pluchin erklärte es. Sehr genau. So genau, daß Zedde schon an dem auf diese sonderbare Unterhaltung folgenden Abend seine Magda in das Kabarett Bonbonnière führte, woselbst er sie sogleich darauf aufmerksam machte, daß vor ihnen ein Herr säße, der allzu häufig in sein Handspiegelchen blicke. Magdalena mußte dies nach kurzer Zeit der Beobachtung zugeben und wunderte sich. Worauf Zedde betreten meinte, er müsse wohl annehmen, daß dies ihm gelte. Magdalena zuckte die Achseln und äußerte gänzlich nebenbei, das begreife sie nicht. Zedde erinnerte sie daran, mit welcher Dienstbeflissenheit der Boy in der Garderobe ihm beim Ablegen des Mantels behilflich gewesen wäre und mit welch ungewohntem Schwung der Saaldiener die Tür vor ihm aufgerissen hätte. Magdalena, welche diese Beobachtungen zwar ebenfalls gemacht zu haben sich einbildete, ohne jedoch etwas Außergewöhnliches in jenen Dienstleistungen zu erblicken, zuckte abermals, diesmal schon unwillig, die Achseln und fragte gleichgültig, was das alles denn heißen solle. Zedde hielt es für verfehlt, jetzt schon darauf zu antworten, und verwies ablenkend auf die eben beginnende Vorstellung und auf die Pause. Als diese kam, stieß er plötzlich ein verblüfftes »O!« aus. Magdalena fuhr herum. Ihre Augen fragten zornig. Zedde wies mit dem Kopf in eine bestimmte Richtung. Magdalena folgte ihr und sah an der Wand einen Herrn stehen, der mit einem Fernglas Zedde auffällig fixierte und, als er daran sich Genüge getan, einen neben ihm stehenden Herrn auf Zedde aufmerksam machte. Als auch dieser Herr sein Fernglas hob, hielt es Magdalena nicht länger. Sie ergriff Zeddes Ärmel und flüsterte erregt: »Was soll das alles?« Zedde drehte sich etliche Sekunden hin und her, um ihr schließlich gequält mitzuteilen, daß man ihn hier wohl allgemein zu kennen scheine.

»Was? Man kennt dich?« Magdalena zerrte, während ihre Stimme zwischen Zweifel und Hoffnung bebte, aufgeregt an seinem Ärmel.

»Ja«, sagte Zedde ernst.

Magdalena dachte zwei Minuten schweigend nach. Dann schien sie sich zu entsinnen. »Otto, bist du wirklich schon so berühmt?«

Zedde senkte die Lider und vermied es feinfühlig, zu antworten.

Magdalena verhielt sich während des folgenden Teils der Vorstellung äußerst reserviert. Zeddes vorsichtig kontrollierenden Blicken aber entging es nicht, daß sie mit einer Genugtuung rang, die immer wieder der Regung sich näherte, seine Hand zu ergreifen.

Als nun aber gar beim Verlassen des Kabaretts eine vor dem Portal wartende Dame Zeddes wegen einen Herrn anstieß und wenige Sekunden später hinter Magdalena die Worte fielen: »Das ist er ja doch!«, da riß

Magdalena Zeddes Arm an sich, schleifte ihn fast über das Trottoir und beförderte ihn in eine Droschke, in der sie, kaum daß der Kutscher losgefahren war, ihren berühmten Geliebten mit Liebesbeteuerungen überhäufte und schließlich sogar, ungeachtet der grellen Straßenbeleuchtung, leidenschaftlich abküßte.

Diese Nacht wünschte Magdalena nichts Weltanschauliches zu hören, sondern begnügte sich mit den festlichen Hingerissenheiten ihres Zeddes und ihrerseits mit ausgefallenen Innigkeiten. Und am folgenden Morgen erfolgte, in beinahe beschämend verlegener Weise, die Zahlung des seit vierzehn Tagen fälligen halben Monatslohnes.

Die versprochene Hälfte dieser Hälfte seinem Helfer Pluchin zu geben, dazu vermochte Zedde, dem der Erfolg, wie stets, nicht so viel wert zu sein schien, leider sich nicht zu entschließen. Leider. Denn Pluchin, welcher, einmal in Bewegung, Geschmack an seinem neuen Metier gefunden hatte, war am Abend zuvor Zedde und seiner Magda, allerdings mehr neugierig als mißtrauisch, gefolgt, hatte an deren Tür in der Spiegelgasse etwa eine Stunde lang gehorcht und war darum, als Zedde im Café Odeon behauptete, die Sache mache sich zwar wieder, sei aber durchaus noch nicht in der gewünschten Ordnung, so wütend, daß er darauf verzichtete, Zedde eine herunterzuhauen, sondern beschloß, fürchterliche Rache zu nehmen. Er tat, als ginge er in die Telefonzelle. In Wirklichkeit aber trat er auf die Straße und resolut auf einen Polizisten zu, dem er in sich überstürzenden Worten mitteilte, im Café Odeon sitze der langgesuchte Anarchist und Schwerverbrecher Jusmalin.

Der Polizist, ohnehin ein Exoten-Fresser, fiel auf Pluchins vorzügliches Theater hinein, stürzte ins Café und schleppte Zedde, der, halb besinnungslos, kaum zu gehen vermochte, zum Kommissariat auf der Schipfe.

Pluchin hatte zwar dem Polizisten versprochen, er werde sofort nachkommen, eilte aber schnurstracks in die Spiegelgasse. Er hatte die Chance, Magdalena in tiefstem Negligée und singend vorzufinden.

Magdalena erzitterte beim Anblick Pluchins, den sie nicht kannte, und als er mit fast versagender Stimme hervorstammelte, daß ihr Freund ... er habe sie öfter mit ihm gesehen ... Zürich sei ja nicht so groß ... und soeben im Café Odeon ... wie man ihn ... verhaftet ... — da röchelte sie: »Verhaftet ... « und sank, sich völlig abhanden gekommen, auf das Kanapee.

Pluchin, der bei dieser Gelegenheit die Abwesenheit sämtlicher weiblicher Reize hatte konstatieren müssen, schluckte etwas nieder. Dann versicherte er wie außer sich: »Er ist sicherlich unschuldig. Beruhigen Sie sich. Man wird ihn wieder freilassen.« Er bemühte sich um sie, wobei er die unerfreulichsten Gegenden mied und nur dort massierte, wo es nicht allzu hoffnungslos war, Angenehmes zu empfinden.

Magdalena fand sich erst wieder, als diese Betätigungen nachließen. »Ich danke Ihnen, daß Sie gekommen sind. Daß Sie es mir erspart haben, es unvorbereitet zu erfahren.« Sie entwand sich keusch seinen Händen.

Pluchin, als hätte er ihre Ohnmacht keinen Augenblick bezweifelt, lächelt teilnahmsvoll, doch auch ein wenig ratlos: er wußte nicht, wie er nun seiner wahren Absicht zuschwenken könnte.

Magdalena erhob sich geschmeichelt und lehnte sich an einen Stuhl, betörend an ihrer Warze zupfend. »Zedde ist ja ein bißchen pathologisch. Er schwatzt dann immer so konfuses Zeug. Es könnte wohl sein, daß er irgendein unüberlegtes Wort ...«

Pluchin, perfid grinsend über diese so rasch erschienene Gelegenheit, tat einen Schritt nach vorn. »Vermutlich. Denn man sagte mir, daß die Polizei ihn bereits seit Wochen beobachtet.«

Magdalena reckte sich unnatürlich. »Ja, ich habe ... ja, ich war ... ja, ich hätte ...« Bei jedem »Ja« zog sie am Tischtuch und weinte mit den Lippen. Mit einem Mal aber stieß sie einen langgezogenen Ruf aus, der schauerlich durch die immer noch offen stehende Tür das dunkle Treppenhaus entlanglief. Dann brach sie auf dem Stuhl nieder. «Also das war es! Das also! O, dieser gemeine Komödiant!«

»Meinen Sie seine geniale Unordnung? An die habe ich nie geglaubt. Ebensowenig wie an seine mysteriösen Anfälle.«

Magdalena tobte mit den Armen. »Auch das noch! Auch das noch! Aber das Gemeinste war das gestern in der Bonbonnière!«

»Nun, wie wars?« fragte Pluchin lauernd.

Magdalena faßte sich erstaunlich schnell. »Nicht sehr berühmt.«

Pluchin, seiner Rache nunmehr gewiß, verließ unverzüglich Magdalena, welche an dieser unzweideutigen Haltung erkannte, daß sie wohl daran getan hatte, ihre ärgste Schmach nicht preiszugeben.

# Die Bande Kaff

Gegen sechs Uhr morgens stand die Sonne stets in einem langen Streifen an der rechten Wand jenes Zimmers, das Kaff fünf Minuten, nachdem es frei geworden war, vom Portier mit der Begründung sich erbat, er habe es bereits dreimal bewohnt und schätze es wegen seiner ruhigen Lage. Er schätzte es nicht deswegen, sondern wegen des langen Streifens Sonne, dessen Verwertung ein sterbender Kumpan aus Dankbarkeit ihm vermacht hatte.

Am folgenden Morgen, als gegen sechs Uhr seine Taschen-Weckuhr schnurrte, sprang Kaff aus dem Bett, ergriff den großen länglichen Handspiegel, den er am Abend vorher in Spiegelschrift mit Buchstaben bemalt hatte, hielt ihn in den Sonnenstreifen und dirigierte den Widerschein vorsichtig durch das offene Fenster auf die Decke des gegenüber, eine Etage höher, befindlichen Zimmers, woselbst Anny, die gleichfalls sich hatte wekken lassen, in nur wenig verschwommenen Buchstaben den Satz las: »Delaro arbeitet schon, sei um elf Café Dauphin.«

Anny sah verabredetermaßen nach dem Wetter und hüpfte hierauf ins Bett zurück, neugierig nach der Decke blickend, auf der nach wenigen Minuten die Worte erschienen: »Sei pünktlich!«

Anny war es. Und da sie Delaro schon von der Straße aus hatte sitzen sehen, betrat sie so das Café, daß sie ihm den Rücken zuwandte und ihn erst zu erblicken schien, als sie ihm bereits am Nebentisch gegenübersaß. Delaro rauchte vergnügt, während das eine Auge für alle Fälle über den Rand der Zeitung hinausging.

Anny, dies unter dem breiten Hutrand hervor beobachtend, hielt es daraufhin für vorteilhaft, Delaros Aufmerksamkeit dadurch zu erregen, daß sie ein leeres Cachet aus ihrem Handtäschchen nahm und mit übertriebenen Vorkehrungen, dabei nicht gesehen zu werden, schluckte.

Delaro sah es. Da der Fall, dessentwegen er von Southampton nach London gekommen war (die Aufspürung des Falschmünzers Kaff und seiner Bande), ihm für den Augenblick nichts zu tun gab, zögerte er nicht, die Dame näher zu besichtigen. Nachdem er, vorbedachterweise allerlei Zeitungen suchend, mehrmals an Annys Tisch vorübergewechselt war, ließ er wie versehentlich ein Journal neben ihr zu Boden fallen und entschuldigte sich unaufhörlich.

Anny, sehr ergötzt, daß es ihr gelungen war, summte die ersten Takte des New-Yorker Chansons »I can't love ...« und lächelte dämonisch.

Delaro setzte sich deshalb, als geschähe es vor Verwirrung, ihr gegenüber an den Tisch. »Sie kommen aus New-York?«

Anny sah traurig über ihn hinweg. »Geben Sie mir zwei Zigaretten!«

»Zwei ... ?«

Anny blickte, noch trauriger, auf den Tisch.

Delaro hielt ihr sein Etui hin.

Nachdem Anny sich bedient hatte, erläuterte sie: »Eine für die Schnauze, die andere für meinen Kerl.«

Delaro behielt seine seriöse Miene bei. »Sie nehmen Morphium?«

»Wer zuerst schweigt, schweigt am besten.«

»Sie scheinen nicht zu viel zu tun zu haben.«

»Tätigkeit ist aller Laster Anfang.«

Delaro, kaum lächelnd, entzündete sich eine Zigarette.

Anny hüstelte. »Ich bin sicher, daß Sie mich für so verausgabt halten, ich könnte glauben, Sie wären mit der Anlage geboren, die Zigarette so zwischen den Lippen zu drehen, wie Sie es tun.«

Delaro ärgerte sich nun doch und vergriff sich deshalb. »Ich gehe nur mit Weibern, die mir gut stehen.«

»Also ein Einsamer.«

Delaro mußte lachen. »Heben wir doch unsere Raketen für den Ernstfall auf. Unter uns wäre es angezeigter, offener zu sein.«

»Unter uns?« Anny holte abermals ein Cachet hervor. »Lügen wir also deutlicher.«

»Unverbesserlich!«

»Beeilen Sie sich! Die Situation geht zu Ende.«

Delaro, schnell auf seine Armbanduhr blickend, schlug ihr vor, mit ihm in den Regents Park zu fahren und dann bei ›Frascati‹ in der Oxford Street zu lunchen.

»Ist das das Lokal mit der roten Ziegelfassade?«

Delaro nickte und erhob sich …

Als sie die Drehtür des Cafés passierten, streifte Anny die Wade des knapp vor ihr eintretenden Kaff, der die Mütze schief in die Stirn gedrückt trug und um den linken Arm einen falschen Verband.

Sobald sie mit Delaro in einem weich dahinrollenden

Cab saß, äußerte sie deshalb, es vorzuziehen, in ›Oddeninos Imperial‹ zu lunchen; das sei zudem näher dem Regents Park.

Nach zwei Stunden, während welcher Delaro endgültig sich davon überzeugt hatte, eine geistreichelnde, aber harmlose Amerikanerin vor sich zu haben, die aus unglücklicher Liebe ein Opfer jener schrecklichen Drogue geworden war, saßen sie in ›Oddeninos Imperial‹ einander gegenüber.

Zwei Tische hinter ihnen saß Kaff, mit falschem Schnurrbart, einem Toupet und in einem eleganten Cutaway.

Ein Viertelstunde nach dem Dessert verabschiedete sich Delaro, dem Kaff unauffällig auf die Straße folgte, wo er sah, wie Delaro dicht neben einer Gruppe von zwei Männern und drei Frauen, die durchwegs schwarz gekleidet waren, stehenblieb, als müsse er sich orientieren, in Wirklichkeit aber, um aus dem Gespräch der fünf Geheimagenten den erwarteten Bericht entgegenzunehmen.

Kaff kehrte in das Lokal zurück, um seinen angeblich vergessenen Spazierstock zu suchen: das Zeichen für Anny, daß er in sein Hotel sich begebe. Dort erschien nach einer halben Stunde ein Kommissionär, der ihm einen Brief übergab, in welchem ein Stück Zeitungspapier sich befand: das Zeichen für Kaff, daß es noch nicht so weit sei ...

Am nächsten Morgen gegen sechs Uhr hielt Kaff den großen Handspiegel in den Sonnenstreifen.

Anny in ihrem Zimmer las: »Delaro arbeitet Hochdruck, Eile tut not.« Sofort lief sie zum Fenster und sah nach dem Wetter; diesmal aber mit der Variation, die rechte Hand über die Augen zu halten: das Zeichen für Kaff, daß sie es für diesen Abend versuchen werde.

Eine Stunde später telefonierte sie dem Portier des Hotel Atlantic, er möge sie mit Mister Delaro verbinden.

»Ah, Sie ... Anny?« Delaros Stimme war nicht nur morgendlich frisch, sondern auch die eines Mannes, der soeben ein vorzügliches Geschäft gemacht hat. »So früh schon auf? Nun, wie gehts?«

»Haben Sie wirklich erst übermorgen Zeit für mich?« zwitscherte Anny gekränkt in den Apparat.

»Liebe, ich sagte Ihnen doch, daß ich ... «

»Sie essen zu wenig. Deshalb haben Sie keine Gefühle.«

»Vielleicht haben Sie recht. Aber ich habe eine ganze Reihe sehr wichtiger Sachen zu erledigen, die kei ... «

»Gestern sagten Sie, es wäre nur eine.«

Delaro, der es nicht gesagt hatte, ließ sich, unsicher geworden, Lügen strafen. »Sie passen ja gefährlich auf.«

»Habe ich eine Schmutzkonkurrentin?«

»Für einen so billigen Herrn halten Sie mich?«

»Nein. Aber die Londoner Damen nicht für sehr teuer.«

»Sie haben eine wunderbare Schnauze.«

»Und, ich schwöre es Ihnen, keinen Kerl.«

»Daran habe ich niemals geglaubt.«

»Ich wußte es. Halten Sie die Bewegung der Erde um die Sonne für inkorrekt?«

»— ? —«

»Nun?«

»Ich warte auf die Pointe.«

»Sie irren. Ich wollte damit nur sagen, daß Sie diese Bewegung, zu der Sie im Großen und Ganzen gezwungen sind, auch im Kleinen und Halben mitmachen sollten, sofern Sie nicht ...«

»Dieser Verdacht, Sie seltenes Nachtgestirn, kann mich nicht treffen, denn ... Eine Sekunde, bitte ...«

Anny nahm augenblicks den zweiten Hörer, setzte sich geräuschlos, hörte auf zu atmen und lauschte angestrengt. Nach einigen Sekunden näherten sich undeutliche Stimmen Delaros Apparat. Aber erst nach etwa drei Minuten vermochte Anny folgende Satzfetzen aufzufangen: »... war es nicht im Chronicle, Pitts ... Man muß, wenn es klappen soll, in der Fenchurch Street ... Im Osten. Dann aber hat es keinen Zweck, die Leute, die doch ... von South Kensington bis ...« Neuerliches Stimmengewirr. Dann: »... vielleicht auch zwecklos, Pitts ... Ich bin dafür, es doch so zu machen, daß wir sofort ...« Die Stimmen entfernten sich.

»Anny?« rief Delaro endlich ungeduldig. »Anny, halloh!«

Anny machte ein Geräusch, als ergriffe sie erst jetzt wieder den Hörer. »Halloh, Delaro? Halloh! Ah, Sie vermuten wohl, daß ich so wenig Zeit habe wie Sie.«

»Wieso.«

»Nur Leute, die keine Zeit haben, warten lange.«

»Ebenso wahr wie rar. Doch ich kann Sie entschädigen. Ich habe heute Zeit für Sie.«

»Meinen Glückwunsch!«

»Unverschämt!«

»Such is life!«

»Aber entzückend.«

»Also heute abend. Um acht.«

»Bei Frascati, wie vereinbart.«

»Good bye.« Anny hängte den Hörer ein ...

Kaff befand sich noch in seinem Zimmer, als er ans Telefon gerufen wurde, wo ihm der Kassier eines Cinéma-Theaters mitteilte, Mrs. Plinghton sei leider immer noch krank und lasse ihn herzlich grüßen. Kaff wußte nun, daß Anny es erreicht hatte

Nur für diesen Fall hatten sie eine direkte Verbindung vorgesehen, die an Vorsicht und Durchtriebenheit nichts zu wünschen übrig ließ: Kaff rief vom Wartezimmer eines Zahnarztes in der Parlament Street aus um drei Uhr nachmittags, auf die Sekunde genau, die Wohnung eines Zahnarztes auf dem Haymarket an und bat darum, Miß Flower, die im Wartezimmer sei, an den Apparat zu rufen.

»Miß Flower selbst?«

»Ja. Mister Pringgs?«

»Ja, selbst. Was hat man Ihnen mitgeteilt?«

»Daß der Laden in der Fenchurch Street schon vermietet ist. Man muß sofort einen andern suchen.«

»So. Das ist unangenehm. Auf jeden Fall aber ist es besser, wenn Sie heute abend zwei Stunden warten, damit ich mich melden kann.«

»All right.«

Kaff verließ das Wartezimmer unter dem Vorwand, einen wichtigen Gang erledigen zu müssen.

Anny tat desgleichen ...

Als sie abends in großer Toilette bei ›Frascati‹ erschien, erwartete Delaro sie bereits im Vestibül, war aufgeräumter noch als am Morgen und hatte diesmal so vorzüglichen Appetit, daß es Anny nicht immer schwerfiel, das Diner bis gegen zehn Uhr hinauszuziehen. Zu dieser Zeit wurde Delaro ans Telefon gerufen, wo man ihn mit verstellter Stimme bestürmte, sofort nach Fenchurch Street zu fahren; Kaff sei, als Arbeiter verkleidet, dort aufgetaucht, in der Wohnung sei Licht, man höre Tumult etc.

Delaro hatte die unbekannte Stimme zwar Verdacht erregt, der Umstand aber, daß sie ihn ›Pitts‹ genannt hatte, ließ ihn annehmen, daß die Aufregung Powells Stimme (denn nur diese konnte es sein) verändert haben mochte.

Delaro bat um Entschuldigungen, Annys Hand ergreifend; er würde in einer halben Stunde zurück sein.

Anny aber bestand darauf, mitfahren zu dürfen.

Unterwegs wurde Delaro, eben als er mit beiden Händen Annys Kopf nahm, um sie zu küssen, blitzschnell von ihr gefesselt. Ihn zu knebeln unterließ sie, um ihn, freilich mit vorgehaltenem Browning ausfragen zu können: »In welcher Angelegenheit sind Sie in London?«

Delaro, der seine Lage nicht unterschätzte, hielt es für das Vorsichtigste, falsch die Wahrheit zu sagen: »Um Casallo zu finden.«

»Kaffs Komplizen?« Anny kicherte höhnisch.

»Warum nicht lieber ihn selber?«

Delaros Brauen zuckten zornig. »Wer hat mir telefoniert?«

Anny wackelte mit dem Browning, ihn kurz gegen den Chauffeur richtend. »Der!«

»Wer!«

»Der am Volant – Kaff.«

»Ah!« Delaro machte sichtlich eine furchtbare Anstrengung, um seine Ruhe zu bewahren. »Ich weiß, daß ich Ihnen ausgeliefert bin. Geist wie dem Ihren bin ich unter Verbrechern noch nie begegnet. Das entschuldigt meinen Hereinfall ein wenig. Ich verspreche Ihnen, die ganze Falschmünzer-Affäre durch ein Machtwort niederzuschlagen, wenn Ihre Bande Europa verläßt.«

»Er stellt Bedingungen!« Anny stieß mitleidig den Atem aus. »Er verspricht! Sie scheinen vor Angst zu vertrotteln.« Sie hielt die Waffe näher an seine Stirn, da sie den unklaren Eindruck gehabt hatte, als hätte er versucht, sich zu bewegen.

»In meinem Portefeuille in der linken Brusttasche befinden sich siebenhundert Pfund.« Delaro dachte so rasend nach, daß er erbleichte. »Außerdem unterschreibe ich für das Zehnfache.«

»Er deliriert«, sagte Anny trocken. »Halten Sie mich wirklich für so dumm? Dann würde ich mich allerdings nicht mehr darüber wundern, daß Sie mich nicht überwachen ließen.«

»Selbst wenn es geschehen wäre, hätte es wohl nichts verhindert. Wenn Menschen Ihres Kopfs Verbrecher werden, entwickeln sie eine tolle Phantasie und arbeiten viele Jahre hindurch gänzlich ungestört. Bis einmal ein Zufall, der immer kommt, ein wichtiges Detail lüftet und dadurch bald auch das ganze System.« Delaro hoffte, halb bereits sich aufgebend, ihr doch noch zu schmeicheln.

Anny jubilierte innerlich, diesen Gegner vor dem Schuß zu haben. »Schlucken Sie das!« Sie hielt ihm ein

Cachet hin, das eine Dosis Morphium enthielt, die genügt hätte, ein Pferd zu töten.

Im selben Augenblick hob Delaro die Fäuste, um ihr die Stahlfassung der Handschellen auf den Kopf zu schlagen.

Anny schoß. Und sah sofort, daß es nur ein harter Streifschuß war, der den Schläfenknochen weggerissen hatte. Das Hirn lag in der Breite eines Fingers bloß. Der Schmerz mußte ungeheuerlich sein. »Schlucken Sie das!« befahl sie herrisch, wütend darüber, daneben geschossen zu haben.

Delaro, vor Schmerz fast ohnmächtig, aber doch noch so weit bei Bewußtsein, um zu wissen, daß er verloren sei, öffnete die Lippen und verschluckte das Gift.

Drei Sekunden später schoß Anny noch einmal. Die Kugel drang neben der Nase schief nach oben ins Gehirn. Delaro war sofort tot ...

Der Mord hatte sich im dichtesten Straßengewühl ereignet, so daß die Detonationen selbst von Kaff nicht gehört worden waren.

Nachdem Anny durch das Hörrohr mit Kaff sich verständigt hatte, hielt das Auto bald darauf vor einem kleinen Restaurant, das Anny nur betrat, um es nach wenigen Minuten wieder zu verlassen.

Kaff, der weitergefahren war, hielt vor einer kleinen Bar, stieg aus, trank einen Likör, trat auf die Straße, dann in einen Laden und ließ schließlich das Auto im Stich.

Am nächsten Morgen erwachte er, durch die Weckuhr bereits daran gewöhnt, von selber gegen sechs Uhr.

Aber der Sonnenstreifen fehlte. Der Himmel war bleigrau. Kaff sah aus dem Fenster.

Gegenüber, eine Etage höher, lehnte Anny am Fenster und lachte, als sie ihn erblickte. »How do you do, Mister Pringgs?«

»Thank you, very well, Miß Flower.«

# Sprotte schmust

»Wat meenste, wie ik dazujekomm bin.« Sprotte nahm die kurze Pfeife aus dem furchigen Gesicht und zwirbelte seinen struppigen Schnurrbart. »Eejentlich uff ne sehr romantische Weise. Denkst dia woll, denn is et sichalich ne Schwei — ei —«

Er pumpte einige Male an seiner Pfeife. »— ei — nerei. Denn biste een bejabter Junge. Sis imma ne Schweinerei. Also ik wa in Italien in irjend so nem jräulichen Nest mit der jewöhnlichn dollen Kirche. Wie ik nach Italien jekomm bin, ausjerechnet? Mechste woll wissen. Na scheen, ik habe mia jefracht: wie kannste Jlick ham, Sprotte? Und ik habe mia jesacht: Mensch, jeh man feste los und paß uff die Jelejenheiten! Na, so wars ja nich jerade jekomm, Jlick ist wat andres, aba ... Na also, der Küsta hatte mia rausjeschmissn, weil ik Brot wollte und keen Stick Stein. Na, wat sehn meene Ojen, hungerkollrich wie se schon uff de Kirchentier jlotzen? Een Relief sehn se mit Noahn, wie er jrade die ältste Tochta bejattet, wobei die jingere, schon an die Reihe jewesen, dichte bei liejt. Und ik saje dia, elf Jahre wa ik, da hab ik schon in nem alten Schmöker Säulen jefunden mit schweinische Vazierung, jestrotzt ham sie nur man so. Trotzdem hat det noch keen besondern Eindruck uff mir jemacht. Aba Noah ... nee ... Wart, Hundejast, ik zieh lieba 'n Laden zu un lech 'n Riejel vor. Besser ist besser.«

Hundegast hob mühsam den einbandagierten Kopf,

aus dem nur ein Auge blickte, und reckte sich unter Stöhnen aus dem feuchten Stroh zurecht.

Sprotte schlurfte zurück, einen mitleidigen Blick auf Hundegast lenkend und einen trübseligen auf seine ausgegangene Pfeife. Dann warf er sich auf das Stroh nieder neben Hundegast, legte die Pfeife weg und seine Hände zwischen die prallen Schenkel, um sie dieserart zu wärmen. »Wat soll ich dia sajen, Hundejast, meene Kaischheit bin ik natierlich schon vill frieher valustisch jegang. Det wa damals mit sechzehn bei meene Tante, die wo frieher mit ner Brille uff'n Strich jing, ne hohe Fuchzijerin un noch ne sehr üppje Dame, als ik ihr 'n Schlafpulver jab von wejen meener jewaltigen Neujierde nach die Beschaffenheet von ihre kolossalen Beene. Bei diesa Jelejenheet habe ik iebrijens entdeckt, det ik zu Höherm jeborn bin. Et fehlte man bloß det klare Sehn, jewissermaßn der jroße Schwamm, wo nachher allens janz anders aussieht. Und nu Noah ... Bejreifste? Ik weeß, dette bejreifst, Hundejast. Also ik jlotze uff besachtes Relief. Natierlich bin ik zu potent und mit die Schamlosichkeet sozusajen von sonem Kunstwerk kann ik nich mit. Ik wa bloß schwea erjötzt von wejen ausjerechnet an die Kirche mit ran und von wejen Noahs Jründlichkeet und so ne Chuzpe von nem Familienvater und so ... Ik schmuse. Total, der Mann hat mia imponiert. Ik bin eben n duftes Jehirne und sone Sachn machn aus mia keen Idioten, wat sich einredet, mit Noah is keen Staat zu machn. Nee, ik sehe da klar. Ik sah man janz klar. Und habe sofort heftich darunta jelittn, det ik meene Schwester Rieke ausjelassen habe, wo det Meechen doch, wenn se mia bloß ansichtich wurde, wahhaftich nich mit ihre Reize jeizte. Vorbei is vorbei. Jejenwärtich is Rieke in Saigon schwanger, sachte ik mia, und Mutta von jlatt drei Bäljer, also schon nich mehr, wat se jewesen, und die enorme Entfernung nich zu vajessen. Nee, sachte ik mia, det is vorbei. Aba meen jewissermaßen empörtet Jemiet erblickte ne dolle Lücke, wat sache ik Lücke, det wa ne Erlebnis-Pleite, ne unvazeihliche Untalassungssinde ... Ik schmuse. Total, ik wa familienweese uff det janze Kirchdorf schaf und sachte mia: Sprotte, de bist ne runde Numma!«

Hundegast griff sich mit beiden Händen an den Kopf. Sein Unterleib wackelte.

Sprotte neigte sich über ihn. »Wat, Hundejast, de meckerst schon? Na, denn wirste bald wieda ieba de Wiese renn! Junge, Junge!« Er schob sich hoch, da der heruntergebrannte Lichtstumpf, der auf einer Holzkiste klebte, zu verlöschen drohte, zog eine Stearinkerze aus der Weste und während er sie lautlos installierte, hörte man die Ratten unter den unterwühlten Dielen pfeifen und einen Köter sich flohen. Sprotte versetzte ihm einen freundschaftlichen Tritt, bevor er sich auf das Stroh zurückgleiten ließ. »Wo wa ik man stehn jebliebn. Jawoll, bei meene runde Numma.« Er lachte heulend. »Siehste, Hundejast, de bist ooch ne runde Numma, nich bloß weil de jejenwörtich weißjott rund bist. Kannste mia denn iebahaupt erkenn aus die weiße Kujel raus?«

Hundegast nickte ein wenig

Sprotte lächelte zufrieden und setzte sich, die Knie mit den Händen gegen den Leib ziehend. »Na also, det wa damals in Italien sozusajn meene Wiedajeburt. Nu wa ik janz helle. Nu konnte man mia nich mehr. Nu jabs keen Halten. Det wa der jroße Schwamm jewesn mit Noah. Ik kam von da unten zurick mit sehr villem Jelde und mit nem System. Det is ja det Malhör von dich, dette keen System hast. Hättste een System jehabt, hätten se dia nich so hibsch jekonnt. Na, det wird ja nich wieda vorkomm. Nu biste ja woll fitt jetanzt. Wat willste. Bist ja noch nich finfunzwanzich. Nua, wenn eener mit Dreißich noch nich is, wo er hinjehört, denn jehört er hin, wo er is. Wat willste. System is eben der Kitt vons Janze. N steifer Jewinn is nur systematisch zu azieln un ooch det wahre Vajniejen, wo ik jeradezu mit Unendlich multipliziere, wenn ick et jewinnbringend jestalte. System is imma Jewinn. System is Jlick. Die Stejreifklauer sind det personifizierte Prozeßfutta. Jelejenheet macht nich bloß Gannoven, se macht ooch Vorbestrafte, Hundejast. Na, de bist ja noch mits blaue Oje davonjekommen, det heißt, et is ja nich bloß een blauet Oje, aba ik saje dia, et is jut so. Nu biste fitt. Nu wirste ...«

Hundegast knurrte dumpf.

»Sollst nich mit mia achseln!« Sprotte versetzte einer unweit von ihm auf dem Boden liegenden zerbrochenen Ziehharmonika einen unwilligen Schlag, so daß sie leise erbrummte. »Wenn ik saje System, so is et doch det Jejebene, det nich jeda Stift in die Straße weeß, von wat ik orjle, vaschteste. Ik meene, det is natierlich meen Jeheimnis. Aba so vill kann ik dia sajen, wat 'n Kenna ist un keen fauler Kopp, der weeß, det man sich perfektionieren muß im Sinne von die vorhandnen Vorzüje. Und Hundejast, de hast Vorzüje. Is et nich ne seltne Sache, wie de mit eener eenzjen Hand ...«

Hundegast grunzte bescheiden.

Sprotte erhob sich, um ein Bedürfnis zu verrichten. Da aber ein plötzlicher Regen auf das Asphaltdach der Scheune zu prasseln begann, schlurfte Sprotte in eine Ecke, vor der ein leeres reifenloses Faß stand, und ließ die Hose herunter. Worauf er, alsbald in voller Verrichtung, von neuem anhub: »Wat soll ik dia sajen, Hundejast, ik bin von da unten zurickjekomm als een jemachter Mann. Als stolzer Professionel, wie Juste imma sachte, die in Lyon Priejelmassöse war. Und als een sicherer Systematiker, wie *ik* saje. Natierlich werd ik dia nich vormachen, wie ik arbeete. Det kannste nich verlang. Aba ik werde dia wat erzähln, wat sich vorzüjlich eijnet für denne janze Laje und wat mia nach Noah dea wichtichste Momente von meene janze Laufbahn jewesen is. Et wa in Hamburg, ne vafluchte Stadt. Ik wa im ›Efeu‹ abjestiejen. Jleich beim Bahnhof. Weeßte, ik liebe die Bahnheefe, die Schnellzüje un die kleenen Hotels bei'n Bahnheefen ... Ik hatte ne dufte Sache in die Finger. Da stellt mia der Wirt 'n Meechen vor. Na, eejentlich wa et mehr ne Zulle, fast mecht man sprechn ne Dame. Jarderobe, Manieren, Jesundheet, alles da. Acht Tage machte ik den janzen Wirbel mit. Sojar de Briste hat se schultern kenn. Da fliecht pletzlich der Oba raus. Der Naie wa Wise, een juter Bekannter von mia. Bißken zimperlich. Wie ik 'n sehe, zwinkere ik so, det er mia vaschteht. Am andern Abend erwischt er mia im Flur un steckt mia im Vorbeijehn, det der Wirt een ehmaljer Zuchthaisler is und det 'n jetzt die Polente bezahlt. Ik saje danke und denke mia: Sprotte, de bist noch janz frisch, hast nich een Tach im Kittchen jehängt, bist 'n saubrer Solitär, nich in de Hand, meene Herrschaften ...

Tja, weit jefehlt! Wat soll ik dia sajen, et wurde een jroßer Jestank. Ik wollte jerade zu Kläre rieber und ihr adjee sajen, da türmt Wise rin, ne Vase mit drei Nelken ausjerechnet in die Hand, uff mich zu und japst: ›Teilach, Sprotte, denne Kläre is 'n Lockspitzel! Ik hab ihr im Korridor jesehn, wie se mitm Wirt gezischelt hat.‹ Wat soll ik dia sajen, in finf Minuten wa ik bei ihr un saje et ihr uff'n Kopp zu. Det wa jroßartich, wie sich det Luda jehalten hat! Aba ik habe jewußt, det se sich bloß hält. Denn ik habe jesehn, wie ihr Popo jezittert hat. Na, ik habe jejrinst, det et nua son Vajniejen wa. Da will se mia niedaspottn und rickt det Strumpfband heher, damit ik jereizt bin un bei ihre Beene bleibe. Ik spucke ihr hin un will jehn. Da fliecht de Seitentier uff, zweie packen mia un een dritta schnappt in meene Tasche un zieht hastenichjesehn een Brillantring un ne richtje Perlenbrosche, allens schwere Ziffern. Natierlich hatt ik von dem janzen Quietsch keene blasse Ahnung, aba die Kläre sacht, et jehört ihr un sie hätt et schon vorjestern vamißt. Wat soll ik dia sajen, in ner halten Stunde saß ik feste. Ik habe noch den Fehla jemacht, mia zu vateidijen. N jroßer Stuß gewesen! Uffrichtichkeet is det Vadächtichste fier sone Laite! Sechs Monate mußt ik abschwimm. Ik, bei dem et imma det erste wa, wenn ik 'n naies Jesichte sehe, det ik mia sofort saje, det kennte ne Polizeikreatur sind. Ik habe et mia ja ooch bei die Kläre jesacht, aba ik habe jejloobt, ik bin sicha, wo doch keen eenzjer Mensch … Na, siehste, et wa wejen Wise. Det ham de Hunde woll jesehn oda wa er selber 'n Hund jewesen schon frieher, wat weeß man. Die zerschnittne Neese hat er jehabt un jebrannte Locken ooch. Muß ja nich effek-

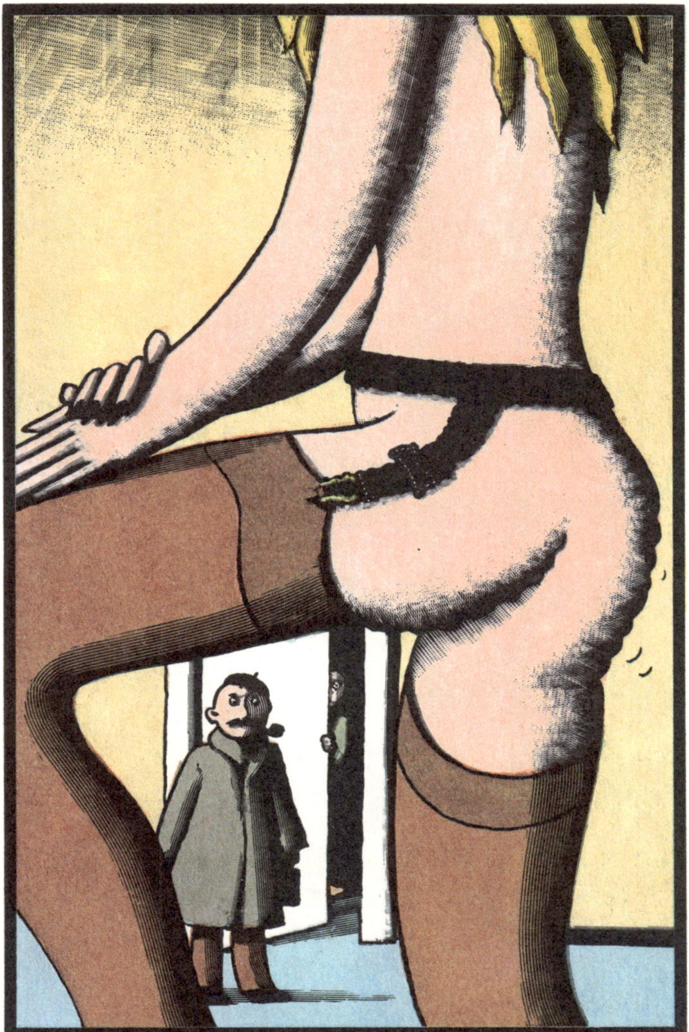

Seite 208. Denn ik habe jesehn, wie ihr Popo ...

tiv stimm, aba ik habe det erst späta erfahrn, det se die Spitzel, wenn se sie festklemm, mit 'n Messer de Nasenspitze karieren. Merk dia det, Hundejast, det is ne Richtschnua. Ooch wenn eener so zimperlich is ... Schmus. Ik totalisiere: Erstens brauchste een System, Hundejast, und zweetens brauchste de passive Resistenz. De darfst nischt mitmachn. Aba schon jar nischt. Nich mit nem Anton un nich mit ner Seege. Und nich mit niemanden nich. Det is so vill wie Knast jeschoben. Det is jedalldorft. Jedalldorft, saje ik dia ... jawoll ...«

Sprotte lachte dröhnend, dieweil er sich sehr primitiv beendete.

Hundegast hatte sich in die Seite gedreht und wandte dem heranschlurfenden Sprotte den schmerzenden Kopf zu. Das winzig freie Auge erglänzte im Licht der Kerze.

Sprottes Schnurrbart zuckte, als er sich niederließ. »Jedalldorft, saja ik dia!« Er drohte fürchterlich mit dem ganzen Gesicht.

Hundegasts Blick wedelte.

»Nua nich weich wern!« Sprotte winkte mit beiden Händen ab. »Ik weeß det am besten. Is nich leicht, so ohne 'n Blick, der sacht, det haste jut jemacht. Nich leicht. Aba et muß sind. Ik habe een jekannt, dem se 'n Mitjeher wechjeschossen ham. Un weeßte warum? Der hat son Spitzel de Holzhand nachjeschmissn und der hat jejloobt, et is ne Handjranate. Armer Taifel! Der andere aba hat det nich ausjehalten so alleene. Der is aus Langeweile, nua um Jesichta zu sehn, direkt unvorsichtich jeworn, jeradezu in de Polente hineinjeloofen. Natierlich warn se ihm jleich hintaher. Aba wat macht det Roß Jottes? Statt sich hinzulejen und assyrisch zu kaffern, arbeetet er weiter, Fliejenbesetzung. Macht noch ihre Bekanntschaft, machts ihn noch leicht. Een janzes Jahr ham se 'n herumjehetzt un zujesetzt mit n' janzen Dreck, den se ham. Kunststick! Wenn ik fier Jemeenheeten von staatswejen honoriert werde, leiste ik det ooch. Aba een, von dem man nich weeß, ob er wat dreht oda nich, zu dem machn, wat se brauchn fier feste Jemmchen zu vaknalln, damit son Kerl avangsiert un ne Dekoration kriecht, wie se 's mit mia jedaichselt ham, nee, det würd ik nich machn. Det is jeschmacklos. Mehr saje ik nich.«

Hundegast versuchte ächzend, sich aufzusetzen. Es war deutlich, daß er etwas sagen wollte.

Sprotte drängte ihn sanft auf das Stroh zurück und bettete seinen Kopf vorsichtig höher. »Is jut, Junge, is jut. Ik weeß et ja schon längst. Bei dia wa et noch nicht det fehlende System, bei dia wa et schon die Polente. Scheen ham se dia zujerichtet, die Bande! Ham se dia valleicht ooch bestohln wie mia? Na, kannst es mia erzähln, wenn de wieda janz bist. Obwohl ik mia den janzen Dreck ja denken kann. Und wenn de et mia nicht erzählst, is et noch besser. Fang lieba jleich bei mia an mit die passive Resistenz!« Er brüllte höhnisch auf. »Und warum ik dia det allens vorschmuse, wat? Ik Oberroß Jottes? Weeßte, Hundejast, et jibt Ojenblicke, wenn ik dia da so liejen sehe und wo ik eben so janz aleene bin, da packts een und man kann nich anders und wirkt bleede. Und ik sache mia, wat, een Napoleon biste ooch nich un et kann dia ooch noch mal passiern, dette so wo liechst und det et janz hibsch wäre, wenn dia da eener wat vorschmust. Is ja verflucht dreckich, mit nem kaputten Kopp in een nassen Stall liechen un nich rauskönn und nischt zu fressen ham. Aba haste noch Jlick jehabt, dette Moritz erwischt hast. War er alleen, wie de jekomm bist?«

Hundegast nickte

»Is jut«, lobte Sprotte und hob seine Pfeife auf. »Aba wenn de wieda draußen bist, schenkst ihm een Joldstick. Moritz is 'n patenter Watteonkel, aba ik hab 'n in Vadacht, det er 'n Rumblaser is, fast mecht man sprechen 'n Anjeber von janz hintenrum. Wenn de 'n aba jut schmierst, kommts ihm uff detselbe raus und wer weeß, ob de 'n nich noch mal brauchst.«

Hundegast legte seine blutleeren mageren Finger auf Sprottes Hand, der sie nach einigen Sekunden langsam zurückzog und aufstand. Und ganz plötzlich ging ein heftiges Zucken über ihn hin. Er ballte die Faust, daß die Pfeife knarrend zerbrach, und stieß zwischen den Zähnen hervor: »Weeßte, ik scheiße uff de janze Welt, mia inklusive! Wenn ik den, der den janzen Dreck da jestimpert hat, mal vor die Faiste kriejen kennte, die Fresse wird ik ihm einschlajen ... Na, is jut. Ik komm morjen wieda, wenns finster is, un mit nem schmalzjen Rumfutsch. Adjes. Ik schwanke ab.«

Sprotte hatte sich bereits der Tür genähert, als ein Geräusch ihn veranlaßte, sich umzuwenden.

Hundegast hatte sich aufgesetzt, gespenstisch beleuchtet von der flackernden Kerze, und winkte Sprotte zu sich zurück. Als dieser vor ihm stand, griff Hundegast sich unters Hemd und zog einen Lederbeutel hervor, den er Sprotte hinhielt.

Der nahm ihn verwundert, zuckte die Achseln, ging dann aber doch zur Kerze und öffnete ihn. Er enthielt mehrere Dutzend Tausendmarkscheine. »Det also is denne Sore. Na scheen, ik jratuliere dia, Junge. Da kannste dia ne Existenz von uffmachen, wenn de nicht bleede bist.«

Hundegast nahm den Lederbeutel, den Sprotte ihm auf die Knie geworfen hatte, zupfte vier Tausendmarkscheine heraus und legte sie Sprotte vor die Füße.

Sprotte zögerte. »Jetzt biste jeriehrt wie 'n altes Weib, ik weeß. Und wenn de wieda janz bist und ik den Kesch valleicht nich mehr herjebe, hab ik dia zum Feind.«

Hundegast machte eine wilde Handbewegung.

»Na, is jut.« Sprotte hob die Scheine auf und befühlte sie. »Wenn de jetzt schon Jefiehle haben mußt, denn jib mich denne Hand druff, dette von mia niemals nich een Wort daherquasselst, dette imma sajen wirst: »Sprotte, Sprotte, kenn ik nich! Soll aba 'n juter Fisch sind, wenn man 'n richtich frißt ... Und nu is jut, Junge, und lech dich wieda hin und vafiehr mia det Biest nich. Pscht, Bismarck, wech!« Er versetzte dem Köter einen freundschaftlichen Tritt. Dann gab er Hundegast schnell noch einmal die Hand und eilte zur Tür. Bevor er sie schloß, steckte er den Kopf durch die Spalte und rief: »Dobronoz!«

# Narziss

»Paulchen von Beisiegl … zu dienen.«

»Paulchen …?«

»Ich finde die Liebe genußreich, aber sinnlos.«

Frau Prollius, die wie so manche ehrsame kölnische Hausfrau sich nicht zu erhaben dünkte, vornehme Straßenbekanntschaften zu machen, schüttelte lachend den Kopf. »Also, lustig sind Sie. Aber wenn Sie sich einbilden, daß ich … dann gehen Sie lieber!«

»Psychologie ist, sich nichts gefallen zu lassen.« Von Beisiegl begann langsam zu gehen. »Da Sie nun aber wissen, daß ich das weiß, wäre es klüger, sich einiges gefallen zu lassen.«

Frau Prollius, die literarische Ambitionen hatte, witterte sofort den Schöngeist und bog mit ihm auf den Hansaring ein. »Solange Sie sich auf Redensarten beschränken, dürfen Sie sich viel erlauben.«

»Wenn ich nicht überzeugt wäre, dadurch kokett zu wirken, würde ich jetzt fluchen.« Von Beisiegl öffnete seinen Handschuh.

»Stört er Sie bei dieser Unterlassung?« Frau Prollius wurde immer wohler. »Aber warum wollten Sie denn nur fluchen?«

»Weil die Gewißheit sich mir einstellte, daß ich keinen vernünftigen Effekt erzielen würde, wollte ich Ihnen einen Zwanzigmark-Schein in die Pfote stecken.«

Innerlich sich zwar fühlend, hielt Frau Prollius es doch für richtiger, abzuwehren. »Ich sagte, Sie dürfen sich viel ... Alles dürfen Sie sich aber nicht erlauben.«

»Immer nur halb!« Von Beisiegls Lippen schürzten sich salopp. »Wären alle Bösen nicht auch ein wenig gut und alle Guten nicht so sehr böse, dann dürfte man sich alles erlauben, ohne die Überzahl, in der die Dummen sich befinden, noch zu vermehren.«

»Ihr Kopf scheint ein Kaleidoskop zu sein!« Frau Prollius legte überlegen die Hände auf den Rücken.

Von Beisiegl senkte kurz die Augen: das war eine überraschend feine Antwort gewesen. Deshalb äußerte er lax: »Sie werden noch als Prestige-Jägerin enden, wie alle, die zu gescheit sind, um ihren Neid, und zu feig, um ihre Dominationslust zu zeigen.«

»Halten Sie mir bitte keine Vorlesung aus Ihrer Schreibtischlade.« Frau Prollius hemmte geziert den Schritt. »Sie haben doch so amüsant angefangen, Sie Paulchen.«

»Gnädige Frau«, sang von Beisiegl, süß grinsend, »ich bin von dem Fehler junger Intelligenzen, sich zu überschätzen, in einem Maße frei, daß ich geradezu am Laster der Selbstverachtung leide.«

»Das hätte ich am wenigsten erwartet.« Zum ersten Mal, seit sie mit diesem eleganten jungen Mann sprach, fiel Frau Prollius auf, daß im Grunde alles an ihm widerspruchsvoll war; nicht nur die ungebügelte Hose und das Jicky-Parfum, die abgenützten Schuhe und der teure Pelz. Um das Unangenehme dieser Beobachtung sich wegzuschieben, aber auch um sie zu kontrollieren, fragte sie unsicher: »Sie haben doch sicherlich schon ein tolles Leben hinter sich, nicht wahr?«

»Um ein Leben zu schildern, braucht man einen Gesichtspunkt. Das Leben aber, das ich bisher geführt habe, hatte keinen. Ich führe es täglich anders. Oft stündlich.« Von Beisiegl hustete müde.

»Das kann ja nett werden!« Frau Prollius lachte, allerdings noch sehr unfrei. »Aber warum dieser schroffe Wechsel, wenn ich fragen darf?«

»Das unerschöpfliche Chaos ... seine ungeahnten Genüsse ... seine Blödheiten ...« Von Beisiegl blickte in eine Auslage, als spräche er von Sardinen. »Einen Messerstich durch die Brust, so daß die Spitze aus den Rükken ragt, kann zum Wohlgefühl werden. Es kommt nur auf die Achse an. Schon an Vormittagen auf den Terrassen der Cafés tanzen, in vornehmen Restaurants plötzlich ordinäre Lieder singen, ausnahmslos lügen, die Lügen widerrufen, aber sogleich den Widerruf, sich selber widerrufen, seine letzte Viertelstunde und seine letzte Silbe ... Das alles, meine Gnädige, kann einem etwas bedeuten.«

Er schneuzte sich gleichgültig in ein blutigrotes Seidentaschentuch von übertriebener Größe.

Frau Prollius drehte sich gelinde der Kopf. Aber wie wohl viele ihrer Standesgenossinnen, statt mißtrauisch zu werden, sich unzureichend vorgekommen wären, so glaubte auch sie, daß es nur an ihr läge. Fast schon kleinmütig, sagte sie: »Ihre Weltanschauung ist sehr apart, aber ...«

»Weltanschauung?« Von Beisiegl lächelte wehmühtig. »Immer nur ein ästhetisches Bekenntnis. Das ist stets prekär.«

Frau Prollius hatte das Bedürfnis, ihm das Sprechen

leichter zu machen. »Mir gegenüber nicht. Denn ich fühle, was Sie meinen.«

»Wollte ich meine Weltanschauung mit Argumenten behängen, also mit Zitaten, würde ich mir den Magen verderben.« Von Beisiegl sog pfeifend an einem hohlen Zahn. »Und wollte ich, um den nötigen autoritativen Effekt zu erzielen, Zitate selber erfinden, würde ich mich eines zu großen Privatvergnügens berauben. Ich ziehe es deshalb vor, wenn man meinen Argumenten zu Leibe geht, sie mit diesem zu illustrieren.« Er machte große feuchte Tieraugen gegen den Himmel.

Frau Prollius hatte sich nunmehr an all diese Seltsamkeiten gewöhnt, ohne allzu sehr an Initiative eingebüßt zu haben. »Illustrieren Sie, Herr von Beisiegl!«

»Sagen Sie Paulchen zu mir! Das stärkt mein verbogenes Herz!«

»Sie sollten sich nicht alles so zu Herzen nehmen ... Paulchen.« Frau Prollius glaubte plötzlich, des Rätsels Lösung zu haben.

Von Beisiegl aber hob die Hand und schlug ihr schmerzhaft auf den Arm.

Jäh errötend und außerstande, zu sprechen, blieb Frau Prollius stehen.

Von Beisiegl blickte ihr auf den Busen. »Noch nie gab es ein besseres Mittel, etwas ad absurdum zu führen, als es mit der Hand zu tun ... Vielleicht gehen wir die Riehler Straße weiter.«

Frau Prollius folgte ihm wie willenlos, da sie drei Autos hatten ausweichen müssen. Hierauf redete sie sich ein, sie sei zu wohlerzogen, um kurzerhand kehrtmachen zu dürfen. Dies umso leichter, als von Beisiegls

Stimme, plötzlich in weichster Schwingung, also sich vernehmen ließ: »Auch mit mir selber verfahre ich ganz schonungslos, wenn es sich darum handelt, mich ad absurdum zu führen. Das ist sehr gut für die Psyche.«

»Sie machen sich aus Perversität so schwer verständlich.« Irgendwie mußte Frau Prollius ihren Unmut entweichen lassen. »Sie sind so eitel, daß Sie tun, als wären Sie es nicht.«

»Was?« Von Beisiegl rollte zornig die Augen. »Das wagen Sie mir ...?«

Frau Prollius erschrak. »Verzeihen Sie ...«

»Ha!« schrie von Beisiegl, so daß zwei Passanten lachend sich umwandten. »Ich bin der Allereitelste, den jemals die Erde getragen hat. Was nicht einmal dadurch, daß ich es zugebe, gemildert wird. Denn ich verzichte auf den billigen Scherz, mir einzubilden, man nivelliere seine Schwächen und Fehler, indem man sie lächelnd oder sachlich zugibt.«

Frau Prollius hielt sich die Ohren zu. »Sie sind eine unerträgliche Mischung von Selbstvergötterung und Selbstbespeiung.«

»Auch mein Liebesleben strotzt nur so von Blödheiten«, jammerte von Beisiegl komisch.

Frau Prollius blieb nichts anderes übrig, als zu lachen, wenn sie ihren Begleiter nicht verlassen wollte. Und da sie das begreiflicherweise längst nicht mehr vermochte, lachte sie noch lauter, um sich gleichsam zu bekräftigen. »Damit verschonen Sie mich bitte!«

»Niemals!« Von Beisiegl gähnte.

Frau Prollius, die vor lüsterner Neugier nichts gehört

hatte, berührte seinen Arm. »Ich wollte sagen, daß Sie es mir schonend beibringen sollen.«

»Schonen werde ich Sie. Denn ich bin vielleicht auch der boshafteste Mensch unter der Sonne. Obwohl ich mich noch nie für einen guten ausgegeben habe. Deshalb aber zeichnete sich mein Liebesleben durch völlige Wahllosigkeit aus und letzte Monstrositäten. Was mir auch in den Weg kam, ob Frau oder Mädchen, ob alt oder jung, ob Kokotte oder Päderast, ob Hund oder Katz ... stets versuchte ich es.« Von Beisiegl schnupfte nonchalant.

»Was?« rief Frau Prollius entsetzt, »... oder Katz?«

»Gelang es nicht, so ließ ich das jeweilige Lebewesen stehen und schritt zum nächsten. Gelang es, so nahm es den üblichen Verlauf ins nächste Stundenhotel, wo es in der Regel zu Prügeleien kam.« Von Beisiegls Hand wies mißbilligend zur Ruhe. »Ich reagiere nämlich auf jedes zärtliche Wort, dessen betrügerische Absicht mir klar ist, mit Schlägen. Fehlt diese, wie in Ihrem Fall, so schlage ich zur Vorsicht. Diese Behandlung ermöglicht es mir, eine aufrichtige Situation herbeizuführen. Manchmal sogar Sympathie und Anhänglichkeit. Deshalb wählte ich stets die miserable Behandlung als den sichersten Weg zum Herzen des Weibes. Den zu Ihrem gedenke ich jedoch überhaupt nicht einzuschlagen, weil ich Ihre Bekanntschaft zu regulär gemacht habe.«

Frau Prollius wußte nicht, wie ihr geschah. Immer wieder verdroß es sie, daß sie sich noch zu wundern vermochte.

Von Beisiegl lächelte geringschätzig. »Irregulär hätte

ich Sie kennengelernt, wenn es in Mailand gewesen wäre. Dann wären Sie übrigens heute meine Frau.«

Frau Prollius hatte dieselbe Empfindung, die sie einst im Schleuderwägelchen des Berliner Lunaparkes gehabt hatte. Sie sah aus wie eine Schwerkranke.

»Denn in Mailand war ich einmal auf dem äußersten Minus-qui-vive.« Von Beisiegl betonte jedes Wort bedächtig. »Ich beschloß nämlich, die erste Frau, die mir auf der Via Torino einen aufmunternden Blick widmen würde, zu heiraten. Grauen und Wollust zugleich packten mich. Mein ganzes künftiges Leben hatte ich auf eine einzige Karte gesetzt, die ich das wahnwitzige Leben ziehen lassen wollte.«

Frau Prollius, die sich wieder eingefangen hatte, staunte neugierig zu ihm empor: »Toll!«

Von Beisiegl atmete kaum, allem Anschein nach ob dieser Anerkennung. »Nun, diese Frau war eine Knirpsin. Im Café Biffi, in das ich sie führte, bemerkte ich, daß sie von abstoßender Häßlichkeit war. Außerdem stank sie penetrant und undefinierbar, war aber sehr gut gekleidet.«

»Sie stank?«

»Sie stank. Mir stieg das Blut zu Kopf. Ich hatte Moira zu sehr herausgefordert, mir zu viel zugemutet. Wortlos rannte ich davon und wollte mir eine Kugel durch den Kopf jagen.«

»Aber weshalb denn nur?«

»Glücklicherweise hatte ich damals vorübergehend ein ebenso kurzes Gedächtnis wie Sie.«

»Wieso?«

»Mir erleichterten es allerdings Zahnschmerzen, zu vergessen, daß ich keine Karte mehr hatte.«

Frau Prollius war wie außer Atem: »Keine Karte mehr?«

»Die letzte hatte ich auf den aufmunternden Blick gesetzt und verloren.« Von Beisiegl hauchte das Folgende nur: »Aber obwohl ich verspielt hatte und das Recht verwirkt, zu leben, ließ ich mich dazu herbei, zu vegetieren, indem ich mich mit einjährigem Hausarrest bestrafte. Auf meine Wohnungstür schrieb ich: ›Reservato el derecho de admisión.‹ Klingelte es, so öffnete ich fast nie, sondern rief: ›Il y a du monde.‹ Aber das alles langweilt Sie doch sicherlich.«

Frau Prollius zappelte vor Ungeduld mit allen Gliedmaßen. »Aber nein. Es interessiert mich ganz kolossal.«

»Wenn ich aber einmal öffnete ...« Von Beisiegl war ein wenig aus dem Schwung geraten. »... schmetterte ich schnell wieder die Tür zu.« Er hielt inne, als hätte er es soeben getan. »So blieb ich ein ganzes Jahr allein.«

»Sie hatten ja noch Ihre Tiere«, meinte Frau Prollius ernst.

Von Beisiegl verspürte einen unbezwinglichen Lachreiz, besiegte ihn aber gleichwohl spurlos. »Damals schätzte ich das nicht mehr. Ich hatte eine Gummipuppe.«

Frau Prollius' Mund blieb offen, ihre Lunge gänzlich untätig.

»Durch eine im Rücken angebrachte Öffnung konnte sie mit warmen Wasser gefüllt werden, so daß sie schon ein trefflich Stück Illusion zu bieten vermochte. Umsomehr als sie in ihrem essentiellsten Teil durchaus gebrauchsfähig eingerichtet war.«

Puterrot werdend, blieb Frau Prollius wie erschöpft stehen.

Selbst sein Hauchen dämpfte von Beisiegl nun noch: »Nachdem ich von dem gelieferten Dutzend Wachsköpfe genug hatte, fertigte ich mir selbst welche an. Und zwar nach den Gesichtern der Schönen Mailands.«

Frau Prollius mußte, wollte sie ihn verstehen, fest an ihn sich pressen. Er tat, als litte er es nur.

»So hatte ich alle Begehrenswerten im Bett und in effigie benützt.«

»Wie macht man denn das?« lispelte Frau Prollius.

»Vorsichtig«, näselte von Beisiegl bedeutungsvoll. »Und als mein Jahr der Strafe um war ...«

»In eff ... Aber wie ...« Frau Prollius fragte nicht weiter, obwohl sie unsäglich bedauerte, nicht die Unverfrorenheit dazu zu haben.

»... verließ ich die Wohnung.« Von Beisiegl weidete sich an seinem Opfer. »Auf dem Tisch ließ ich einen Irrigator zurück, halb voll Wasser und darin eine Lilie. In einer Blechkiste hatte ich ein Kohlenfeuer angefacht, damit der Rauch Neugierige anlocke. Ich sah draußen in einer Verkleidung zu, wie sie über meine Puppen sich entsetzten.«

Frau Prollius, die angespannt auf etwas ganz Bestimmtes zu warten schien, kränkte es, daß er nicht weiter erzählte. In plötzlich sich einstellendem Stolz aber beschränkte sie sich darauf, glühend zu ihm emporzublicken. Von Beisiegl trat brutal zur Seite, mißgestimmt darüber, daß ihm nichts mehr einfallen wollte.

Frau Prollius aber, diese Qual nicht länger ertragend, platzte heraus: »Aber warum wäre ich ich denn sonst heute Ihre Frau?«

Das war von Beisiegl völlig entfallen. Wieder verspürte er jenen unbezwinglichen Lachreiz, besiegte ihn aber gleichwohl wiederum spurlos, indem er zum Falsett überging: »Sie wären meine Frau geworden ...« Er blickte starr vor sich hin: sein Dampf war abgegeben.

Da lächelte er plötzlich hämisch.

Frau Prollius, nichts begreifend, als daß es sie zwang, es wissen zu wollen, sprang geradezu an ihm hoch: »Also warum denn? Warum hätten Sie mich geheiratet? Sie lächeln?«

»Weil ich den zoologischen Garten sehe.« Von Beisiegl schritt mächtig aus.

Frau Prollius hielt sich mühsam hinter ihm. »Also warum ... geheiratet?« Sie merkte immer noch nicht, wie albern alles war, was sie sagte und tat.

»Sagen Sie Paulchen zu mir!« Von Beisiegl falsettierte unentwegt, wenn auch infolge des schnellen Gehens nicht mehr so einheitlich.

»Also bitte, Paulchen, sagen Sie es mir!«

»Im Zoo. Den brauche ich dazu.«

»Warum? Paulchen?«

»Sie werden bald sehen, wozu.«

Als sie angelangt waren, winselte Frau Prollius: »Also, antworten Sie!«

Von Beisiegl marschierte unbarmherzig weiter. Erst in der Nähe des Löwenhauses blieb er stehen, ergriff Frau Prollius' Hand und zog die gänzlich Widerstandslose in ein Boskett. Und mit einem Mal öffnete er mit beiden

Händen weit seinen Pelzmantel, unter dem sein magerer weißer Körper in völliger Nacktheit erschien.

Frau Prollius' Augen umflorten sich. Ihr Handtäschchen fiel in den Schnee. Da aber sah sie deutlich. Und was sie sah, ließ sie gell aufschreien. Wie besessen rannte sie davon.

»Narziß!« röchelte von Beisiegl. »Narziß!« Dann schloß er mit zuckenden Lippen Mantel und Augen …

Bevor er das Boskett verließ, steckte er das Handtäschchen, in dem dreihundert Mark sich befanden, ein, ohne zu zögern.

# Das Loch in der Weste

Es war sechs Uhr nachmittags, als Vinzeriche den Tea Room ABC in der York Street betrat. Er setzte sich ganz hinten in eine Ecke und wartete.

Da trat er auch schon ein. Es war ein schlecht gekleideter junger Mann, der einen fadenscheinig gewordenen Trump trug, ein »Brettchen«, mit daran fixiertem Kragen und schwarzer Krawatte. Das Gesicht, das allein Vinzeriche veranlaßt hatte, in den Tea Room einzutreten, war fast unnatürlich mager und das eines ungewöhnlichen Menschen. Daß der junge Mann ihm gefolgt war, bewies zwar noch nichts: wie viele der unwahrscheinlichsten und schillerndsten Schein-Situationen hatte Vinzeriche nicht schon erlebt; hier aber, in diesem entlegenen Lokal, würde es sich bald eindeutig zeigen, ob …

Der junge Mann trat an den zweitnächsten Tisch. Miteins aber schien er eines andern sich zu besinnen und setzte sich an den Nebentisch, Vinzeriche schräg gegenüber.

Dieser wollte es immer noch nicht glauben, obwohl es nach diesem geradezu schulmäßigen Manöver schon schwer war.

Die Kellnerin kam. Vinzeriche bestellte. Der junge Mann genau dasselbe.

»Das zweite Manöver.« Aber Vinzeriche wartete immer noch.

Nachdem serviert worden war, versuchte er, die Ent-

Seite 223. Da aber sah sie deutlich. Und was ...

scheidung zu beschleunigen, indem er mehrmals gähnte und mit den Fingern auf den Tisch trommelte. Aber es geschah nichts. Er wunderte sich. Und vergegenwärtigte sich sofort sämtliche Beobachtungen, die er gemacht hatte, seitdem der junge Mann ihm gefolgt war. Aber es war das tausendmal gesehene Bild gewesen. Plötzlich hörte er die Stimme. Er vernahm jedoch keines der Worte. Er hörte nur diese klare, dunkel vibrierende Stimme, die, während sie seinem Ohr den erwarteten Gegenbeweis zu liefern schien, eben dadurch, daß er sie überhaupt hörte, bewies, daß trotz ihr derjenige, dem sie zugehörte, ein ...

Vinzeriche gab sich innerlich einen Ruck: der junge Mann sprach ja noch immer, sprach mit ihm. Und sprach — deutsch.

»... Ihr Schweigen mich vermuten läßt, daß Sie nichts dagegen haben.« Der junge Mann trug sein Tee-Tablett zum Tisch Vinzeriches und setzte sich neben ihm auf die Rohrbank, sofort weitersprechend: »Sie haben sogleich, als Sie mich hinter sich erblickten, gewußt, was ich bin. Ich übernahm Sie in der Shaftesbury Avenue und fuhr neben Ihnen in die Underground hinunter. Bei der Trafalgar Square Station setzte ich mich neben Sie. Und von diesem Augenblick an hatte ich die Absicht, Ihnen zu sagen, was ich Ihnen jetzt ... Denn Ihr Gesicht kann nicht ... Ein gemeiner Verbrecher sieht ganz anders aus. Ich bin freilich erst ein halbes Jahr dabei ... aber ich ...« Seine Finger verkrampften sich ineinander. Ein fast grotesk banges, halb irres Lächeln sprang um seine Lippen. Seine Augen tränten und wurden undeutlich.

Vinzeriche blickte sie fest an. Als er sie wieder deutlich sah, war es ihm, als fröre jenes Lächeln gleichsam ein: die Zähne blieben getrennt, kein Atem passierte sie. Vinzeriche blickte auf die Hände; sie waren knochig, nervig, wenn auch sehr schmutzig und vervollständigten in ihrer schlanken Geschlossenheit den Eindruck dieses Menschen.

»Ich ...« Der junge Mann strich sich die Haare aus der Stirn, nahm mit zitternder Hand einen Schluck Tee und wischte sich mit einem Finger den Mund ab. »Es war mir eine Erleichterung, daß ich mit Ihnen würde deutsch sprechen können. Aber die Hauptsache war doch Ihr Gesicht. Ich habe mir gesagt: der – oder du findest nie wieder einen. Bitte schauen Sie mich nicht an! Ich kann sonst nicht weitersprechen. Thank you.« Er nahm abermals einen Schluck Tee. Es schien, als müßte er ihn hinunterwürgen. Dann holte er sich ein Päckchen aus der Tasche und zündete sich mit immer noch zitternder Hand eine Lucky Dream an. »Ja ... Ich habe ... Und ich will Ihnen jetzt also sagen, wie ich dazu gekommen bin. Ich werde Sie nicht mit Überflüssigkeiten langweilen. Meine Eltern sind mit mir aus Deutschland herübergekommen, als ich zwölf Jahre alt war, und starben nach zwei Monaten durch einen Unfall in der Fabrik. Nicht einen Debbish haben sie mir hinterlassen. Aber London ist groß, und die Abfälle liegen auf der Straße. Und nachts schlief ich mal da, mal dort. Ich habe sogar noch mehr gefunden, als ich brauchte, Zeitungen und Broschüren. Oft sogar Deutsches. Und dann habe ich stundenlang gelesen. Ich mag Zeitungen sehr. Denn so ist die Welt. Verlogen und böse. Und man kann sie nicht besser machen. Denn das Leben ist ein Krieg. Und wenn die Zeitungen nicht wären, würde ein Krieg nicht einen Tag später kommen. Man müßte die Regierungen abschaffen und die Polizei. Aber dann kommt die Anarchie. Denn die Welt ist böse. Ich habe mich schon oft gefragt, warum. Ich weiß nur, daß es immer so sein wird. Denn ich bin auch böse. Und jeder Nächste ist mein Feind ... O, beg your pardon ... Ich bin ganz anderswohin gekommen ... Glauben Sie mir bitte, daß ich mit diesem Leben zufrieden war. Es war mir lieber als das, das ich bei meinen Eltern geführt hatte. Aber da wurde ich einmal aufgegriffen. In der Holland Road Avenue vor der Castle Bar. Das war ja nun für einen so abgerissenen Jungen wie mich eine auffallende Gegend. Der Rozzer, der mich mitnahm, hat mich schon unterwegs ausgefragt. Hätte ich gewußt, was ich heute weiß, ich hätte ihm etwas vorgelogen und er hätte mich wieder laufen lassen. Die Nacht lag ich im Clink. Am nächsten Morgen gaben sie mir einen Sixpence und ließen mich hinaus. Jede Woche griffen sie mich nun anderswo auf. Und immer am Morgen einen Sixpence. Da hat einmal einer im Clink mit mir zu reden angefangen. Er redete die halbe Nacht. Damals habe ich schon geahnt, daß sie nicht mehr lockerlassen würden, und versteckte mich nun immer, so gut ich konnte. Es dauerte auch fast vier Wochen. Aber diesmal nahmen sie mein Maß, die Fingerabdrücke und fotografierten mich. Und immer öfter hatten sie mich jetzt. Und immer übler wurde es im Clink. Da blieb mir nichts anderes übrig als die Arbeit. Aber ich wurde überall weggeschickt. Ich merkte jedoch bald, daß man sie beeinflußt hatte. Denn oft, wenn ich schnell hineinlief und sogleich meine Bitte herunterstotterte, sagte man freundlich ja. Und wenn ich später zum Antritt wiederkam, sagten sie nein. Die von der Station hintertrieben es immer wieder. Sie hielten mich wohl für verwendbar. Ich sprach deutsch. Und da sie alles über mich wußten ... keine Verwandten, keine Freunde, kein Vormund, nicht einmal Bekanntschaften ... ein vogelfreier Londoner Vagabund ... da ließen sie nicht mehr locker. Was hätte ich in dieser Lage tun können? Aus London fliehen? Zweimal war ich noch nicht über die Stadt hinaus, da hatten sie mich schon. Das dritte Mal kam ich in einem Holzwagen bis Harwich. Aber am Hafen klaubten sie mich auf. Da habe ich es aufgegeben. Vom Morgen bis in die Nacht gehetzt zu werden wie ein wildes Tier, das hatte ich satt. Der Mensch ist nicht geschaffen, ein böses Schicksal, das er nicht ändern kann, lange zu ertragen. Er redet sich dann ein, daß er ja, wenn er auch tut, was seine Feinde wollen, später einmal doch wieder wird tun können, was er will. Und so fällt er hinein. So bin ich hineingefallen. Und mit fünfzehneinhalb Jahren ein Rozzers-Nark geworden, ein Ghoul.« Er legte die Zigarette, die längst ausgegangen war, auf die Untertasse, strich sich nervös die Haare aus der Stirn und wandte den Kopf ab.

Vinzeriche saß unbeweglich da. Er ließ diese Stimme in sich nachklingen. Sie war die schönste, die er seit Jahren gehört hatte. Und diese Geschichte die merkwürdigste. Mit einem Blick auf die neben ihm zuckende Wange vergewisserte er sich, daß die Bereitschaft des jungen Mannes, weiterzusprechen, ungebrochen war.

Ein kurzes Klirren. Irgend jemand hatte ein Geldstück in das mechanische Klavier geworfen, das »Destiny« zu spielen begann.

»Wie alt sind Sie jetzt?« Vinzeriche wünschte das Hemmende dieser Musik aufzuheben.

»Sechzehn.« Der junge Mann zündete sich die Zigarette wieder an und schien auf die Musik zu lauschen. Plötzlich zuckte er zusammen. Dann hüstelte er verlegen, während er das Tischtuch zurechtzupfte. »Sehr unangenehm diese Musik. Sie macht die Situation unklar. Ich mag überhaupt Musik nicht. Sie paßt nie dazu. Es ist eine Spielerei.« Sein Gesicht dehnte sich gequält. »Ich hatte gehofft, ich würde es ein paar Jahre aushalten und dann wohl eine Gelegenheit finden. Aber schon nach vierzehn Tagen hielt ich es nicht mehr aus und von einer Gelegenheit keine Spur. Und jetzt bin ich schon ein halbes Jahr dabei, mir ist zum Kotzen übel von allem und ... Und als ich Sie da in der Underground von der Seite her betrachtete ... Ich wußte doch, wer Sie sind: der geschickteste Kerl, der jemals die Ghouls an der Nase herumführte ... Da habe ich mir also gesagt: der — oder du findest nie wieder einen. Und was wissen sie schon von ihm? Nichts als daß er deutscher Abstammung ist und einer der gefährlichsten und waghalsigsten Verbrecher sein soll. Und wenn Sie es wirklich wären? Ich habe genug gelesen und erlebt und weiß, daß die Gesetze und die Moral von den Machthabern gemacht werden. Zum Schutz vor der Massenkonkurrenz. Und die Polizei ist ihnen so wichtig, weil sie die Vorsehung spielt. Ohne die Polizei gäbe es keine Religion, sondern Anarchie. Eine Institution, die das äußerste Gegenteil dessen ist, was sie aufrechtzuerhalten hilft, lenkt die

Geschicke eines Landes. Die Anarchie im Staate! Und dieser Trottel von Bürger glaubt an den lieben Gott oder sich unabhängig oder ein Höhenmensch, der in Geist und Güte schwimmt. Was für Trottel! Man braucht doch nur die Nüstern zur Tür hinauszustecken, um zu riechen, daß alle Welt böse ist. Was war Napoleon? Ein Anarchist. Und Metternich? Ein Polizist. Und was ist Lloyd George? Ein Intrigant. Was dasselbe ist. Ich sage das alles nicht so, wie ich möchte. Aber ich bin zu nervös und die Musik ist so unerträglich. Wenn ich innerlich vor mich hin rede, da erscheint mir alles sehr klar herausgebracht ... und jetzt plötzlich kommt mir alles so klobig vor.« Er schleuderte die Zigarette zu Boden und versuchte, sich nicht zu ärgern. Sein schmaler Mund und das spitze Kinn bewegten sich.

Vinzeriche sah, daß er bald lächeln würde. Deshalb blickte er wieder vor sich hin und verzichtete darauf, etwas Aufmunterndes zu sagen, wohl wissend, daß bei Bekenntnissen saugendes Schweigen das klügste Verhalten ist.

»Also und ...« Der junge Mann lächelte. »Also wie ich Sie da so neben mir sah in der Underground ... Sie haben ein ganz unglaubliches Gesicht ... Es ist halb ... halb ... Ich kann es nicht sagen. Ausgesprochen, wäre es schon dumm.« Seine Augen gingen zur Seite, um ein Echo seiner Worte sich zu holen. Da es nicht kam, blickte er wieder geradeaus und sprach, wiewohl er bereits lebhafter und zutraulicher geworden war, nun leise und stockend. »Sie sind ja auch bloß maßlos verdächtig. Sie haben ein vierbändiges Dossier. Einbrecher sollen Sie sein, Falschmünzer, Frauenausbeuter, Eisenbahnräuber ... Es reißt gar nicht ab. Und da habe ich mir also gesagt: er ist entweder alles, dessen sie ihn verdächtigen, und noch viel mehr oder gar nichts von alledem, sondern etwas ganz anderes, ganz Ungewöhnliches, ganz Überragendes. Und dann kann er dir helfen. Und da habe ich es auch schon ganz sicher gewußt: der — und kein anderer! So. Jetzt ist alles heraus. Beg your pardon ...« Er hörte aber nur auf zu sprechen, weil es ihm war, als wäre jedes weitere Wort zu viel. Als er sich jedoch schweigen hörte, merkte er, daß er bloß nicht mehr hatte weitersprechen wollen. Er drehte sich Vinzeriche zu und blickte ihn offen an.

Der wandte langsam den Kopf. Er wußte, daß ein langer Blick oft nicht vergeblich ist. Wenn er auch nichts Unumstößliches zu finden vermag, so wird er doch oft zur Warnung oder Ermutigung. Aber Vinzeriche war zu lange durch die Schule des Kampfes und der Niedertracht gegangen, um nicht zu wissen, daß das erst hinterher zu zählen vermochte; daß es gerade in diesem Fall, der ein seltenes Musterbeispiel von Doppelspiel sein konnte, lediglich als Anfang genommen werden durfte und beileibe nicht als das Ganze. ›Warten, warten und nicht schließen!‹ Er legte die Hände ineinander und so auf den Tisch. »Sie glauben zweierlei: den Mann vor sich zu haben, der alles, was Sie sagten, für aufrichtig zu halten vermöchte; und der imstande wäre. Sie vor der Polizei zu verbergen. Ist's nicht so?«

Der junge Mann nickte ernst. »Ja. Und selbst wenn er von meiner Aufrichtigkeit nicht überzeugt wäre. Denn ein Mann wie Sie kann doch nur glauben, was ihm klipp und klar bewiesen wird. Aber Sie haben fünfzehn Jahre lang allen Ghouls getrotzt. Da dürfen Sie es wohl wagen, einem armen Schlucker wie mir *trotzdem* zu helfen.«

Vinzeriche hatte die Absicht gehabt, ihn nicht mehr anzublicken, sondern lediglich noch einige Fragen zu stellen. Gleichwohl sah er wieder auf. Unterwegs aber war sein Blick von einem weißen runden Fleck, der sich bewegte, abgelenkt worden. Der runde Fleck war ein Loch in der Weste des jungen Mannes. Das Weiß war dessen Haut. Und was sich bewegte ... Vinzeriche sah genauer hin: der Fleck war dort, wo das Herz sich befinden mußte ... Was so schnell und deutlich sich bewegte, war — das pochende Herz des jungen Mannes. Das mechanische Klavier ging in ein häßliches Rasseln über und stand dann still.

Vinzeriche preßte seine Hände zwischen die Schenkel, so sehr erregte ihn, was er gesehen hatte. Die scheinbar so meisterlich beherrschte Aufregung des jungen Mannes war eine um vieles stärkere Ermutigung; sie konnte aber auch die desjenigen sein, der sein Schicksal in die gefährliche Hand eines andern gegeben hat; oder dessen, der weiß, daß er eine gute Karriere vor sich hat, wenn es ihm gelänge, das Vertrauen eines der größten Verbrecher zu gewinnen. Vinzeriche schloß die Augen: er hatte es schon in Fällen, die weitaus unsicherer waren, gewagt. »All right. Leeren Sie Ihre Taschen aus!«

Der junge Mann saß etwa fünf Sekunden verwirrt. Dann flogen seine Hände in die Taschen, deren kläglicher Inhalt im Nu auf dem Tisch lag. »Und einen Browning habe ich«, sagte er leise. »Es ist am besten, Sie nehmen ihn selber.«

Vinzeriche, mit dem Kopf ablehnend, las die Polizeikarte unter Zelluloid. »Felix Igelski. Ist das Ihr richtiger Name?«

»Alles stimmt. Und ich bin nie widerspenstig und kann drei Tage ohne Essen bleiben und ...«

»Stecken Sie das Zeug wieder ein! Sie gehen mir bis Ecke Waterloo Road-Stamford Street nach. Ich werde es kurz machen, damit Sie mich nicht abgeben müssen. Das Weitere wird sich finden. Good bye.« Vinzeriche ging, ohne ihm die Hand zu reichen. An der Tür wandte er sich noch einmal um.

Igelski saß mit schiefem Rücken bewegungslos auf seinem Platz. Das Kinn lag auf der Brust. Das Loch in der Weste war unsichtbar.

Vinzeriche stand schon auf der Straße, als ihm einfiel, daß er es nicht mehr gesehen hatte, weil Igelskis Hand darauf gedrückt war. Er zuckte mit der Oberlippe, schritt weit aus und pfiff einen alten Rag. Nach einiger Zeit knurrte er vor sich hin: »Wenn aber das Ganze *doch* Theater war ... dann wehe, dir, mein Igelski!«

*Dem Andenken von Francis Bough*

# Wong Fun

Plötzlich stand er unter der Tür, bleich, klein, grünlich — und mit einem schwarzen Blutfaden auf der rechten Schläfe.

Die Galli lief herzu, griff ihm unter die Achseln und schleifte ihn mehr, als sie ihn führte, zu einem Klubfauteuil.

Alle reihten sich im Halbkreis um ihn. Spriller hielt ihm ein Glas Bowle an die Lippen, das er, gurgelnd vor Schwäche, leerte; und Molde gab ihm seine brennende Zigarette, die er in hastigen Zügen zu Ende rauchte, als hätte er diesen Genuß jahrelang entbehrt. Dann machte Spriller allen ein Zeichen, sich zu setzen; auch Mumm, der mit karbolübergossener Watte und einem Röllchen Charpie erschien. Völlig verdutzt vermochte er nicht zu begreifen, daß niemand um Wong Funs Wunde sich kümmerte. Als aber Sprillers Hand ihn nochmals anwies, sich zu setzen, tat er es kopfschüttelnd und fast unwillig.

Die Galli ließ sich jetzt seitlich neben Wong Fun niedergleiten. Ihre Augen hingen an seinen Lippen, die, schmal und blutleer, schmerzvoll sich verschoben.

Alle fühlten einander atemlos warten. Aber keiner fragte. Jeder respektierte den lethargischen Zustand Wong Funs, dessen dünne straffe Lider endlich sich hoben. Die gelben starken Zähne öffneten sich: »Er hatte mich unten fast eingeholt. Ich sah, er wird sofort schießen. Werfe mich nieder. Er schießt. Ich greife unter die

Brust nach der Spritze ... und dann blieb ich liegen. Zu Patmac's rannte er hinüber, um zu telefonieren. Schon war ich um die Ecke und sicher. Ak, ak.«

»Das fünfte Mal.« Molde stellte sich wichtig in eine Fensternische.

»Etwas Wunderbares, diese Spritze!« Die Galli wischte Wong Fun das Blut von der Schläfe. Nur ein kleiner runder Fleck blieb.

»Schade, daß er wieder so nahe dem Apartment verschwunden ist.« Spriller hastete nervös auf und ab. »Das muß von heute ab unter allen Umständen vermieden werden.«

Wong Fun hob sich langsam auf den Armen, ging mit zackigen Schritten auf Mumm zu und holte sich dessen Hände. »Das Blut ist gut.« Sein gedrungener, kugelrunder, dicht behaarter Kopf schien etwas erschnuppern zu wollen. »Aber zu spröde die Haut. Mehr Wasser trinken!«

Mumm errötete jäh.

»Verräterisches Erröten hat mein Vertrauen.« Wong Fun starrte ihm aus großer Nähe ins Gesicht. Sekundenlang. Miteins ließ er ihn stehen. »Sag, Spriller, du gibst ihm alles?«

Der nickte. »Er ist neunzehn und aus Florida.«

Wong Fun schaute scharf, wenn auch wie flüchtig auf Molde, dann auf die Galli und trottete, auf Möbel und Wände sich stützend, in den Korridor, allen mühselig mit der Hand winkend. »Muß eine Stunde schlafen, ak.«

»Das hätte ich nicht für möglich gehalten«, flüsterte Mumm.

Niemand achtete auf ihn. Sogar Issy, die ihm bereits einige Male zugelächelt hatte, trat weg von ihm und stieß das Röllchen Charpie, das ihm entfallen war, kichernd vor sich her.

Mumm ärgerte sich immer noch, aus all dem nicht klug werden zu können, wie wohl nicht das kleinste Detail ihm entgangen war, kein Wort dieser sonderbaren Szenen, von denen das Rätsel der Schußwunde, die nicht behandelt werden durfte, das sonderbarste blieb, da er weder Kugelsicherheit noch irgendeine unbekannte Injektion gelten lassen wollte. Er setzte sich verkniffen, harrte aber offenen Blicks.

Die Galli, deren helle spitzige Stimme ein wenig störte, ergriff Sprillers Arm. »Fritz, du bist ein ganzer Kerl!«

»Vielleicht.« Spriller nahm mit beabsichtigter Zimperlichkeit seinen Arm aus ihrer Hand und führte diese steif auf eine Stuhllehne. »Aber dieses Meisterwerk von einem Unterschlupf ist nicht mein Verdienst. Wie kommt es, daß Sie das noch nicht wissen?«

Die Galli schnalzte, scherzhaft ihr Gesicht hinter einem Arm verbergend. »Ihr seid ja alle so maulfaul und burlesk. Und dann bin ich erst zum zweiten Mal bei euch in London. Und diesmal noch kaum einen Tag.«

Spriller schichtete vier Kissen übereinander und setzte sich darauf. »Dieses Apartment, ohne das unsere Existenz, so wie wir sie führen, unmöglich wäre, ist unter unvorstellbaren Schwierigkeiten, mit geradezu übermenschlicher Geduld und mit Hilfe grandioser Verschleierungsmanöver umgebaut und eingerichtete worden.«

»Willst du damit sagen, daß du es nie zustande gebracht hättest?« Die Galli schob sich auf die Stuhllehne.

»Man kennt die Grenzen seiner Fähigkeiten erst, wenn man sie erprobt hat. Weil das bei so vielen Menschen verhindert wird, sterben Hunderte als unbekannte Helden.« Spriller machte mit einer Quaste laszive Bewegungen. »Ich habe mich übrigens noch nicht ganz durchprobiert.«

Mumm strahlte mit den Augen. »Erzählen Sie doch die Geschichte des Apartments!«

Molde klatschte in die Hände, seinen viel zu feisten Hintern neben einer Chaiselongue niederlassend, auf die, dicht hinter ihm, Issy sich legte und ihre Beine so, daß seine großen Balkanaugen viel zu tun bekamen.

Plötzlich umschlich ein blondes schönes Mädchen unhörbar Sprillers Kissensitz, um an ihm vorbei zu Mumm zu gelangen. Sie reüssierte jedoch nicht.

»Hui!« Die Galli setzte neugierig die Zähne aufeinander. »Also los, Fritz! Das Apartment ...«

»... gehörte dem größten Verbrecher, den London je besessen hat — Gabriel Sulbac.« Spriller ließ die Quaste fallen, ein Knie mit beiden Händen ergreifend. »Einige Sekunden vor seinem Tod schenkte er es mir. Es war in Marseille. Ich wohnte Rue National, im Hotel Nîmes. Sulbac, ohne daß ich es wußte, nebenan im Prince Hotel. Eines Abends saß ich in der ›Abeille dorée‹, als er eintrat. Ich erkannte ihn sofort. Bei einem Boxkampf im Playhouse hatte man ihn mir einmal gezeigt. Ich hatte diesen Kopf nicht vergessen, weil er so ratzekahl war.«

»Drauflosgehen, das ist die ganze Weisheit«, hörte man mit einem Mal das schöne blonde Mädchen sagen. Hinterher pfiff sie leise.

Spriller wandte sich erstaunt nach ihr um. »Liebe Wally, es ist erst die ganze, wenn man zuvor seine Erfahrungen konsultiert hat.«

Mumm bekam unversehens einen roten Kopf und rief in Wallys blitzende Augen: »Energie ist alles! Wahnsinn! Gelder! Weh dir, wenn du ein Schwächling bist!«

Issy rieb sich die Nase mit dem Handrücken. »Dieser junge Mann, der nicht von gestern ist und erst seit heute bei uns, redet schon von morgen.«

Dieses Lob tat Molde mit einem hölzernen Lachen ab und einem schlechten Scherz: »Ich sehe bereits Sargbretter an seinem Podex kleben.«

»Schluß mit der Regeldetri!« Die Galli schlug mit der Spitze ihres Ellbogens auf die Stuhllehne. »Recht haben nur die Ereignisse. Also, Fritz!«

Wally nickte, seltsam lächelnd, und versuchte noch einmal vergeblich, in Mumms Nähe zu kommen.

Um sich Distanz zu verschaffen, schneuzte sich Spriller. »Obwohl Sulbac sein Gesicht unglaublich geschickt verändert hatte, fühlte er sich rasch von mir erkannt, ohne daß er aber gewußt hätte, wer ich sei.«

»War er häßlich?« Issy hing Molde ihre Beine auf die Schultern.

»Er hatte den Kopf eines hübschen Herrschaftskutschers.« Spriller hatte so lässig geantwortet, daß er nun sicher sein konnte, nicht mehr unterbrochen zu werden. »In jenem Restaurant trat er ganz nahe an meinen Tisch, mit der Frage, ob ich ihm nicht hundert Sous leihen könnte. Nach zwei Minuten wußte er, daß er einen Kameraden vor sich hatte, und pries diesen Zufall. Denn das ganze Lokal war schon voll von Ghouls. Und auf der Straße standen sie in jedem Haustor und an jeder Ecke. Da ich mich ganz sicher gefühlt hatte, war es mir gar nicht aufgefallen. Sulbac versprach mir leise einen Batzen dafür, mich unter solchen Umständen angesprochen und dadurch der Polizei vorgesetzt zu haben. Und er hielt Wort. Als sie uns nachher im Flur des Prince Hotels zernierten, zischte er mir zu: ›Sobald ich schieße, hau dich nieder!‹ Er schoß. Die andern auch. Ich lag schon vor den Schüssen. Er fiel neben mich. Da fühlte ich es wie einen kühlen Strahl auf der Schläfe und hörte ihn ganz nahe hauchen: ›Ich bin fertig. Was auch noch kommt, mach den Toten! Aber kehr mir erst die Hose um, wenn du drei Stunden gefroren hast.‹ In diesem Augenblick kamen die Ghouls heran und schleiften uns unters Haustor. Hier sagte mir Sulbac die letzten Worte: ›Merk dir London ... Knights ... 10 und 33 ... Maudette ...‹ Im Wagen blinzelte ich vorsichtig. Niemand saß vor der Tür. Man hielt uns also für ex. Sulbac lag tot neben mir. Lächerlich, daß ein Toter so häufig demoralisierend wirkt! Obwohl ich damals erst einundzwanzig war, also überhaupt leicht zu irritieren, hatte ich doch Respekt. Damals errang ich mein Selbstbewußtsein und meine Stirne vor den Katastrophen. Wir wurden in die Leichenkammer gelegt. Furchtbar kalt wars. Drei Stunden blieb ich bewegungslos liegen. Ich parierte. Spät nach Mitternacht erst erhob ich mich. Das höre ich. Da wird die Luft dünner und das Gehör schärfer. Langsam riß ich Sulbac die Hose auf. Siebenhunderttausend! Hinauszukommen war überraschenderweise nicht schwer. Unterwegs betrachtete ich mich in einem Ladenspiegel. An meiner rechten Schläfe lief ein dicker dunkler Blutfaden hinunter, der längst geronnen war. Wie aus einem Schußloch gekommen. Sulbac hatte, selbst schon zu Tode getroffen, eine kleine Spritze aus der Tasche gezogen (ich hatte sie in seiner Rocktasche gefunden) und mir den roten Strahl auf die Schläfe gespritzt, um mich zu retten und mit mir sein Erbe und sein Apartment.

»Und seine letzten Worte?« Die Galli stieß, begehrlich lauschend, den Kopf weit nach vorne.

Da ließ Wally gegen den Kissensitz Sprillers sich fallen, der ins Wanken geriet, aber doch noch sich zu halten vermochte. Lächelnd drohte er ihr und antwortete der Galli: »Er hatte wohl schon geahnt, daß er verloren war, und noch im Restaurant mir viel von seinem Londoner Apartment erzählt. Auch von der Art der Zugänge. Aber weder deren Lage, noch die Adressen hatte er angegeben. Vermutlich hoffte er noch bis zum letzten Augenblick. Nun aber wußte ich alles: Knightsbridge Street 10 und 33, Maudette. Das war ein Hutsalon. Nun, es dauerte fast zwei Wochen, bis ich die Schiebleisten fand.«

Mumm, der mit vor Herzklopfen nassen Augen zugehört hatte, befriedigte der Schluß nicht. »Darf ich eine solche Blutspritze sehen?« Miteins bemerkte er, daß Wally ihm verstohlen winkte. Als er neben ihr stand, zwickte sie ihn schmerzhaft in die Hüfte und verließ unauffällig das Zimmer. Er folgte ihr über den Korridor in ein dunkles Zimmer, wo sie Licht machte.

Seite 246. »Von zwei Objekten wähle nicht ...«

Wong Fun lag auf einem Sofa unter einer roten Plüschdecke. »Kommt sehr nahe, alle beide!« Er richtete sich schwerfällig auf und berichtete mit zitternder Stimme, zwischendurch immer wieder um Atem kämpfend, daß er Komödie gespielt habe und erst unten auf der Treppe gespritzt. Man habe ihm auf der Straße aufgelauert und ihn aus nächster Nähe getroffen. Die Galli sei eine Verräterin. Wenn man nicht schnell handle, sei alles verloren. Die Wunde habe nach innen geblutet.

Wally weinte. »Spriller hat erzählt, wie er zu dem Apartment kam. Ich konnte es nicht hindern.«

»Sie hat ihn hingehalten«, jammerte Wong Fun. »Sie darf nichts merken. Sie ist verschlagen. Könnte ein Zeichen geben. Geht hinein und ...« Er fiel erschöpft zurück.

Mumm blickte starr in Wallys Pupillen. Er fühlte, als er ihre Hand hielt, daß er noch lebte.

Wong Funs Augen waren nur ein kleiner Spalt. »Die feine Galli! Molde, falscher Sire! Ihr müßt es machen. Sofort! Sperrt sie in die Dunkelkammer! Geht hinein! Schlau sein! Issy herschicken!«

Beide gingen, die Augen unentwegt auf ihn gerichtet; auch, als sie schon unter der Tür waren.

Bald darauf kam Issy. »Fühlen Sie sich nicht gut?«

Wong Fun nahm, fragend, ob sie Molde liebe, ihre Hand zwischen die seinen.

»Diesen gewichsten Pomadegauner?«

»Ernst sein! Antworten!«

Issy wollte frech werden und zerrte an ihrer Hand. »Du mußt es sagen. Privatleben gibt es bei Spriller nicht. Hast es geschworen, Issy.«

»Aber es ist doch gar nichts ...« Issy blies die Backen auf und warf den Oberkörper schnell zurück.

Aber Wong Fun hielt sie fest und zwang sie. Seine Hände fühlten, wie ihr Widerstand schmolz.

Wie eine Erleichterung spürte Issy es miteins von ihnen ausgehen. Halb erstaunt, halb noch böse, stieß sie den Kopf hoch. »Er hat mich vorgestern vergewaltigt. Ich war wie gierig nach der Niederlage. Ich war aber nur ...«

»Hundert Jahre für dich, Issy. Denn du lügst nicht.«

»Er hat mir gesagt, daß er in Rußland ein Komplott geschmiedet hat. Morgen schlagen sie los. Es würde sicherlich glücken und er von der englischen Regierung fünfzehntausend Pfund bekommen, mich heiraten und in Sidney ein Haus kaufen. Ich war aber nur sehr dumm, glaube ich.« Issy schloß, die Zunge zeigend, die Augen.

Wong Funs Gesicht war wächsern geworden. Mit einer letzten qualvollen Anstrengung raffte er sich hoch und preßte die Hände auf Issys Schultern, so daß sie vor ihm in die Knie glitt. »Ak, ak. Das Komplott gegen *uns* ... Du wirst bald hören, was ...« Sein Kopf rutschte zur Seite. »Ak, ak ...« Er fiel nieder. Brust und Kopf hingen über das Sofa hinunter. Die Perücke, die teilweise sich gelöst hatte, ließ eine quer über den Schädel laufende breite violette Narbe erkennen.

Issy hatte Mühe, ihre Hände zu benützen. Als sie endlich stand, biß sie sich in die Finger.

Da kamen alle. Einer hinter dem andern. Als Vorletzter Mumm. Hinter ihm Wally.

Spriller legte Wong Funs Kopf auf das Sofa, schob die Perücke zurecht und riß die Augen auf, um nicht gerührt zu werden. Nach einem langen Schweigen brachte er mit unsicherer Stimme heraus: »Dem haben wir unsere Freiheit zu danken. Und diesen beiden da.« Er wandte Mumm und Wally das Gesicht zu, das dankbar aussehen wollte. Ein plötzliches klebriges Ziehen in den Augen aber machte es böse und scharf! Deshalb rief er hastig: »Stop! Alles liegen und stehen lassen! Sobald ich pfeife, durch den zehner Gang ab! Dem holden Pärchen Galli-Molde werde *ich* auf den Knopf drücken. *Sie* werden hochgehen.«

Alle drängten umgestüm zur Tür.

»Und nun auf Wiedersehen bei Patmac's in Portsmouth!«

*Dem Andenken von Hector Salina*

# Homingmans schönste Komposition

Homingman hatte die Bekanntschaft Fifitts auf der Enzpromenade gemacht, indem er plötzlich von hinten grußlos mit den Worten neben sie trat: »Ich würde mich freuen, wenn Sie sich langweilten.«

Fifitt hatte gelacht und man war ins Gespräch gekommen. Und als Homingman sie nach einer Stunde vor dem Badhotel verließ, hatte sie ihm ein Wiedersehen versprochen, wenn auch nicht fixiert und den Wunsch geäußert, in seiner Erinnerung als Fifitt zu existieren und nicht anders. Er erreichte ohne Schwierigkeiten sechzehn Spaziergänge an der Enz und vier auf dem Sommerberg und schließlich eine Autofahrt nach Baden-Baden, allwo es in dem auf einer Anhöhe gelegenen Hotel Grethel sich begab, was insoferne eines besonderen Reizes nicht entbehrte, als Homingman ein Pyjama sich ausleihen mußte, das viel zu kurz, und Fifitt ein Nachthemd, das viel zu eng war.

Damit war für Homingman, der das Tempo seines Lebens zu gut kannte, um nicht davon überzeugt zu sein, daß niemals ein Wiedersehen erfolgen würde, diese Episode beendet. Er fuhr nach Kopenhagen, Fifitt nach München. Er trauerte während der Eisenbahnfahrt Fifitts schlanken Beinen nach, diese eine ganzen Tag seinen seltenen Küssen. Dann war es aus.

Als aber Homingman den zweiten Frühling, der auf diesen Sommer folgte, in San Remo verbrachte, sah er schon am dritten Tag im Speisesaal des Riviera Palace Fifitt allein an einem Tisch sitzen. Er drückte sich augenblicks. Denn seine Situation, ohnehin bereits von äußerster Kompliziertheit, hätte durch eine unbesonnene Wiederaufnahme der Beziehungen zu Fifitt eine weitere Komplikation erlitten. Er setzte sich in der Hall in einen versteckt stehenden Klubsessel, entzündete sich eine Kyriatzi und kurbelte sein Gehirn an.

Sein Leben hatte kurz nach jener schönen Nacht im Hotel Grethel eine so mißliche Wendung genommen, daß die Kopenhagener Polizei sein Foto unter der Nummer 225 in ihr Album eingereiht hatte. Er maß diesem Umstand keine allzu große Wichtigkeit bei, war vielmehr so raffiniert, ihn sich zunutze zu machen. Er verschmähte es, eine gründliche Metamorphose an sich vorzunehmen, und beschränkte sich darauf, die zahllosen Herren und Damen, die im Restaurant, im Café und auf den Promenadenbänken neben ihm sich niederließen, scheinbar halbblind, schwerhörig oder sonstwie invalid waren, auch gerne an allerlei nervösen Störungen litten, in ihrem ohnedies traurigen Beruf zu unterstützen, indem er tat, als sehe er sie überhaupt nicht, und gelegentlich Lügen zu hören gab. Er wollte warten, bis eine angemessene Beute sich zeigte, und mit Hilfe derer, die dazu kommandiert waren, sie ihm zu entreißen, sie sich holen. Und er wollte so komponieren, daß seine Undurchschaubarkeit von nie noch erreichter Vollkommenheit wäre.

Nun, diese Beute war in Darmstadt im Hotel zur

Traube in Gestalt einer jungen, über alle Zweifel reichen und zudem sehr schönen ungarischen Großbäckerstochter erschienen. Homingman hatte, kaum daß er sie erblickt hatte, sofort sich zurückgezogen. Das war seine Stärke. »Vermeide jedes überraschende Zusammentreffen, das stets zu Extemporalien zwingt, sondern komponiere deine Absichten!« Also war in seinem kleinen Notizbuch zu lesen, in dem er alsbald auf sein wichtigstes Axiom stieß: »Von zwei Objekten wähle nicht das größere, sondern das glattere!« Da er, der seiner schönen Ungarin nach San Remo nachgereist war, für einen der folgenden Abende ein zweckentsprechendes Rendezvous im Westend Hotel präpariert hatte, wog er die beiden Objekte. Leider ohne Erfolg, weil Fifitts Gewichtsverhältnisse ihm fehlten. Nach einer zweitägigen Enquête jedoch kannte er diese. Die neuerliche Gewichtsprüfung fiel zugunsten Fifitts aus, die Alexandra von und zu Stettenhausen hieß und die einzige Tochter ihrer verwitweten und anhanglosen Mutter war. Daß die schöne Ungarin größere Reichtümer besaß, wurde durch die rekommandablere Glätte der Sache Fifitt aufgewogen. Und nun machte Homingman sich ans Komponieren. Der Umstand, daß die Polizei das Hotel innen und außen belagert hielt, mußte als zentraler Punkt angesehen werden. In Fällen, die infolge der Umsicht des gejagten Wilds die übliche sporadische Überwachung als unsicher befürchten lassen, wählt nämlich die Polizei die lückenlose Umklammerung. Ihr Kalkül, wer den einzelnen Häscher rasch herausschnüffelte, wäre am ehesten zur Annahme geneigt, es seien gar keine da, wenn er nur Häscher sähe, war im Falle Homingman freilich deplaziert. Denn dieser hatte in seiner jeweiligen Umgebung nie noch etwas anderes gesehen als Feinde und stets lediglich sich bemüht, Objekte zu suchen.

Noch am selben Abend lächelte er, seine Komposition vollendet im Kopf, die in der Hall rings um ihn eifrig konversierende Umklammerungs-Staffel freundlich an und sagte sich: »Ein Gefängnis ist das Leben ohnedies. Aus diesen lebenden Mauern aber werde ich mit dem Finger ausbrechen.« Und alsbald winkte er mit dem Zeigefinger. Die Konversationen versiegten augenblicks. Wohl ein halbes Schock lauernder Augen teilte sich in zwei Teile: die einen flogen in die Richtung, in der Homingmans Finger gewinkt hatte, die anderen hafteten auf ihm selber, der liebenswürdig grinste. Er hatte gleichsam rhetorisch gewinkt und bloß das Vergnügen der realisierten Metapher sich geleistet. Hierauf ging er siegesgewiß in den Speisesaal und auf den Tisch Fifitts zu. Um ihr den Übergang zu erleichtern, setzte er sich sofort neben sie und erzählte ihr, allerdings auch in Hinsicht auf das plötzlich hinter ihm sitzende Lauscherpärchen, die Erlebnisse seiner ersten Autofahrt nach St. Raphael, die niemals stattgefunden hatte. Dann flüsterte er schnell, daß er am nächsten Vormittag von zehn bis zwölf in den Giardini Marsaglia promenieren werde und verabschiedete sich überkorrekt von der weidlich Konsternierten. Und eine Viertelstunde später erschien er in der Hall des Westend Hotel, wo an diesem Abend ein kleiner Ball stattfand, zu dessen Teilnehmern Vilma Kököllö zählte. Er trat diskret neben sie und sagte leise vor ihrem Ohr: »Sie haben auf der rechten Schulter einen Schmutzfleck. Gestatten Sie, daß ich Sie hinausführe.«

Dabei hielt er ihr den Arm hin, den sie verdutzt ergriff. Im Korridor bearbeitete er mit seinem Taschentuch dezent ihren Rücken. Dieser Tätigkeit sah eine alte Dame zu, deren Indignation er auf den ersten Blick als adjustiert erkannte. Weshalb er, während er Vilma so nahe an ihr vorbeiführte, daß sie sie streifte, mit den Worten grüßte: »Buona sera, Madame Reichsgräfin.«

Vilma, die aus dem Erstaunen gar nicht herauskam, stotterte: »Aber was ... Reichsgräfin ...? Und Sie sagen ›buona sera‹?«

»Wenn ich jemandem zu verstehen geben will, daß ich ihn kenne, aber keine Ahnung habe, wer er ist, grüße ich in mehreren Sprachen. Dann besteht die Hoffnung, daß er mir in seiner Muttersprache antwortet, oder die Chance, daß er verschwindet.«

Vilma lachte aus vollem Hals: Homingman hatte die erste Attacke gewonnen. Und gewann im Verlaufe des Abends fast eine Schlacht. Er rollte den ganzen linken Flügel Vilmas auf. Und zwar mit Hilfe eines halben Dutzend neuerdings hinzugekommener Ballgäste, die alle das Riviera Palace verlassen hatten, wie um eigens ihm als Komparsen zu dienen. Tags darauf sprach ganz San Remo über diesen unerhörten Vorfall.

Und vormittags elf Uhr zwölf Homingman darüber mit Fifitt, die ihn, an seine Eskapaden von Baden-Baden sich erinnernd, sofort in Verdacht gehabt hatte, als sie beim Frühstück vom Nebentisch her die erste Version vernahm. »Das sieht Ihnen ähnlich. Schweigen Sie! Es ist ganz aussichtslos für Sie, zu leugnen. Aber sagen Sie mir, ob es wirklich so war.«

«Ja, wie soll es denn eigentlich gewesen sein?« fragte

Homingman erheitert, aber wohl überlegterweise leise resigniert.

»Sie ist also ohnmächtig geworden?«

»Dazu hat man sie gezwungen.«

»Sie wollten wohl sagen, daß *Sie* sie dazu gezwungen haben.«

»Keineswegs. Sondern die Umstehenden.«

»Jawohl, weil sie gesehen haben, wie Sie Ihre Hand mißbrauchen wollten.«

»Eine Interpretation, die falsch ist.« Homingman rollte langsam die Schultern. »Vielleicht habe ich jene Geste nach dem Unterrock Fräulein Kököllös lediglich gemacht, um die Umstehenden zu Interpretationen zu veranlassen.«

»Sie schwindeln.«

Homingman, der aufrichtig gewesen war, gähnte. »Daran zweifelt meist niemand, wenn ich es nicht tue. Nur wenn ich lüge, glaubt man mir manchmal.«

»Ganz wie in Wildbad.« Fitfitt zeigte lächelnd ihre schönen Zähne. »Aber Spaß beiseite, ich finde es sehr chic von den jungen Leuten, die es sahen, daß sie sich auf Fräulein Kököllö stürzten und sie gleichsam zur Ohnmacht zwangen.«

Homingman lachte brutal. »Aber sie haben ihr doch die Röcke links hochgeschoben und Strumpf und Unterhöschen untersucht, als hätte ich da eine Giftschlange oder Bazillenkultur angelegt.«

»Deshalb möchte ich ja von Ihnen wissen, wie es eigentlich war. Denn grundlos machen wohlerzogene junge Leute doch so etwas nicht. Das wäre ein zu geschmackloser Scherz.«

»Die jungen Leute waren eben *nicht* wohlerzogen, sondern ganz einfach unverschämt. Das hatte ich ja auch erwartet.«

»So, das hätten Sie erwartet!« Fifitt schritt schneller aus, schlug aber den Weg in die Berge ein statt den nach dem Corso. »Sie erwarten das wohl von allen wohlerzogenen jungen Leuten?«

Homingman, der sich verplappert hatte, lenkte ein: »Sie unterstellen meinen Worten eine ungerechte Verallgemeinerung. Und im übrigen ist mir dieses Seide gewordene ungarische Beugel schon zum Halse heraus.

Wenn *ich* nicht wohlerzogen wäre, würde ich nach diesem Vorfall mich überhaupt nicht mehr um sie kümmern.«

Das beruhigte Fifitt, die zwar nicht eifersüchtig war, aber nicht wünschte, daß die Wiederaufnahme ihrer Beziehungen zu ihm durch Nebenbeschäftigungen verzögert oder geschmälert würde. Denn sie war ein in jeder Hinsicht emanzipiertes Persönchen, das, weit davon entfernt, in ihn verliebt zu sein, ihn bloß als Amüsement schätzte; tags die Konversation, nachts die Position.

Während sie, in Schwarzwald-Erinnerungen schwelgend, den letzten Villen sich näherten, folgte ihnen in dem üblichen Abstand ein ältliches Ehepaar. Deshalb schrieb Homingman in einem Augenblick, da Fifitt ihre Haare ordnete, auf eine Streichholzschachtel: »Ce soir à dix heures«, und ließ sie zu Boden fallen, was das weibliche Auge in seinem Rücken veranlaßte, an dieser Stelle zurückzubleiben, um die Person, welche die Streichholzschachtel suchen würde, zu agnoszieren. Und nach zehn Minuten riß er unversehens einen Zweig ab, knickte ihn und hängte ihn über einen Ast. Das ihm folgende männliche Auge hielt es jedoch für ratsamer, auf seinen Fersen zu bleiben. Aber Homingman war um ein anderes Manöver nicht verlegen: er zog, als sie in einen Fichtenwald kamen, Fifitt hinter zwei dicke Baume, wechselte noch dreimal das Versteck und wartete schließlich hinter einem Sandhaufen, bis sein Verfolger sich verloren hatte. Fitfitt, die über sein Verhalten sich wunderte, erklärte er, das faschistische Italien verfolge mit Vorliebe die illegitimen Zärtlichkeiten fremdländischer Nichtstuer. Fifitt war es zufrieden; auch, daß er sie auf vielerlei Fußsteigen zu dem gleichfalls auf einer Anhöhe gelegenen Hotel Bellavista führte, wo er ihr zu déjeunieren vorschlug.

Als sie daselbst gegen zwei Uhr die Toilette zu benützen wünschte, wies er ihr den Weg. Er öffnete sogar selbst die Tür, in die er Fifitt jedoch schnell hineinstieß. Denn es war gar nicht die Toilette, sondern das von ihm beim Portier meuchlings gemietete Zimmer, in dem es bald stürmisch zuging.

Um sechs Uhr nachmittags stiegen sie nach San Remo hinunter, trennten sich aber, als sie in die Villenzone kamen und dinierten im Riviera Palace, durch zwei Tische voneinander geschieden. Homingman vermied es vereinbarungsgemäß, mit Fifitt zu sprechen, und begab sich gegen zehn Uhr ins Westend Hotel, wo auch an diesem Abend ein Ball stattfand. Wider Erwarten, wenn auch nicht wider das seine, erschien Vilma ebenfalls auf diesem Ball. Sie beging wie so viele den Fehler, zu glauben, das Peinliche eines Vorfalls würde am besten aus der Welt geschafft, wenn man so tue, als wäre gar nichts

Peinliches vorgefallen. Und dieses Getue ist gerade für alle Welt das Peinliche. Dies wurde noch dadurch verstärkt, daß Vilma, die Homingman nicht zu begegnen erwartet hatte, einen zweiten Fehler beging: sie eilte sofort auf ihn zu, obwohl der unerhörte Vorfall vom Abend vorher durchaus noch keine befriedigende Erklärung gefunden hatte. Auch nicht für Vilma, die der brennende Wunsch, sie zu erhalten, zu Homingman getrieben hatte. Kaum daß sie mit ihm ein wenig abseits geraten war, stöhnte sie denn auch schon: »Also jetzt werden Sie mir unverblümt sagen, was gestern abends ...« Ihre Augen sprühten böse. »Ich begreife absolut noch nichts.«

Homingman holte sich eine Haarsträhne, als versuche er, nachzudenken. »Wenn ich aufrichtig sein soll ...«

»Sie müssen!« Vilma stieß ihm den Fächer auf die Brust.

Homingman nahm vorsichtig sein Kinn in die Hand. »Ja also ... Es war in der Hauptsache ...« In diesem Augenblick gewahrte er schräg hinter sich das unvermeidliche Ohr der Polizei und sich gegenüber Fifitt, die soeben zur Tür hereinkam. Sein Gehirn hüpfte. Und komponierte ihm das reizvollste Detail. Er neigte sich, wie um leiser zu sprechen, Vilma zu und sagte, in Wirklichkeit aber lauter als vordem: »Dr. Mesch hat das Schächtelchen gefunden. Auch der geknickte Zweig hat seine Schuldigkeit getan, wie ich sehe.«

»Aber ... Ich verstehe kein Wort ...« Vilmas Stirn wich weit zurück.

Homingman schob sie rasch vor sich her, um aus dem Bereich der Polizeiohren zu kommen, und explizierte: »Herr Doktor Mesch aus dem Hotel Royal hatte beim

Tee im Westend ein Schächtelchen mit Perlen verloren. Während des Balls bildete ich mir ein, es unter Ihren Füßen zu sehen. Meine impulsive Geste hat dieses alberne Rudel von Keuschheitsknaben für einen Angriff auf Ihre Tugend gehalten.«

»Diese Knaben haben mich doch aber visitiert!«

Homingman mimte den Erstaunten. »Was? Ja, das wußte ich doch gar nicht. Ah, da haben sie Sie wohl für die Diebin gehalten. Eine Unverschämtheit! Aber seien Sie außer Sorge! Doktor Mesch hat das Schächtelchen heute unversehrt wiedergefunden.«

Vilma machte immer ratlosere Augen. »Haben Sie nicht noch von einem geknickten Zweig gesprochen?«

Homingman wisperte: »Moment! Pardon!«, eilte spornstreichs durch die Tür, öffnete in dem menschenleeren Korridor ein Fenster, stieß einen ohrenzerreißenden Fingerpfiff aus und sprang in den Hof hinunter. Hierauf lief er durch den hinteren Eingang ins Hotel zurück, wo er in der Hall vom Portier gemächlich seinen Mantel verlangte. In dem Hotelauto, das ohnedies zum Bahnhof fahren wollte, ließ er sich zum Riviera Palace bringen, nahm langsam seinen Zimmerschlüssel und stieg noch langsamer die Treppe empor, um es so arrangieren zu können, daß er ungesehen statt in die zweite Etage in die dritte einbiegen und mit dem Schlüssel, den Fifitt ihm gegeben hatte, in deren Zimmer verschwinden konnte. Sein Fingerpfiff war für diese das verabredete Zeichen gewesen, nach zehn Minuten in ihr Hotel zu fahren.

Für die Polizei aber ein Zwischenfall, der sie die

ganze Nacht auf den Beinen hielt. Denn sie glaubte an einen abenteuerlichen Coup Homingmans und hielt den Pfiff für das Signal für seine Komplizen. Die Umgebung des Westend Hotel wurde gründlich abgesucht, drei Streifen in die nahen Wälder geschickt und unausgesetzt gefragt und geforscht. Aber erst gegen acht Uhr morgens fand sich eine Spur. Der Portier, der abgelöst worden war, nachdem er Homingman den Mantel ausgehändigt hatte, kam in die Hall, um seinen Dienst anzutreten. Von den Beamten bestürmt, sagte er, was er wußte. Da fuhr das Hotelauto vor, dessen Chauffeur die Mitteilungen des Portiers bestätigte und unverzüglich mit dem leitenden Kommissär und drei Beamten ins Riviera Palace rasen mußte. Nachdem Homingmans Zimmer vergeblich durchwühlt worden war, fuhr der Kommissär fauchend ins Westend Hotel zurück, wo er die schöne Ungarin sofort einem zweiten Kreuzverhör unterzog. Das erste hatte bis drei Uhr morgens gedauert, weil sie sehr verdächtigerweise von einem gewissen Dr. Mesch gesprochen hatte, der von niemandem in San Remo gesehen worden war, von einem Schächtelchen Perlen, das er verloren haben sollte, und von einem geknickten Zweig, von dem sie selber nichts begriff. Da sie auch diesmal wieder auf diese seltsamen Details zurückkam, wurde sie unter scharfer Eskorte samt iher weinenden Mutter ins Riviera Palace gebracht, was während der Nacht verweigert worden war, und in ihrem Zimmer streng bewacht.

Um neun Uhr klingelte Homingman, ohne daß Fifitt es sah, dem Zimmermädchen, mit dem er zweimal geschlafen hatte. Als er sicher war, ihr zu begegnen, trat er auf den Korridor, lief ihr just vor der Tür in die Arme und eilte, äußerste Verlegenheit heuchelnd, in die Toilette. Kurz darauf Fifitt hinunter zum Frühstück.

Nach einer Viertelstunde kam Homingman und setzte sich, ihren leisen Protest ignorierend, ihr gegenüber. Als der Kellner ihn sah, schrie er fast auf. In wenigen Sekunden war der Frühstückssalon voll von Gästen und Personal. Endlich kam auch die Polizei.

Homingman, deren Zustand wohl kennend, fragte immer wieder, warum man ihn denn gesucht und wer gepfiffen habe; er wäre, als er den Pfiff gehört hatte, in der Toilette gewesen und nachher mit dem Hotelauto ...

»Aber Sie haben die Nacht nicht in Ihrem Zimmer zugebracht«, krähte der Kommissär.

Homingman streckte sich arrogant. »Ich schlafe, wo es mir paßt.«

»Sie sind verpflichtet, auszusagen.« Der Kommissär krächzte nur so, wurde aber verlegen, weil er wußte, daß er unrecht hatte.

»Ist ein nächtlicher Fingerpfiff, dessen Grund Sie weder kennen noch dessen Folgen, eine hinreichende Basis für solche Inkommodierungen?« Homingman wandte ihm den Rücken.

Da aber kam dem Kommissär unverhoffte, für Homingman freilich die erhoffte Hilfe. Das Zimmermädchen der dritten Etage trat vor und rächte sich: »Aber Herr Homingman hat doch im Hotel geschlafen. Ich habe ihn selber aus Nummer 53 herauskommen sehen.«

»Wer wohnt auf Nummer 53?« fragte der Kommissär scharf.

Alle wußten es und wandten sich ab. Und da Fifitt blutrot wurde, wußte es auch der Kommissär. Wütend zog er mit seinen Edilen ab.

Nach vier Wochen heiratete in Mainz Fräulein Alexandra von und zu Stettenhausen sehr wider ihren Willen, aber notgedrungenerweise Herrn Robert Homingman, der mit dieser seiner schönsten Komposition Vollkommenstes vollbracht hatte. Seine Schwiegermutter rang die Hände und war entschlossen, nach einem halben Jahr die Scheidung zu erzwingen. Es kam aber nicht dazu, da Fifitt nach einigen verzweifelten Ehebrüchen, die übrigens Homingmans Meisterhand von hinten nieder zu dirigieren gewußt hatte, es aufgab, einen ebenbürtigen Positionsersatz zu finden.

Vilma Kököllö aber laboriert immer noch an einer schweren Psychose, in der Perlen und geknickte Zweige eine große Rolle spielen. Sogar Professor Alfred Adler vermochte mit diesem Fall nichts anzufangen und glaubt noch heute an Schizophrenie.

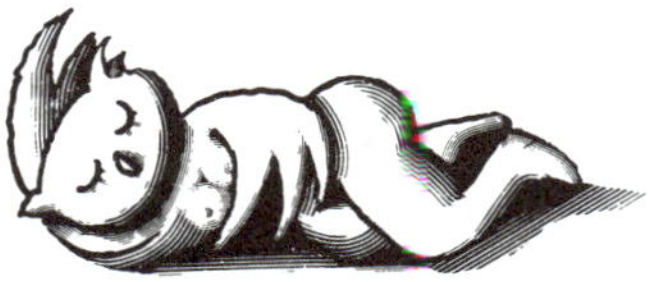

# Nachwort

»Kein Mensch wußte, wovon er eigentlich lebte ...« Mit diesen Worten beginnt Walter Serners Erzählung einer großen Leidenschaft, »Die Tigerin«: »Mit achtzehn Jahren hatte er seinen Vater geohrfeigt, weil dieser im Speisezimmer, in dem nicht geraucht werden sollte, ihm eine brennende Zigarette aus dem Mund nahm. Man warf ihn aus dem Haus. Zwei Wochen war er Schreiber bei einem Rechtsanwalt. Dann veruntreute er einen kleinen Betrag und verschwand. Später tauchte er bald hier, bald dort auf. Man sah ihn häufig in den mondänen Kurorten, im Winter in Wien, London, Berlin, Rom. Er war immer elegant, fast stets allein, aber wenn er abgereist war, gab es irgendwie einen Skandal. Er war groß, schlank und hatte einen ausdrucksvollen Kopf, der einem Diplomaten ebenso gehören konnte wie einem Apachen ...«

In der »absonderlichen Liebesgeschichte«, deren gallische Struktur Max Herrmann-Neiße als »Muster glänzend beherrschte Schreibtechnik« rühmte, lieferte Serner auch nahezu ein Selbstporträt und fast schon eine Mystifikation seiner Lebensumstände. Als Sohn des Zeitungsherausgebers Berthold Seligmann am 15. Januar 1889 in einem Karlsbader bürgerlich-jüdischem Elternhaus geboren, schien er nach Absolvierung des Gymnasiums in die Fußstapfen des Vaters treten zu wollen. Die ersten literarischen Versuche machte er, im Banne des Expressionismus und als entschiedener Anhänger von Karl Kraus, in der väterlichen Zeitung. In bewußter Distanzierung zum tyrannischen Vater trat er bald dem katholischen Bekenntnis der Mutter bei und nannte sich Walter Serner. »Mehr nebenbei« studierte er ab 1909 in Wien. Nach sechs Semestern Jura siedelte er 1912 nach München über und gelangte im gleichen Jahr nach Berlin. »Die Aktion«, Franz Pfemferts avantgardistische Zeitschrift, veröffentlichte Serners Beiträge über »Kunst und Gegenwart«, mit denen er sich in die Auseinandersetzungen um Kubismus, Futurismus und Expressionismus einmischte. In Greifswald wurde er 1913 zum *doctor utriusque juris* promoviert. Rückschauend schrieb er: »Mir ist es noch heute rätselhaft, wie es möglich war, daß ich die rechtshistorische Staatsprüfung bestand. Kurz darauf brachte ich einen Spielgewinn an der Hand eines Münchner Faschings durch und fuhr mit dem letzten Goldstück nach Berlin, wo ich mich vierzehn Tage hindurch langweilte, weil ich nachts schlief. Als ich anfing, es umgekehrt zu halten, amüsierte ich mich drei Jahre dermaßen, daß meine Liebe für diese Stadt ebenso unausrottbar blieb wie die für ihren Argot.«

Der junge Mann, der sich entschlossen hatte, eine bürgerliche Karriere nicht einzuschlagen, der auch keinen »ordentlichen« Lebenswandel zu führen gedachte, hielt sich zunächst in Paris auf, wo er eine deutsche Neuausgabe von Parent-Duchatelets »Die Sittenverderbnis und Prostitution des weiblichen Geschlechts in Paris unter Napoleon I.« redigierte. 1914 traf er wieder in Berlin ein. In seinem Traktat »Letzte Lockerung« lesen wir: »Paris und Berlin seien deine Hochburgen. Hier ist Wagemut, Behendigkeit und sehr viel Verstand. Du hast es nicht leicht, aber sämtliche Möglichkeiten offen.«

In Berlin hielt sich Serner dann vielfach auf. Als leidenschaftlicher Liebhaber des Berliner Jargons, den er vor allem im Norden der Stadt kennengelernt hatte, und als Beobachter der Berliner Unter- und Halbwelt fand er wichtige literarische Gegenstände. Die schon damals ausgeprägte Gegnerschaft zu etablierter Kunst und bürgerlicher »Ordnung« bekam in dieser Stadt reichlich Nahrung. Sein frühzeitig bekundeter Pazifismus geriet auch 1914 nicht in den Strudel nationalistischer Hysterie. Als selbsternannter Arzt stellte er dem von der Front kommenden Schriftsteller Franz Jung ein Attest aus, das dem Flüchtling einen rettenden Vorsprung vor seinen Verfolgern sicherte. Bald mußte Serner den gleichen Weg gehen. Wie Franz Jung berichtete, floh er an dem »Tage, als die Polizei im Café des Westens bereits mit einem Verhaftungsbefehl auf ihn wartete«.

In Zürich, einem wichtigen Zentrum der Emigration, traf Walter Serner Anfang 1915 auf Kriegsgegner verschiedener Nationalität und unterschiedlicher politischer Position. Zunächst fand er als Begründer und Herausgeber, als Beiträger von vornehmlich literarischen Blättern eine Plattform gegen den Krieg. Zeitschriften wie »Der Mistral«, »Der Zeltweg« und besonders »Sirius« waren trotz ihrer Kurzlebigkeit für seine Selbstfindung wichtig. Doch erst die Begegnung mit zahlreichen Künstlern, die in Zürich Asyl gefunden hatten und deren spektakulärste Gruppe ihn magisch anzog, wurde für seine literarische Entwicklung bedeutsam.

Die kriegsgegnerische Dada-Bewegung, deren Mitstreiter sich in der Verneinung »bürgerlicher« Kultur und in der Provozierung des Spießers trafen, wurde in

Zürich von Hans Arp, Hugo Ball, Emmy Hennings, Richard Huelsenbeck, Marcel Janco und Tristan Tzara aus der Taufe gehoben. Im Cabaret Voltaire, später in der Galerie Dada, fanden sie die geeignete Bühne. Am 5. Februar 1916 ging die erste Vorstellung in Szene. Hugo Ball notierte später in seinem Tagebuch: »Seltsame Begebnisse: während wir in Zürich, Spiegelgasse 1, das Cabaret hatten, wohnte uns gegenüber, in derselben Spiegelgasse, Nr. 6, wenn ich nicht irre, Herr Ulianow-Lenin. Er mußte jeden Abend unsere Musiken und Tiraden hören, ich weiß nicht, ob mit Lust und Gewinn. Und während wir in der Bahnhofstraße unsere Galerie eröffneten, reisten die Russen nach Petersburg, um die Revolution auf die Beine zu stellen ...«

Als Serner 1917 zu den Dadaisten stieß, hatten sie durch sensationelle Veranstaltungen bereits den Zorn der ehrenwerten Züricher Bürger auf sich gezogen. Weniger ging es ihnen um ästhetische Übereinstimmung als um ein Sich-Ausprobieren und Sich-Ausschreien in bürgerschreckenden Kunstaktionen, in echten und fingierten Skandalen. Serner, der den Dadaisten zunächst reserviert gegenübergestanden hatte, gehörte bald zu den einfallsreichsten und wichtigsten Akteuren unter den experimentierfreudigen und nie ohne Eklat auftretenden Künstlern.

Trotz der auf wenige Jahre begrenzten Lebensdauer von Dada war das avantgardistische Zürich für Serner von größerer Bedeutung als für manche der lautstarken Mitstreiter. Seine »Letzte Lockerung. manifest dada« vom März 1918, veröffentlicht im Jahre 1920, war unter den zahlreichen dadaistischen Traktaten gewiß eines der radikalsten und vielleicht das poetisch überzeugendste.

Dada-Zürich, ein greller Reflex auf den imperialistischen Krieg, eine laute Reaktion auf die Krise der Kunst am Vorabend der sozialistischen Revolution, strahlte weit aus. In ihrem Haß auf Krieg, Bürgerordnung und Spießermoral schütteten die Dadaisten zwar oft die Kunst mit dem purgierenden Bade aus, aber sie stellten Etabliertes auch fruchtbar in Frage, sie regten an und sie vereinten in den Zentren Zürich, Genf, Paris, Berlin, auch Köln, Hannover und, verspätet, in New York die unterschiedlichsten Temperamente und Begabungen. Sie bereiteten den Durchbruch zu neuen künstlerischen Positionen der zwanziger Jahre vor.

Noch in der Schweiz, die Serner nach der Auflösung von Dada zunächst in Richtung Paris verließ, hatte er das Manifest »Letzte Lockerung« geschrieben und den Geschichtenband »Zum blauen Affen« beendet. In den Jahren nach Kriegsende bis zu seinem mysteriösen Verschwinden 1927 reiste er mit einem tschechoslowakischen Paß zwischen den großen Städten Europas. Von 1920 war er vorrangig in Wien, Prag, Berlin, Paris, Barcelona und Neapel. In vielen europäischen Städten hielt er sich kurzfristig auf. Ein Wanderer wurde er, ein Einzelgänger, der ohne länger währenden festen Wohnsitz sein Leben provisorisch eingerichtet hatte. Immer in Spannung, stets in Bewegung studierte Dr. Serner die Städte und die Eisenbahnen Europas. Seiner Existenzvorstellung entsprach das Leben »dazwischen«, in Hotels, Cafés und Bars, in Restaurants und Expreßzügen.

Von dieser Haltung zeugte bereits der erste Geschichtenband »Zum blauen Affen«. Das Buch erfrischte durch Echtheit und schockierte durch Direktheit, vor allem durch die unsentimentale Parade, mit der Serner in Spießers Hausordnung von Recht, Anstand und staatlich lizensierter Liebe fuhr. Die expressive literarische Technik seiner Frühzeit war bereits durch eine präzise, sachliche Erzählweise abgelöst, die nur noch marginal einige dadaistische Gesten erkennen ließ. Schon in diesem ersten Band ging es um ein Grundthema des Erzählers Serner — um den betrogenen Betrüger, den Ganoven, der klein und mies bleibt, wie groß die Beute auch sein mag. Jene Welt des Halbdunkels wurde nicht verklärt, sie war vielmehr als Kehrseite der bürgerlichen »Ordnung« zu identifizieren. Das tolle, laute, das machtgeile Individuum, das sich mit Räuschen verschiedenster Art vollpumpte, das sich mit Schwindel unterschiedlicher Weise zu betäuben suchte, blieb immer einsam. Die kunstvollen und oft mit Komik eingefädelten Coups verhehlten dabei dem schärfer Blickenden keineswegs Betroffenheit und Verzweiflung des Autors. Der *Witz* der Erzählung bestand zumeist im Wie, in der Erzählweise, in den »leichten«, sicheren Dialogen, in den überraschenden Wendungen des Geschehens, in den unkonventionellen Schlüssen, die vielfach ohne Pointe auskamen.

Außer der Erzählung »Die Tigerin« (1925), dem Drama »Posada oder der große Coup im Hotel Ritz« (1926) und der erweiterten Fassung von »Letzte Lockerung« (1927) veröffentlichte Serner zwischen 1921 und 1926 rund einhundert Geschichten, die außer im Band

»Zum blauen Affen« (1921) in den Büchern »Der elfte Finger« (1923), »Der Pfiff um die Ecke« (1925) und »Die tückische Straße« (1926) gesammelt wurden. Die Sernerschen Geschichten stellten eine neue, unnachahmliche erzählerische Mischung aus Eros und Crimen dar. Ihr Ensemble bestand vor allem aus streng gezeichneten Typen in einer atmosphärisch genau und kenntnisreich erfaßten Szenerie. Dennoch war Serner nicht mit einem Begriff zu fassen, auch nicht mit dem vieldeutigen der »Neuen Sachlichkeit«. Zwar wurde bei ihm die bürgerliche Wirklichkeit in einem speziellen Sektor als »gegeben« hingenommen, doch war darunter nicht passives Akzeptieren zu verstehen, sondern gleichsam ein naturwissenschaftliches Interesse des Autors an Menschen und Verhältnissen einer »Subkultur«.

Walter Serners Interesse gehörte dem »Unbürgerlichen« als Lebenshaltung einer gesellschaftlichen »Alternative«, es gehörte einer Philosophie des Hochstaplers und Abenteurers, einer antibourgeoisen Lebenskunst, wie sie im Manifest »Letzte Lockerung« vorgestellt wurde. Sein bevorzugter Akteur war der geistig Überlegene, der Dandy unter den Kriminellen, der Gentleman-Verbrecher, der sich anderen Gaunern, auch dem gelegentlich in seinem Revier wildernden Bürger, überlegen zeigte.

Das dadaistische Manifest »Letzte Lockerung« von 1920 — 1927, wie der Untertitel aussagt, zum »Handbrevier für Hochstapler und solche, die es werden wollen« erweitert — stellte das geistige Spektrum des Phänomens Serner vor. Hinter den messerscharfen, provozierenden Aperçus des Manifests lauerte in dialektisch-paradoxaler

Haltung der Menschenkenner Serner, der sich, im Nachhall von Dada, keinem Zwang unterwarf, wenn es galt, auf die Plüschwelt des behäbigen Bürgers und dessen Moralvorstellungen loszuschlagen. In der Negation der vorgefundenen Wirklichkeit spiegelten sich aber auch Ohnmacht, Verzweiflung und Resignation, die sich in bizarrer Attitüde, mit Hohn und Sarkasmus in die hoffnungslose dadaistische Losung flüchteten: »Dem Kosmos einen Tritt! Vive le rasta!!!«

Die Themen des wichtigen Buches korrespondierten thematisch und in der Haltung des Autors eng mit seinen Geschichten. Sie kreisten um Reisen und Hotels, Frauen und Männer, Tricks und Coups, Kleidung und Manieren, Geld, Briefe und Aberglauben. Die Aphorismen, die Maximen und »Ratschläge« zeichneten sich durch genaue, kühne und brillante Formulierung aus; sie sprachen immer auch von einem literarischen Idol jener Epoche, dem Rastaquär, dem Glücksritter, dem Hochstapler. Sie riefen ungeniert die literarischen Ahnen an, von Pietro Aretino und Abbé Galiani bis zu Lautréamont und dem »Fürsten der Diebe«, Georges Manolescu. In einer Passage des Buches formulierte Serner eine Art Konfession solcher Geisteshaltung: »Einer endlich eisenbahnkutschiert über den Kontinent, ist je nach Bedarf Graf oder Einbrecher, Schieber oder Diplomat, Hazardeur oder Heiratsschwindler, Kuppler oder Regierungsrat, da allein diese vielseitige Tätigkeit sein ganz enormes Zerstreuungsbedürfnis befriedigt.«

Die Faszination durch jene *Gegen*welt teilte Serner mit dem Expressionismus. Doch er illuminierte sie nicht wie manche seiner literarischen Vorgänger; bei aller Gebanntheit durch den Gegenstand sezierte und analysierte er. Seine Erzählung war in ihrem Duktus »trocken« und unsentimental. Es ging ihm um die Darstellung von Existenzen, die — jenseits von Gut und Böse — nur durch ihre besonders entwickelten Instinkte bestehen konnten.

Serners Geschichten leben von der Sinnlichkeit der Gespräche, vom genau gezeichneten Interieur, von der sorgfältigen Unterscheidung der Geräusche und Gerüche, von der einmalig erfaßten Atmosphäre der Absteigen, Bars, Cafés und Grandhotels, sie leben von den scharfen, witzigen, kühlen und verzweifelten Dialogen, in denen eine buntscheckige Gaunergesellschaft sich ausquatscht, einander frozzelt, irreführt und verführt, bis sie schließlich selbst düpiert wird, wenn sie einem gerisseneren Betrüger begegnet. Seine Hotelmenschen aus den Luxusappartements besitzen großen Zuschnitt. Sie sind in Paris, Wien, Prag, Berlin, London, Kopenhagen ebenso zu Haus wie in Barcelona, Nizza, Venedig oder in Bukarest und Budapest. Auf jeden Fall sind sie Großstadtmenschen. Das haben sie mit den kleinen miesen Ganoven gemein, die in Stundenhotels, in Prostituiertenquartieren oder in schmierigen Familienpensionen ihr Spiel treiben.

»Positive Figuren, Helden« im konventionellen Sinne, gibt es bei Serner nicht. Einzig die Haltung des Erzählers, die Konsequenz seiner Wahrheitsliebe ist positiv. Kraß und doch mit Delikatesse schildert er das Leben der kleinen und großen Kriminellen, der Lebenskünstler und Erotomanen. Nicht mit der Absicht, sie durch »Verständnis« zu retten, sondern in der sachlichen Fixierung des Existenzkampfes der Kreatur. Das geschieht nicht ohne Heiterkeit und nicht ohne Demonstration von Genuß.

Serners kurze Prosa, die deutlich auf die Hochstaplerliteratur der Jahrhundertwende, auf expressionistische Groteskliteratur reflektiert und zugleich Kolportageliteratur glänzend parodiert, verzichtet auf die Verklärung der Prostituierten und des Kriminellen. Die *Kälte* von Serners Erzählung, die Genauigkeit und das ästhetische Raffinement seiner »Detailaufnahmen« vermögen den Leser vielleicht eingangs zu täuschen; hinter der farbigen Genrezeichnung und der ironischen Nonchalance des Erzählers verbirgt sich jedoch die schneidend satirische oder groteske Attacke. Scharf und böse zieht hier ein Einzelkämpfer gegen bourgeoise Heuchelei vor allem in Sachen Eros und Sexus zu Felde. Seine Feinde begriffen das sehr wohl. Allein auf Grund von »Indizienbeweisen« aus seinen Geschichten als »Mädchenhändler«, »Bordellbesitzer« und »Hochstapler« *entlarvt*, wurde Walter Serner, ungeachtet aller Gegenbeweise, aller bis 1932 ergebnislos verlaufenen Versuche, seine Arbeiten als »Schund und Schmutz« einzustufen, in einem wahren Kesseltreiben gejagt. Auch das Eintreten Döblins, Edschmids, Max Herrmann-Neißes, Christian Schads, Theodor Lessings und anderer für ihn vermochte nichts an der Verfolgung zu ändern. Der Erzähler vom Leben der Kokotten, Hochstapler, Diebe, Polizeispitzel und Erpresser wurde, mit dem Schicksal seiner Figuren platt identifiziert, mehr und mehr in die Enge getrieben.

Einen »Maupassant der Kriminalistik« hatte Theodor Lessing 1925 den Autor des Erzählungsbandes »Zum blauen Affen« genannt. Tatsächlich ist das Kriminalsujet in fast allen seinen Arbeiten enthalten, doch zur Kriminalliteratur, nach deren Maßen und Wertvorstellungen, ist Serners Prosa gewiß nicht zu rechnen. Im Mittelpunkt seiner Geschichten steht nicht der Detektiv oder eine andere Verkörperung des »Retters«, sondern das kriminelle Subjekt, sein Schicksal und sein Milieu.

Eine besondere Rolle spielte, daß Serners Geschichten auch erotischer Natur sind. Die Verketzerung, die mit billigen Tricks aus Erotik »Lüsternheit«, aus dem Interesse für das kriminelle Sujet »Schmutzerei« konstruierte, ging bewußt am Wesentlichen dieser Literatur vorbei.

Seit dem Erscheinen der ersten Serner-Ausgabe und nach dem Skandal um die Uraufführung seines Stückes »Posada oder der große Coup im Hotel Ritz« im Jahr 1927 verlor sich Walter Serners Spur im Dunkel. Über sein Verschwinden gab es viele Versionen. Schon 1922, dann wieder am Ende des Jahrzehnts, wurde gemunkelt, daß er »in Rußland verschollen« sei. Das konnte durch Zeugen widerlegt werden, die, wie Heinrich Fischer, später Herausgeber des Werkes von Karl Kraus und »Nachbarskind« aus Karlsbad, den Schriftsteller noch 1933 in Prag getroffen hatten. Daß Serner sich bewußt abwandte, der bürgerlichen Gesellschaft und ihrem Literaturbetrieb endgültig den Rücken kehrte, daran besteht heute kein Zweifel mehr. Im letzten Brief an den Malerfreund Christian Schad vom 13. Oktober 1927 nannte Serner Gründe: »Ich weiß, mein Lieber, daß Sie es mir gut meinen. Aber ich werde so sehr gehaßt, man arbeitet so sehr gegen mich, daß ich anfange, die Sache ekelhaft zu finden. Und da ich nicht der Mann bin, den Kopf hängen zu lassen, werde ich mich eben bald abkehren ...«

Noch vor wenigen Jahren hielten es Schad und andere Zeitgenossen für möglich, daß Serner in die USA oder nach Südamerika gegangen sei, daß er unter anderem Namen irgendwo in der Welt weitergelebt habe. Trotz einiger sporadischer Hinweise über seinen Aufenthalt in Prag, Barcelona und Wien bis zum Jahr 1937 gab es aber keine Gewißheit über seinen Verbleib; der Spekulation über Serners Ende war freie Bahn gegeben. Erst kürzlich hat sich ein Schlüssel zur Aufhellung seines Schicksals gefunden. Es ist nun kaum noch zu bezweifeln, daß Walter Serner am 10. August 1942 aus Prag nach Theresienstadt deportiert und von dort zehn Tage später weiter verschleppt worden ist. Manches bleibt dennoch im Dunkel, vor allem die Lebensumstände der letzten Jahre, die denkbaren, die undenkbaren letzten Schritte.

Was immer an biographischen Details hinzukommen mag, an der Bewertung des Autors würde sich wohl kaum etwas ändern. Serner, ein Mann der Mystifikationen, der literarischen Masken und Halblarven, einer, der lebenslang gegen Legenden anzukämpfen hatte, an deren Existenz er nicht ganz unbeteiligt war, bleibt über seinen Tod hinaus vom Geruch des Abenteuerlichen umgeben. Der Autor »hanebüchener« Geschichten, oft Gegenstand haarsträubenden Gesellschaftsklatsches, war von Anbeginn ein Einzelgänger, und er blieb es. Ein Liebhaber der Frauen war er, die er, wie Schad berichtete, »mit Begeisterung überschütten und förmlich betäuben konnte, und die ihn immer wieder zu neuen Geschichten anregten«. Serner, ein mittelloser eleganter Mann, der seinen Lebensunterhalt auf unerklärliche Weise zu bestreiten wußte, mußte es sich gefallen lassen, daß die Fama ihm geheimnisvolle Mäzene oder vermögende Geliebte zuschrieb. Voll Hohn und Hilflosigkeit über die Welt des Betrugs und der Selbsttäuschung reiste er über den Kontinent, flüchtete er sich in die Attitüde des Fatalisten, nahm er den Habitus des dämonischen Tänzers, des einsamen Barbesuchers, des Rebellen im Frack an. Was immer man an Paradoxa angesichts seines Außenseitertums und seiner Exzentrizität feststellen mag, zu vergessen sei darüber nicht, daß dieser Walter Serner ein vorzüglicher Schriftsteller war, dem eine unverwechselbare literarische Leistung gelang und dessen Weg von eigener Logik bestimmt war.

*Joachim Schreck*

# Inhalt

ISBN 3-359-00164-8

3. Auflage

Lizenz-Nr.: 540/112/88 · LSV 7101
Umschlag- und Einbandentwurf: Egbert Herfurth/Günter Jacobi
Typografie: Günter Jacobi
Printed in the German Democratic Republic
Lichtsatz: INTERDRUCK Grafischer Großbetrieb Leipzig – III/18/97
Druck und buchbinderische Verarbeitung:
Grafischer Großbetrieb Völkerfreundschaft Dresden
620 687 2

01280